कैसी चाहत??

(इश्क की अनकही दास्ताँ)

रामानुज 'अनुज'

PUBLICATION

दिल्ली-110089, (भारत)

संस्करण : 2019
ISBN : 978-81-943471-1-8

प्रखर गूँज पब्लिकेशन
एच-3/2, सेक्टर-18, रोहिणी, दिल्ली-110089
दूरभाष : **7982710571, 7838505899, 011-27851059**

प्रथम संस्करण : 2019

शब्द संयोजन : दुर्गाप्रसाद

आवरण : दुर्गाप्रसाद

कैसी चाहत??

(इश्क की अनकही दास्ताँ)

***By* Ramanuj 'Anuj'**

Published by
PRAKHAR GOONJ PUBLICATION
Delhi-110089
E-mail : prakhargoonj@gmail.com
sinha.neelu123@gmail.com
011-27851059, 7982710571, 7838505899

इस पुस्तक की भाषा शैली देवनागिरी हिंदी के साथ साथ उस समाज में प्रयोग में आने वाली बोली, तत्सम, तद्भव, देशज आदि शब्दों के साथ-साथ आंचलिक शब्दों को लेकर कथा को विशिष्टता प्रदान करते हुए चरित्रों और घटनाओं के साथ प्रवाहित होती है। पाठक शब्दों को केवल मानक हिंदी के स्तर पर न परखते हुए पुस्तक का आनंद लें।

रामानुज 'अनुज'

कुछ अपनों से

उपन्यास के अंतिम पृष्ठ को लिखना मेरे लिए बहुत मुश्किल रहा है। उपन्यास के हर पात्र मेरे भीतर के है, मेरे आस-पास के जाने-पहचाने है। मैं किसी को दुःख में नहीं देख सकता। सरिता को मरते हुये देखना मेरे लिए कितना दुखद है, शब्दों के द्वारा बताने की काबिलियत मुझमें नहीं है।

मेरे पास भाषा की कलात्मकता नहीं है, न किसी को चमत्कृत कर देने वाले जादुई शब्दों का कलेक्शन है। हर पात्र के साथ जीता-मरता हूँ। जो जैसा बोलता है, वैसा ही लिख देता हूँ। मेरी कोई निजी समझ नहीं है। मुझे नहीं मालुम पाठक का नजरिया उपन्यास के प्रति क्या होगा?? यदि उपन्यास में कुछ अच्छा लगे, कुछ नसीहत मिले, तो उपन्यास के पात्रों को सराहा जाए, मुझे नहीं। किताब की साज-सज्जा, श्रृंगार, प्रकाशक का हुनर है। उन्हे बधाई मिलनी चाहिए।

'सादर'

रामानुज 'अनुज'

1

मुझे अच्छी तरह याद है, उस दिन सुबह से ही पानी गिर रहा था, रुक-रुक कर..... कभी तेज तो कभी मद्धिम-मद्धिम..हवाएं भी तन गीला करने की चाहत में पानी की बूंदों से अठखेलियाँ करती हुई अपनी ही लय में बह रही थी। कुछ पौधो ने जो इस ग्रीष्म की तपती किरणों से कुछ हरे पत्ते बचा लिए थे, वे भी दो चार बूंदे पत्तों के वक्ष में मोती की शक्ल में रखकर खुशी से किसी मत्त शराबी के मानिंद हवाओं की बांहे थाम झूम रहे थे। सभी अपने-अपने हिस्से की खुशी सहेजे अपने तौर-तरीकों से इजहार करने में मशगूल थे। इस बरसात ने मुझे चिंता में डाल रखा था। महीने का पहला दिन और सप्ताह का प्रथम सोमवार...आज कार्य का बोझ रहेगा, कैशियर महोदय भी एक दिन की छुट्टी में घर गये थे, बेचारे फिसल गये बाथरूम में और टांगों को मौका मिल गया टूटने का...दाहिनी टाँग टूट ही गई घुटने के नीचे से...बायीं परोपकारी मिज़ाज़ की निकली उसने दायीं के टूटने में भरपूर सहयोग किया।

अभी कुछ देर पहले ही उनका फोन आया था, आवाज लरज रही थी कभी खुशी कभी गम में... मुझे उनके तकदीर पर ईर्ष्या हो आई... मन ही मन सोचा ये अग्रवाल का बेटा कितनी चोखी मुकद्दर का आदमी निकला.. गटक गया डेढ़ महीने की मेडिकल छुट्टी...एक करम जला मैं 'अभिषेक रंजन' तरस गया कि कमबख्त बुखार ही आये कम से कम हफ़्ते

भर की छुट्टी का मौका तो बनता, पर ऐसी किस्मत सब को नहीं मिलती। मैंने दीवाल घड़ी में नज़र डाली, दिन के नौ बज गये थे, मिनट बताने वाला कांटा आहिस्ता-आहिस्ता दस की गिनती को छूने के लिए टिक..टिक करता हुआ निर्भीक बढ़ा चला जा रहा था, मुझे उस काँटे से डर लग रहा था, कमबख्त ऐसे ही चलता रहा तो मुझे दस बजे घर से निकाल के रहेगा। ऊपर से पत्नी चिल्लाएगी...'साढ़े दस बजने को है, अभी तैयार नहीं हुए... 'बैंक की नौकरी है टाइम के पन्चुअल रहो।' उन्हे कौन समझाए कि अभी दस ही बजे है, वो मान नहीं सकतीं, आधा घण्टा तो उनका बोनस टाइम है, ऐसे रात में चिल्लाएंगी...'सोना नहीं है क्या?? ग्यारह बज गए।' जबकि घड़ी के मुताबिक साढ़े दस बजे होते है। यह अकाट्य सत्य है, सरिता की बदौलत ही मैं समय पर हर काम करने को हाज़िर हो जाता हूँ, कर नहीं पाता यह शरीर और दिमाग का खानदानी दोष है, मेरे पिता जी भी ऐसे थे, जीवन में कोई काम पूरा नहीं कर पाये थे, अलबत्ता कार्य की जगह में अव्वल पहुँचते थे।

आखिरकार घड़ी और घड़ी की मालकिन दोनों ने मिलकर बरसते हुये पानी में ड्यूटी में भेज ही दिया, मैं चल पड़ा स्कूटर में सवार होकर बैंक शाखा की तरफ...पहुँचने के लिए बीस मिनट का समय पर्याप्त होता था, लेकिन आज दस मिनट में ही पहुँच गया, सड़क खाली मिली, बरसते पानी मे कौन मेरी तरह घर छोड़ता है। बैंक का शटर बन्द था, दो गायें पानी से भीगने से बचने के लिए छज्जे के नीचे सड़क तरफ मुँह फेरे खड़ी थी, अच्छी जगह देखकर वे मल त्याग भी कर चुकी थीं, मैंने उन्हे हटाया नहीं...उनका सुख नहीं छीना। तभी बायीं ओर नजर गई, कोई अट्ठाइस-तीस साल की लड़की भीगी हुई खड़ी थी, वह गीले बालों को दुपट्टे से पोंछ रही थी, मुझे आश्चर्य हुआ कौन सा इतना जरूरी काम पड़ा के भीगते हुये यह बैंक आयी है। झीने वस्त्र भीग कर उसके गोरे अंगों से चिपक कर शरीर सौष्ठव को बेपर्दा कर रहे थे।

मुझे अच्छा नहीं लगा...शारीरिक सुंदरता पैरहन की अपारदर्शिता में

ही अच्छी लगती है, खजुराहो की कामोत्तेजक नग्न मूर्तियाँ मुझे कभी पूर्ण नहीं लगी, काश!! बनाने वाला कुछ उन पर पत्थर की पतली चादर तो डाल ही सकता था। भले किसी को नग्नता अच्छी लगती हो, लेकिन मुझे नहीं। खैर मुझे क्या.... शटर खोलते हुए मैंने एक तिरछी नजर उस पर डाली, वह भी मुझे देख रही थी। बैंक का चपरासी अभी नहीं आया था, पानी की बौछारों का सामना करना हर किसी के बूते की बात नहीं है, खड़ा होगा खुद को सूखा बनाये रखने की कोशिश में किसी टपरे के नीचे। मेरी तरह रेन कोट हर किसी के पास तो होती नहीं, मैंने सूखा कपड़ा उठाया और टेबल, कुर्सी पर और लेजर-बही में फेरकर बैठ गया। वह लड़की अंदर आ गयी थी, उसके तन में लगी परफ्यूम भीगकर अलग तरह से खुशबू दे रही थी, मुझे यूँ लगा जैसे रातरानी दिन में महक रही हो, वह मेरे नजदीक आ गई थी। उसने आते ही मुझसे सवाल किया....'मैनेजर साहब कब आएंगें??' यह सवाल मुझे बहुत अटपटा लगा...फिक्र उठी कि क्या मैं बरसात के इस रिमझिम मौसम में मैनेजर नहीं रह गया? मैंने बालों में उंगलियों से कंघी की, कमीज की आस्तीन ठीक की फिर स्ट्रांग रूम में दर्पण के सामने आकर खुद को जांचा... परखा जब तसल्ली हो गई के मैं ही इस क्षेत्रीय ग्रामीण बैंक का मैनेजर हूँ, तब बाहर निकल कर उससे पूछा....कोई काम हो तो बताओ??

उसने कोई जबाब नहीं दिया, शायद उसने मुझे अब तक मैनेजर स्वीकार नहीं किया था।

बरसात रुक गयी थी, बैंक का प्यून आनन्द आ गया था, कुछ कस्टमर भी बैंक के भीतर आ गये थे, सब की दुआ-सलाम ने मुझे मैनेजर साबित कर दिया था...दुनिया बड़ी विचित्र है यारो, खुद को परिभाषित होने के लिए दूसरे मुँह की जरूरत पड़ती है। दरोगा बाबू को अगर चार सिपाही साहब-साहब न कहे तो वे दरोगा नहीं माने जाएंगे। मैं अब स्वयं को बैंक मैनेजर महसूस करने लगा था। मैं कुर्सी पर तनकर बैठ गया। जब उसे पक्का यकीन हो गया के मैं ही इस बैंक का मैनेजर हूँ, वह निकट आई

और एक सफेद रंग का लिफाफा मेरी टेबल पर रख दिया। 'क्या है??' मेरे मुँह से अचानक निकल गया, फिर स्वयं पर झुंझलाहट हुई, अरे!! लिफाफा खोलकर पढ़ो न...'यह तो तुम्हीं को एड्रेस किया हुआ है, प्रति शाखा प्रबंधक, क्षेत्रीय ग्रामीण बैंक शाखा लौकापुर।' लिफाफे के भीतर नियुक्ति पत्र था, 'जागृति वशिष्ट' कार्यालय सहायक। मेरी नजर पुनः पत्र के टॉप पर गई.... पिता के नाम के पहले स्वर्गीय लिखा देखकर, मन कसैला हो गया, जैसे खीर की कटोरी में नीम की पत्ती दिख गई हो। 'ओह गॉड!! बिना बाप की बेटी है यह।' जुबान फिर फिसल गई।

क्या है सर?? कोई प्रॉब्लम??

नहीं..नहीं... मैं हड़बड़ा गया था, जैसे बड़ी चोरी पकड़ ली गई हो, फिर स्वयं को संयत करते हुए मुसकुराकर बोला....'प्रथम नियुक्ति पर हार्दिक बधाई जागृति जी।'

'थैंक्स।' इस छोटे से वाक्य से अनसुना संगीत निःसृत हुआ, सितार या वीणा के तार से झंकृत संगीत स्वर से तुलना करें तो निःसन्देह उसके साथ नाइंसाफी होगी।

'अंदर बैठ जाइए।'

जागृति काउंटर के पास की खाली चेयर में बैठ गई थी, लेजर में पन्नो में वाउचर लगाकर प्यून मुझे देता गया, मैं अंतिम शेष देखकर भुगतान करता गया। दस-पन्द्रह मिनट में बैंक से कस्टमर काम निबटाकर कर चले गए। मेरी आँखें एक बार फिर जागृति की तरफ चली गईं, वह पूर्णतः भीगी थी, उसके कपड़ों में सोख जल-बूंदे अब भी डेरा किए थीं, स्याह, घने बालों को उसने जूड़े की शक्ल दी हुई थी, जहां बहुत सी जल-बूंदे होगी। मुझे उसके स्वास्थ्य की फिक्र हो आई...

'कहाँ ठहरी है??' मैंने पूछा।

'सबेरा होटल में।'

'साथ में कोई और आये है,... छोड़ने??'

'नहीं।'

'आपकी ज्वानिंग हो गयी, अब चाहै तो होटल जा सकती है।' उसने प्रत्युत्तर नहीं दिया, बस बड़ी-बड़ी हिरनी जैसी मंजुल नेत्रों से मुझे निहारा, मुझे लगा की कुछ गलत बोल गया...इसलिए कथ्य को विस्तारित कर समझाने की गरज से आगे कहा...'देखो!! आप भीग गईं है, बीमार पड़ सकती है।'

'बीमार नहीं पड़ूँगी... सर!! कर्तव्य का प्रथम दिवस है, बिना कुछ काम किये आज की तनख्वाह लेना ठीक नहीं होगा, आपने सर!! ज्वाइनिंग मान्य कर ली है, इसलिए पूरे समय ड्यूटी में रहना जरूरी है। दिन भर शाखा में बैठकर कुछ न कुछ सीखने को भी मिलेगा।'

उसकी बातें सुनकर मैंने माथा ठोंक लिया...'अभिषेक रंजन तुम्हारी टीम में सब फिलास्फर ही आएंगे, एक वो अग्रवाल सिरफिरा जो काम कम करता था, बात की खाल अधिक निकालता था....टाँग तोड़ बैठा है... सोचा था क्षेत्रीय प्रबंधक से स्टाफ का अनुरोध करूँगा, लेकिन वे भी बड़ी चालू चीज निकले...मेरे कहने से पहले ही एक फिलॉसफरी गले में बांध गये। ये निश्चित ही बीमार पड़ेगी, प्रोवेशन पीरियड में अवैतनिक अवकाश में रहना इसके कैरियर के हिसाब से बहुत गलत होगा। इसे अभी नौकरी के नियम-दस्तूर की समझ नहीं है। मुझे कुछ करना होगा..यह सोचकर मैं अपनी सीट से उठा और यह कहकर बाहर निकल आया कि 'देखना, मैं अभी आता हूँ।'

जब पन्द्रह मिनट बाद मैं बैक लौटकर आया तब मेरे हाथ में पॉलीथिन बैग में लिपटा फिरोजी कलर का सूट था, जो उसके अंदाज़ से ही पास की दूकान से खरीद लाया था, बैग उसके हाथ मे देकर मैंने कहा...'लीजिए।'

'क्या है सर!!'

'छोटा सा गिफ्ट जो हर नये स्टाफ को मेरी तरफ से दिया जाता है,

सूट है, स्ट्रांग रूम में जाकर कपड़े चेंज कर लें।' 'भगवान का लाख-लाख धन्यवाद के उसने बिना किसी सवाल के पैकेट स्वीकार कर लिया था और कपड़े चेंज करने की गरज से स्ट्रांग रूम में दाखिल हो गई थी। दस मिनट बाद जब वह बाहर निकल कर 'थैंक्स' बोली तब उसे देखकर मैं हैरान रह गया...मेरे सामने एक अन्यान्य सुंदरी खड़ी थी, जो कुछ देर पहले कुछ और थी, अब कुछ और है। फिरोजी कलर के सूट ने उसे किसी कल्पित लोक की परी बना दिया था। वह पूरे दिन कुछ न कुछ पूछती रही, मैं बताता रहा, शाम को रोकड़ रखते वक्त तिजोरी खोलने और बंद करने की प्रक्रिया समझाई। आज अपेक्षा के अनुरूप कम कस्टमर बैंक पहुँचे, क्योंकि दिन भर रुक-रुक कर बरसात होती रही थी। कार्य-दिवस समाप्त होने पर मैं उठकर जाना चाहता था, प्यून से बैंक बन्द करने को बोल चुका था, तभी वह मेरे सामने आकर खड़ी हो गई, मुझे लगा कुछ कहना है इसे... लिहाज़ा पूछ बैठा....'कुछ कहना है??'

'सर!! मेरे रहने के लायक कोई नज़दीक में रूम मिल जाता तो.... ..एक्चुअली होटल रूम पाँच सौ रुपये डेली रेंट का है, दो सौ के लगभग खाने और कनवेंस के हो जाएंगे, बिल पे करना मुश्किल होगा।'

'दो दिन का समय दीजिए।'

'ओके सर!!'

मैं घर आ गया था, एक फिक्र सर में चढ़ाकर, उसके रहने का इंतज़ाम करना था, परेशानी इस बात की थी कि जिस इलाके में शाखा संचालित थी, उस बस्ती के बारे में आम जन की नेक राय नहीं थी और वह वाकिंग डिस्टेंस में ही रूम चाहती थी, ताकि टैक्सी का भाड़ा बचे। उसकी सोच किफायती और दुरुस्त थी। इसी बीच सरिता (मेरी पत्नी का नाम है, कोई नदी होने का भ्रम न पाला जाए) चाय रख गई थी, विचारों को चाय का कप नजर नहीं आया। जब दोबारा आकर उसने पूछा कि 'चाय क्यों नहीं पी??' तब टेबल में रखा चीनी मिट्टी का नक्काशीदार कप नजर आया।

'आज पानी बहुत गिरा।' सरिता नज़दीक की कुर्सी में बैठती हुई बोली।

'गिरा?? कौन गिरा?? मैं उसकी बात ठीक से सुन नहीं पाया था, कारण उसी समय बादल गरज उठे थे।

'पानी गिरा, और कौन गिरा, आपका ध्यान कहीं और है, पचास दफा कह चुकी हूँ, बैंक का काम वहीं छोड़कर घर आया कीजिये, पर मेरी बात सुनता कौन है।'

'सरिता!! वो बात नहीं है, दरअसल आज एक नयी लड़की ज्वाइन की है, वो शिवपुरी की रहने वाली है, अकेली है, वह चाहती है किसी फैमिली वाले घर में किराए से कमरा मिल जाए, शाखा से नजदीक भी हो। मेरी नज़र में ऐसी जगह नहीं है।' मैंने अपनी फिक्र उससे कह दी।

'है एक ऐसा घर।'

'कहाँ है?? बताओ न जल्दी...होटल का किराया पाँच सौ रुपये रोज उसकी हैसियत से बहुत ज्यादा है।' मैंने तुरन्त कहा।

'आप कुछ ज्यादा ही फिक्रमंद लग रहे है, जैसे उसे नहीं, आपको कमरा चाहिए, मैं समझती थी, आप वो नहीं हो सकते है, जो सब होते है, लेकिन मर्द का स्वभाव अब समझ लिया, सभी एक जैसे होते है, सुंदर लड़की देखी नहीं के फिसल गए।'

'तुम गलत समझ रही हो सरिता!! ऐसी-वैसी बात बिल्कुल नहीं है, चाहे जितनी चिकनी सतह हो मैं फिसल नहीं सकता...यकीन न हो तो आजमा सकती हो।' मैं तल्खी से बोला।

'नाराज क्यों होते हो, फिसल भी जाओगे तो मैं सम्हाल लूंगी। दे दो न ऊपर वाला हाल, टॉयलेट रसोई सब तो है। हां दो हज़ार किराया लूंगी, हजार रुपये बिजली-पानी का अलग से।

'तुम रहने दो।' सरिता की बात से मैं नाराज़ हो गया था, वह पहली

बार ऐसा बोली थी, वो भी विवाह के बीस साल बाद, बीस की वय का पूर्ण होने से पहले मैं कालेज का स्टूडेंट होने के साथ-साथ पति भी हो गया था, दोहरी जिम्मेदारी, पढ़ाई के साथ दाम्पत्य जीवन का निर्वहन कितना मुश्किल काम होता है, लेकिन सरिता ने मुझे सहारा दिया था। सोलह साल का बेटा भी है, जो खड़गपुर आई.आई.टी. में इसी साल पढ़ने गया है। बैंक की नौकरी भी विवाहोपरांत मिली। अब मेरी फिसलने गिरने की उम्र नहीं है। कर्तब्य बोध होने की वजह से चिंतित हूँ। चाय कप में रखी ठंडी हो गयी थी, कमरे से उठकर मैं बरामदे में आकर अखबार के पेज पलटने लगा था।

'देखो खामखां नाराज हो रहे है आप, मजाक की थी, आप सच मान लिए।'

कुछ भी हो गुस्से में भी बहुत सुंदर लगते है। मैं सच कह रही हूँ... हाल दे दीजिए उसे...किराये की बात मज़ाक में कही थी। 'सरिता मुझे मना चुकी थी, मैं भी मान गया था। यही तो हमारे खुशहाल जीवन का यथार्थ है। पक्का यकीन है एक अगर रूठ भी गया तो दूसरा मना लेगा।

मेरे कहने पर जागृति रहने को तैयार हो गई थी, काम लायक किचेन का सामान उसके पास था, गैस सिलेंडर मेरे पास अतिरिक्त था, सो उसके काम आ गया। बड़ी खुद्दार लड़की थी, वह फ्री में रहने को तैयार नहीं हुई, अन्तः यह निर्णीत रहा कि हजार रुपये ले लेंगे। जागृति की कहानी भी दुखांत है, इसके पेरेंट्स रोड एक्सीडेंट में मारे गए थे, जब ये मात्र चार साल की थी। मामा ने इसकी परवरिश की, पढ़ाया-लिखाया, वो भी मामी की चोरी-चोरी में। जब ये इंदौर से एम.बी.ए. करने की जिद की तो मामी ने यह कहकर एक तरह घर से ही निकाला दे दिया था ..'कोई जरूरत नहीं इमदाद करने की, पढ़ाई-लिखाई सब समझती हूँ इसकी...होगा कोई चहेता, मस्ती-मौज करेगी, उसके साथ.... रोकना नहीं अब इसे...ये बड़ी हो गई है। लेकिन मामा ने चोरी-छिपे मदद करने से पीछे नहीं हटे। प्रत्यक्षतः अब जागृति तन्हाई में जिंदगी के पल गुजार रही है।

आज से बीस साल पहले ग्रामीण बैंकों में कम्प्यूटर नहीं था, समस्त प्रकार के लेन-देन लेजर-बही में संधारित होते थे, एक लेजर तकरीबन पांच से सात किलो का, जहां बीस लेजर हों, हरिक को कम-से-कम दस बार हैडिल करना पड़े, सोचिए कितनी मशक्कत का काम रहा होगा। अब कम्प्यूटर से सब काम हो रहा है। लेकिन कम्प्यूटर को आदमी ही चलायेगा। बैंक ने कम्प्यूटर की आड़ में स्टाफ कम कर दिए है। जागृति कुर्सी में नहीं बैठ पाती थी, इधर-से-उधर होकर हर ग्राहक का त्वरित कार्य निपटान के साथ, यथोचित सम्वाद करने में उसने कभी थकान महसूस नहीं की, कुशाग्र बुद्धि की धनी जागृति को जो काम एक बार बता दिया जाता था, दोबारा बताने की कभी जरूरत नहीं पड़ी। दस साल से हानि दिखाने वाली शाखा उसी साल प्रॉफिट में आ गई। इस उपलब्धि का पूरा श्रेय जागृति के नाम जाता है।

आहिस्ता-आहिस्ता वक्त गुजरता गया, दिन हफ्ते में, हफ्ते महीने में और महीने साल में तब्दील हो गये। जागृति अब मेरे घर की मान्य सदस्य हो गयी थी, हर कमरे में बेरोकटोक आना-जाना, एक साथ किचेन में भोजन तैयार होना...यहां तक कि घर का जर्रा-जर्रा उसकी हाजिरी चाहने लगा था। वह एक निहायत हसीन खुशबू थी, जिसके सानिध्य से घर का हर कोना महकने लगा था।

एक मसअले पर उसने जरूर कोई समझौता नहीं किया, अपने ऊपर के कमरे में रात्रि शयन करना, बिना नागा हर महीने एक हज़ार किराया देना और टैक्सी से बैंक आना-जाना। यद्धपि सरिता ने उसके रुपयों को जोड़कर रखा था।

मेरे इस घर की दूसरी वर्षा ऋतु जागृति के लिए थी, इस बीच उसने कोई छुट्टी नहीं ली। कहीं आयी-गई भी नहीं। अगस्त माह का दूसरा शनिवार था, आधे दिन के कार्यालयीन समय में मैं चार बजे घर आ गया था। जागृति मुझसे आधे घण्टे पहले पहुँच गई थी। मैं बाहर लॉन में बैठा आकाश यात्री बादलों की आवा-जाही के मध्य परिंदों की मुक्त उदान को

देखकर मन को खुश कर रहा था कि कोरियर सर्विस वाला आ गया। पहचान की वजह से जागृति के नाम का लिफाफा मुझे देकर चला गया। जागृति का नियुक्ति पत्र था उस लिफाफे में, वह डिप्टी कलेक्टर हो गई थी। मैं खुशी के भार से पागल हुआ दौड़ पड़ा था उसके कमरे की तरफ़...द्वार खुला था, अपारदर्शी रेशमी पर्दा लटक रहा था, मैं बिना आवाज़ दिए, पर्दे को परे हटाकर कमरे में प्रविष्ट हो गया। भीतर का दृश्य अविश्वनीय तथा अकल्पनीय था। मेरी आंखों के सामने जागृति निर्वस्त्र खड़ी थी...जिस्म पर कपड़ा नाम की चीज नहीं थी।

मेरे हाथ से लिफाफा छूटकर फर्श में गिर गया। साँसों की गति बढ़ गई, तुरन्त उल्टे पांव आकर फिर उसी जगह आकर लॉन में बैठ गया, जहां कुछ समय पहले बैठा था। यह कोई पहला अवसर नहीं था जब सम्पूर्ण नग्न नारी देह देखी हो, और न मैं वह पुरुष होने का दावा कर सकता हूँ, जिसने नग्न आंखों से सर्व प्रथम नग्न नारी देह देखी हो, सम्भवतः यह स्वीकार मेरा प्रथम हो सकता है। मेरे मन मे अपराध बोध जन्म ले चुका था, बिना आवाज़ दिये किसी के कमरे में जाना अनुचित माना गया है, लेकिन जागृति के साथ उचित-अनुचित का फर्क पहले से ही समाप्त था, बेखटके हम लोग एक-दूसरे के कमरों में पहले भी आते-जाते रहे है। आकाश में बादलों की उमड़-घुमड़ जारी थी, बीच-बीच में कुछ उत्साही परिंदे आकाश छूने की कोशिशों में पंख थका कर वापस लौटते दिख रहे थे, लेकिन ऐसे मनोरम दृश्य मेरा मन नहीं बहला पा रहे थे, मेरी आँखों के सामने जागृति की नग्न देह घर किए थी, उसके दो उन्नत उरोज पर्वत शिखर की चोटियों के मानिंद अब भी उसी रूप में उपस्थित थे, जैसे कुछ देर पहले थे।

मैं सत्य कहता हूँ नारी स्तन को लेकर मेरे दिल मे कोई दुर्विकार नहीं है, अलबत्ता 'स्तन' शब्द अच्छा नहीं लगता, जागृति के संदर्भ में उरोज कहना अधिक शोभनीय होगा। उरोज यानी उर से लगा हुआ, उर से सम्बंधित।

मेरा मत था कि नारी की सुंदरता परिधानों के अलंकरण के साथ है, अजंता, अलोरो और खजुराहो की मूर्तियों को मैंने सदैव असुंदर माना। यह मेरे मन का भ्रम था जो टूट गया, जागृति की सांचे में ढली नंगी काया को देखकर।

ईश्वर की सर्वोत्तम कृति नारी है, वो चाहे जिस रूप में दिखे, नग्न, अर्धनग्न या वस्त्रों के साथ 'सत्य शिवम सुंदरम' है। इस सुंदरम में उरोज सुंदरतम है, ईश्वर की अद्‌भुत सोच का नायाब नमूना भी, यहां उस जीव के लिए तरल भोजन छिपा है, जिसका अभी जन्म नहीं हुआ है। मेरे हाथ अनायास ही जुड़ गये उस चितेरे को धन्यवाद कहने के लिए जिसने इतनी सुंदर रचना की है।

पानी में क्यूँ भीग रहे है?? जागृति के बोल कानों में पड़ते ही मैं सजग हुआ, आकाश से टप.. टप करती बूंदे धरती में आ रहीं थी, मुझे जिसका किंचित भान नहीं था, लॉन से कुर्सी उठाकर मैं दालान में आ गया था।

'चाय बना लाऊँ??'

'बना लो।' मैंने लघु उत्तर दिया।

'सरिता भाभी मार्किट गईं है??'

'हां!! परसो राखी है, वे पीहर जाने को बोल रहीं थी।'

'अच्छा!! आप भी जाएंगे छोड़ने।'

'नहीं... कल सुबह बस में बैठा दूँगा।'

वह किचेन में चली गई थी।

वह शायद नहाने के बाद कपड़े चेंज कर रही थी, उसी समय मैं भी पहुँच गया था, नम और कंधे के नीचे तक झूलते हुये बालो से तो यही लग रहा है, अब वह घुटनों के ऊपर तक नेकर और कसी हुई बिना आस्तीन की यलो कलर की कुर्ती पहन कर किचेन में थी। एक बेहतरीन, मनभावन

खुशबू की उपस्थिति से जागृति के होने का अहसास मिलता है, वह कोई परफ्यूम या महकने वाली चीजों का इस्तेमाल नहीं करती, यह मुझे मालुम है। वह स्वयं महकती है, पूरा जिस्म महकता है, उसकी हर अदाएं महकती है। मैं उठकर ड्राइंग रूम में आ गया था, सामने की दीवाल पर मोटे पन्ने के कलेंडर की शक्ल वाली टी.वी. टँगी थी, बैठे-बैठे ही स्विच ऑन कर दिया। जगजीत सिंह की गायी गजल बज उठी थी....

'तेरे आने की जब खबर महके।

तेरी खुशबू से सारा घर महके।'

मुझे लगा जागृति की उम्र बहुत बड़ी है, ये उस समय मे भी इसी रूप में मौजूद थी जब ये ग़ज़ल शायर के कलम से निकली होगी, लेखन अहसासात होते है, कल्पना नहीं, हां शब्दों से राब्ता रखने वाले अपनी तरह से तर्जुमा जरूर करते है, ये उनका अपना फन है, लेकिन कथ्य सत्य आधारित होते है या सत्य के बहुत करीब होते है। जागृति चाय लेकर आ गई थी, मैं भी कल्पना की परिधि के किनारे आ गया था।

चाय कैसी बनी??

'बेहतर।' प्रथम घूँट हलक के नीचे उतारते हुए मैंने कहा।

'खाक बेहतर, फीकी चाय है, शक्कर डालना भूल गई हूँ और आप बोलते है, बेहतर है?? हर चीज को बेहतर कहने की आदत आपकी मुझे पसन्द नहीं है, बैंक में भी अच्छा-अच्छा बोलते रहते है।'

'तुम हो ही अच्छी।'

मेरे उत्तर का इंतज़ार किये बगैर झूठी चाय में शक्कर मिलाने के बहाने पूरा कप उठाकर जागृति किचेन में चली गई थी। आज जो टू पीस जागृति पहन रखी थी, वह मुझे आकर्षक लग रहे थे। उपरि-वस्त्र उरोजों को आंशिक ही ढक पा रहे थे। नारी सौंदर्य का अदृश्य प्रवेश द्वार शायद यहीं से शुरू होता है, उस द्वार में पड़े पर्दे को आज जागृति ने थोड़ा खिसका दिया था। मुझमें सामर्थ्य नहीं थी कि बता दें...'सरिता मार्किट से

आने वाली है, तुम्हे इस ड्रेस में देखकर कुछ अलग न सोच ले, उसकी बौद्धिक क्षमता ज्यादा बड़ी है, कहीं यकीन के आइने पर शक की धूल न पड़ जाए।

2

बरसात तेज हो गई थी, छत पर सूखने के लिए फैलाए गए कपड़े और गीले हो गए थे। आज तीसरा दिन है, जब कपड़े नहीं सूखे थे। ज्यादा समस्या मेरे लिए थी, कल नहाने के बाद पहनने के लायक सूखे वस्त्र अब मेरे पास नहीं बचे थे। जागृति दोबारा से चीनी घोलकर चाय ले आयी थी।

'पानी बरस रहा है।' मैंने बात शुरू करने की गरज से कहा। उसने कोई जबाब नहीं दिया। मुझे स्वयं पर झुंझलाहट हुई...जो आँखे देख रही है, उसे शब्दों की परिधि में लाने की क्या जरूरत?? बरसता हुआ पानी सभी को दिखाई दे रहा है। कहने की क्या आवश्यकता थी। बहुत तेज से बिजली चमकी थी और उससे ज्यादा तेज आवाज में बादल चीखे थे। घर की बत्ती गुल हो गई। मेरे हाथ से पकड़ा कप छूटते-छूटते बचा, आँखे चौंधिया गईं थी।

जागृति हँस पड़ी थी। शायद उसे नहीं हँसना चाहिए था.. शिष्टाचार की किताबों में ऐसी हँसी को प्रतिबंधित किया गया है, जो किसी की कमजोरी पर आती है। महाभारत की जंग पांचाली की एक ऐसी ही हँसी की पृष्ठभूमि पर रची गई थी, पूरी दुनिया वाकिफ़ है। जागृति समझदार लड़की है, उसे अपनी भूल का फौरन एहसास हो गया था। वह तुरन्त 'सॉरी' बोली। काश!! ऐसी ही 'सॉरी' महारानी पांचाली के मुँह से निकल

गया होता।

'सॉरी' किस बात पर।'

'बहुत भोले है आप, उमर से बड़े है, हरकतें बच्चों की तरह करते है।' मुस्कुराते हुए जागृति बोली। उसकी मुस्कुराहट में मुझे नवीनता दिखी। ओठों के साथ-साथ उसकी आँखों में भी मुस्कुराहट की झलक साफ दिख रही थी। उसमें ऐसा पहले कभी नहीं देखा था।

उम्र से बड़े यानी बुजुर्ग हो गए?? मैंने सीधी सी बात कही थी। ताकि गर्म चाय की चुस्कियों के साथ बात की गर्माहट भी बनी रहै मुझे खामोशी से बहुत डर लगता है, बैंक में ग्राहकों के साथ बोलते-बतियाते रहने के कारण स्वभाव कुछ बातूनी हो गया है। कमबख्त आदमी का स्वभाव भी प्रोफेशनल हो गया है, हर घड़ी नफा-नुकसान का आंकलन करते हुये बदलता रहता है। शायद इसे ही कहते है 'प्रैक्टिकल' होना। इस लिहाज से मैं कभी प्रैक्टिकल नहीं हो पाया, हमेशा 'थ्योरी' की ही दुम पकड़ कर चलता रहा।

'आप कपड़ो की तरह नेचर चेंज करते रहते है, कभी बच्चे, कभी बूढ़े। बॉडी और दिल से तो आप यंग है...यू आर ऑल कम्प्लीट पर्सन। 'आय लव यू।'

'क्या??? लव यू??' हड़बड़ाहट में मेरे मुँह से निकल गया। बड़े मुश्किल से हाथ में उठा चाय का कप सम्हाल पाया था।

'हां जी!! प्यार करना क्या गुनाह है??' जागृति ने हँसकर पूछा।

'नहीं.. नहीं प्यार करना कोई गुनाह नहीं है, लेकिन मेरे और तुम्हारे बीच मे उम्र के फासले है, तुमसे दस साल वय में बड़ा हूँ। दूसरी बात मैं शादी-शुदा हूँ।'

'ओहो...मैनेजर साब!! आप कहाँ से कहाँ पहुँच गये। मेरे कहने का मतलब वो नहीं था, जो आप समझ लिए, मेरा कहने का मतलब वो है, जो आप समझना नहीं चाहते..ठीक है मत समझिए किसी दिन सरिता भाभी

को और आपको एक साथ 'लव यू' बोलूंगी तब न समझने का कोई बहाना आपके पास नहीं बचेगा।' जागृति अब भी मुस्कुरा रही थी।

'नॉटी गर्ल!!' मेरी स्वभाविक मुस्कुराहट लौट आयी थी। मैंने उसके गाल पर एक अभाषी चपत जमा दी थी और वह चेहरे पर सम्पूर्ण स्मिता बिखेरती हुई चाय के खाली कप उठाकर चली गई थी, लेकिन अपने गेसुओं की भीनी-भीनी खुशबू मेरे पास ही छोड़ गई थी। बरखा रानी विश्राम के बहाने प्रियतम मेघराज की बाहों से लिपट कर स्वयं का अस्तित्व छुपा चुकी थी। कुछ समय पहले चमक-दमक के साथ अंग प्रदर्शन करने वाली बिजलियाँ शर्म ख़ाकर क्षितिज में विलीन हो गईं थी। आसमान में स्याह बादलों की जगह अब स्वेत केश के बुजुर्ग बादल यत्र-तत्र चहलकदमी करने लगे थे, जो इस बात की गारंटी थे कि अब कुछ घण्टों तक बरसात नहीं होगी।

फट-फट-फटा-फट का बेसुरा राग अलापता हुआ एक पुराना ऑटो-रिक्शा घर के गेट के सामने आकर रुक गया। मार्किट से खरीददारी करके सरिता लौट आयी थी, उसके हाथों में दो वजनदार थैले देखकर मदद के लिए मेरे कदम गेट तरफ़ खुद-ब-खुद बढ़ गए।

'क्या तुम्है यही सड़ियल ऑटो मिला था??' थैले उठाते मैंने नाराजगी जाहिर की।

मेरी बात सुनकर सरिता मेरी तरफ ऐसे देखी... जैसे मैं कुछ ऐसा बोल गया हूँ..जो सामयिक नहीं था। सरिता भीग गयी थी इसमें मुझे नौजवान ऑटो चालक से ज्यादा पुराने ऑटो पर अधिक गुस्सा आया...उसे तो शहर के पानी का तजुर्बा है, कहाँ पानी ठहरता है, कहाँ पानी बहता है। ये सब देखते-देखते सयाना हो चला है, लेकिन समझदानी अब भी दस्सी छाप, भिगो दिया सरिता को। उस कमबख्त तो इतना मालुम नहीं है की सरिता का गीला होना मुझे पसन्द नहीं है। वह भीतर आ गई थी और अपनी काया को प्लास्टिक की कुर्सी के हवाले कर चुकी थी।

'तुम्हारी साड़ी गीली है, कपड़े चेंज कर लो।' तर्जनी के संकेत के साथ मैंने उसे याद दिलाया...लेकिन वह कहाँ मानने वाली थी, थैले से खरीदी हुई चीजें फर्स में सजाती हुई बोली..'बहुत मंहगाई है, पिछले साल ये बीस में बिकने वाली राखी चालीस में ले आयी हूँ, बाजार में आग लगी है। ये नकपोछना (रुमाल) पच्चीस का।'

रुमाल को नकपोछना कहना मुझे ऐसे लगा जैसे वह मुझे चेतावनी दे रही हो..'सेहत ठीक रखो, साल भर तुम्हारी नाक बहती है, अब रुमाल मंहगी हो गई है।' वह मुझे समझने की गलती कर रही है, वो नहीं जानती है कि बैंक का मैनेजर कितना जुगाड़ी जीव होता है..उसकी एक नोटिस पर रुमालों का ढेर लग लग जाएगा..नीली, पीली, गुलाबी हर रंग की, छोटी-बड़ी, लेडीज-जेंट्स हर प्रकार की, हर वैराइटी की।

वह थैले में राखी-रुमाल पुनःरखकर कपड़े बदलने को कमरे में चली गई थी। मैं अकेला बैठा, सड़क तरफ देख रहा था, भीगे-भीगे बच्चों को पैदल घर तरफ जाते हुए, सरपट भागते, दुम लहराते आवारा कुत्तों को जिन्है यह नहीं मालुम है कि कहाँ जाना है?? सरिता की आवाज सुनकर मेरे कान सतर्क हो गये..' वह कह रही थी ये गीले कपड़े छत में फैला आइये। 'सुनकर मुझे बहुत अच्छा लगा, कम से कम कुछ काम तो मिला, वैसे भी जब से बैंक से घर पहुँचा हूँ, कोई उल्लेखनीय कार्य नहीं किया हूँ..सिर्फ पानी को पानी की तरह निहारने के।

जब मैं कमरे में पहुँचा सरिता सूखे कपड़े पहन चुकी थी, मैं उसके गीले वस्त्र लेकर मुड़ने को ही था कि उसने दूसरा ऑर्डर दे मारा...'जागृति को नीचे भेज दीजिएगा।'

'क्यों?? वह सोयी होगी।'

'ये कोई टाइम है सोने का?'

मैं कुछ बोला नहीं, चुपचाप सीढ़ियां चढ़ने लगा था...एक..दो..तीन।

सीढियां जहाँ खत्म होती थीं वहीं पर वह हाल था जिसमें जागृति

रहती थी, वह हाल अपने-आप में एक सम्पूर्ण घर है, भीतर ही किचेन और उसी से अटैच्ड टॉयलेट..एक छोटी फैमिली का निस्तार बड़े आराम से हो सकता है। जागृति तो अकेली थी। वह व्यवस्थित जिंदगी जीने की आदत वाली लड़की है, साफ-सुथरा कमरा, हर चीज व्यवस्थित, चमचमाता हुआ किचेन, टॉयलेट और छत की सफाई वह नियमित करती ही थी। इसी साल वह प्लास्टिक के दर्जन भर गमले खुद खरीद लाई थी, गमलों में खाद-मिट्टी भरकर कई प्रजाति के पौधे बाजार से खरीदकर ले आयी थी, उनमें से तीन रंग के गुलाब थे, जो बरसात में पानी से सिंचित होकर फूल देने लगे थे। सुबह उठकर गमलों के फूल, गुलाबों को निहारना उसकी दिनचर्या में शामिल था। सच कहे तो जागृति के आने से मेरा पूरा घर जाग उठा था, आलस्य में अलसाए हुये घर का हर कोना अँगड़ाई लेकर उठ गया था। बैंक के भारी कार्य से थके हुए जिस्म में स्फूर्ति आ गई थी। यह सब जागृति के उपस्थिति का रिजल्ट था।

इस सत्य को मेरी पत्नी सरिता भी स्वीकार करती है...वह कहती है..'यह लड़की पूर्व जन्म में जरूर हमारे घर की सदस्य रही है।' कोई माने न माने लेकिन यह सत्य है, बहुत कुछ छूट जाता है, कितना कुछ हम करना चाहते, लेकिन कर नहीं पाते। शरीर की आयु पहले से तय है, उसकी सीमाएं निश्चित है। इतने अल्प समय में जितना हो सकता था किया। फिर अधूरे कार्य को करने के लिए फिर जन्म लेना पड़ता है। मां-बाप बदल जाते है। स्थान बदल जाते है, रूप-रंग, पहचान बदल जाती है, लेकिन कार्य का स्वरूप नहीं बदलता है। अर्थात यही छूटने की क्रिया हमे दोबारा से उसी मोड़ पर लाकर खड़ा कर देती है, जिस मोड़ पर कदम ठहर गये थे, रास्ते ठहर गए थे, हमारा कार्य छूट गया था। पूर्णता के अवसर प्रदान करना कुदरत की इनायत और ड्यूटी दोनों है।

कार्य की अपूर्णता कहीं न कहीं उस जगह, उन लोगों के बीच में जरूर पहुँचा आती है, जिनसे आपस में कभी लहू का रिश्ता था, प्यार-मुहब्बत का रिश्ता रहा, वरना चेहरों के अंतहीन जंगल मे कौन, किसे

तलाश सकता था। जागृति के कमरे का द्वारा खुला था, मैंने सीढ़ी से ही उसे बता दिया था..'नीचे चली जाओ, सरिता तुम्है याद कर रही है।'

कपड़े छत में फैलाकर जब उतरने लगा तब दोबारा से उसे नीचे जाने को आवाज़ दी, उसने कोई जबाब नहीं दिया। मेरी हिम्मत कमरे में जाने की नहीं हो रही थी, क्या मालुम वह कमरे के भीतर कैसी अवस्था में है। बंद द्वार के भीतर कमरे के एकांत में व्यक्ति की निजता साथ में होती है। यह उसका अधिकार भी है। किसी भी परिस्थिति में किसी की निजता का हनन नहीं होना चाहिये, किसी की निजता का हनन करना मेरी समझ में पाप है।

मैं नीचे बरामदे में आकर बैठ गया था। पानी से भीगी पश्चिमी हवाएं खिड़कियों के रास्ते कमरे में प्रवेश कर रहीं थी, शायद उन्हे भी सूखे वस्त्रों की जरूरत महसूस हुई हो।। बाहरी वातावरण खुशनुमा हो चला था। बीच-बीच मे बदलियों से आंखे चुराकर सूर्य-बालाएं धरती के अंग-अंग को स्पर्श करने हेतु आसमान से उतर आती थी। दिवा का अवसान सन्निकट जान गीले पंख लिए हुये पखेरू नीड़ों की तरह उड़ चले थे। सरिता चाय लेकर मेरे नजदीक बैठ गई थी।

'वो नहीं आई??' सरिता ने पूछा।

'तुम्हारी वो सो रही होगी।'

'आपने आवाज़ न दी होगी??'

'दरवाजे के पास से दो बार बोल चुका हूँ, कुछ जबाब नहीं दिया।'

'कल सात की बस में बैठा देना।'

'इतनी जल्दी जाकर क्या करोगी?? पहुँचने में डेढ़ घण्टे ही तो लगते है।'

'मायके में दो दिन रहने का मौका मिल जाएगा।'

'तैयारी कर ली।'

'चाय पीने के बाद सब कर लूँगी फटाफट।'

'जानती हो... जागृति डिप्टी कलेक्टर बन गयी है, तुम मार्किट गई थी, तभी उसकी पोस्टिंग का कूरियर आया है।' मैं एक साँस में सब बोल गया।

'अरे वाआआह!! बधाई उसको, सच में दिल खुश कर दिया इस लड़की ने।

बैठे-बैठे ही सरिता उसे आवाज देने लगी थी, उसने भी जबाब दिया था। कदमों की आहट से स्पष्ट भी हुआ कि वह सीढियां उतर रही है। उसके गाल और भाल चूमकर सरिता ने उसे बधाई दी और खींचकर निकट बैठा लिया। मुझे जागृति पर गुस्सा आ रहा था, मेरे दो बार बुलाने पर भी नहीं बोली ... अब समझ में आ रहा है...शायद यह चाह रही थी कि मैं इसके हाथ पकड़ कर उठाऊँ। जागृति के चेहरे में खुशी की झलक न पाकर मुझे आश्चर्य हुआ। क्या इसे इतने बड़ी नौकरी हासिल होने पर खुशी नहीं हो रही है?? ऐसा क्यों?? जबकि आज का बेरोजगार आदमी दफ्तर के बाबू की नौकरी मिलने पर हवा में उड़ने लगता है। सीधा-सपाट चेहरा देखकर मेरे जेहेन में अनेक प्रश्न आ खड़े हो गये थे।

'क्या बात है जागृति??' उसके चेहरे पर खुशी के चिन्ह अनुपस्थित पाकर मैंने पूछ लिया।

'कुछ नही।' कूल्हे मटकती हुई वह बोली।

'फिर हमारी बधाई पर थैंक्स क्यों नहीं बोली।'

'ये फॉर्मल वर्ड अपनत्व से दूर करते है। आप लोगो के प्यार का धन्यवाद जिन शब्दों में होना चाहिए, उसे तलाश रही हूँ, जिस दिन मिल जाएंगे, बोल दूँगी।'

'वो शब्द कब मिलेंगे??'

'कब की ज्वाइनिंग है??' मेरे सवाल को साइलेंट मोड में डालते हुए

सरिता ने पूछा।

'३१ जुलाई से पहले रिपोर्टिंग करनी होगी।' मैंने बताया।

'बहुत बढ़िया..हफ़्ते भर का टाइम है..दो दिन में लौटकर तुम्हारी सारी तैयारी करवा दूँगी।'

'मुझे नहीं ज्वाइन करना नौकरी...नहीं होना डिप्टी कलेक्टर।' वह एकदम से उखड़ गई थी। उसकी नकारात्मक बात सुनकर हम दोनों हतप्रभ रह गए। कानो पर शक होने लगा कि अब ठीक-ठीक सुनने की क्षमता इनमें है या नहीं। लेकिन जो सुना था वही सही था।

'क्यों??' सरिता ने चौंकते हुये पूछा।

'मुझे आए.ए.एस. होना है...इस नौकरी में अगर गई तो बस यही होकर रह जाऊँगी...मैं जो करना चाहती हूँ, उसके लिए आए.ए.एस. होना निहायत जरूरी है।'

'ये सुनहरा अवसर है, बहुत बड़ा प्रशासनिक जॉब है। मेरी मानो तो इसे हाथ से मत जाने दो। जिंदगी में बार-बार ऐसे मौके नहीं आते।' उसे समझाने के लिहाज से मैं बोला था, लेकिन यह बात उसकी खोपड़ी में उल्टी प्रवेश कर गई। मेरी बात पर वह गुस्सैल नागिन की तरह फुफकारती हुई बोली... 'ठीक है!! आप लोग साथ नहीं रखना चाहते हैं, तो कोई बात नहीं..कहीं और रह लूँगी। वह उठकर चली गई थी।

'मैंने ऐसा क्या कहा जो इसे मिर्ची लग गई??...बताओ डिप्टी-कलेक्टर होना गौरव की बात है कि नहीं ??' मैंने कब इसे घर से चले जाने की बात कही ?? उसके व्यवहार पर मुझे जोर का गुस्सा आ गया था।

'जाने दीजिए..अपनी जिंदगी में अपनी पसंद का रंग भरने का हक सभी को है।' सरिता ने मुझे समझाया।

'भरे न रंग..काला-सफेद जो भी भरना हो...मैं कब रोकता हूँ... करे जो मन में आये।'

मेरा गुस्सा अभी शांत नहीं हुआ था..उसने मेरे पुरुष को नीचा दिखाया था..बैंक प्रबंधक के आदेश को नकारा था। मैं अभी और बोलना चाहता था कि जागृति के कमरे से सिसकियां भरने की आवाज़ आई... जागृति रो रही थी। हम दोनों फौरन उसके कमरे तक गये, सिर तकिए में औंधा किये जागृति सुबक रही थी। शुरू से ही आँसू मेरी बड़ी कमजोरी रहे है..चाहे वे किसी की आंख से छलछलायें...नारी के आंखों से बहते आँसू तो मेरे समूचे अस्तित्व को घोल लेते है... मैं..मैं नहीं रह जाता, उन आंसुओ में मेरा सम्पूर्ण पुरुष मिट्टी की तरह घुलने लगता है। मेरा गुस्सा लौट गया था गुस्सेदानी में। अब जी हो रहा था कि जागृति को अपने शरीर से लिपटा लूँ, भरपूर प्यार देकर उसे अहसास दिलाऊँ के मैं तुम्हारे साथ हूँ, अब तुम अकेली नहीं हो..तुम्हारे साथ जरूर कुछ गलत हुआ है, मुझे बताओ, जिसने भी गलत करने का दुस्साहस किया है, उसे मैं सज़ा दूँगा। लेकिन मैं ऐसा नहीं कर सका, सरिता पास खड़ी थी, वह मेरे हिस्से का काम करने लग गई थी।

'वेरी सॉरी जागृति...तुम्हारा दिल दुखाया है।' हमें क्षमा कर दो।

'सॉरी मुझे बोलना चाहिए सर..गलती मेरी है, जो स्वयं को संयत नहीं रख सकी। आप लोग पाक दिल के सहृदय इंसान हैं, साफ-सुथरे आईने को चारों तरफ से कवर्ड करते लकड़ी के नक्काशीदार खांचों पर जमी गर्द को आप जैसे लोग नहीं देख सकते। आप क्या जाने इस नौकरी के पीछे एक नारी का सब कुछ लूट लिया गया है, मैं थूकती हूँ इस जॉब पर।'

वह पलंग पर सीधी बैठ गई थी, बहते आंसुओ के प्रवाह को सरिता अपने आँचल में सोख चुकी थी। अब वह गीले आँचल से उसके खूबसूरत गालों में जमे आंसुओं के दाग मिटाने में लगी थी।

'तुम हमें खुलकर बताओ, हम तुम्हारे साथ है, कदम-कदम पर साथ चलने का वायदा करते है।' मैंने कहा।

'हां बताओ सब...तुम्हारा हर सुख-दुख अब इस घर से ताल्लुक रखता है, आज से तुम इस घर की स्थायी मेम्बर हो।'

'एक-एक चीज बताऊंगी भाभी...लेकिन अभी नहीं, अर्ली मॉर्निंग आपको जाना है...चलिए मैं आपकी तैयारी करवा दूँ। वह मुस्कुरा उठी थी, उसकी मुस्कुराहट बड़े जिगरे की खुद्दार मुस्कुराहट थी। हम फिर सीढ़ियां उतरने लगे थे....एक..दो..तीन।

3

जहां से मेरे ससुराल को बस मिलती है, वह घर से तकरीबन चार किलोमीटर दूर है। सात बजे के आसपास पहली बस रवाना होती है। सरिता को बस में बैठाकर स्कूटर से घर की तरफ लौटते हुए बार-बार मुँह गोल हो रहा था..सीटी की ध्वनि भी धीरे से निकली थी जिसे स्कूटर की घर्र-घुर्र के आगे मेरे सिवा कोई नहीं सुन पाया। इस खुशी की वजह लंक-लाठ के कपड़े की तरफ साफ थी....आज रविवार की छुट्टी, कल सोमवार को राखी की छुट्टी। बड़े भाग्य से दो दिन की छुट्टी एक साथ मिलती है। सुबह जल्दी उठने से राहत, दोपहर का आराम के साथ पेट की चौहद्दी तक भोजन, अल्प-शयन, शाम को लबरी-झूठ के साथ बाजार हाट की सैर। छुट्टी का दिन नौकरी पेशा लोगों के लिए किसी बड़े त्यौहार से कम नहीं होता है।

घर में मेरे अलावा जागृति भी थी। एक छत के नीचे किसी जवान लड़की का उस घर में अकेले रात गुजारना, जहां पर कोई अकेला पुरुष भी हो, समाज की नज़रों में भारी गुनाह है। सभ्य लोगों की तिरछी आँखे ऐसे मौके पर किसी की इज्ज़त का पोस्टमार्टम बहुत आसानी के कर देती है। लेकिन मेरे मामले में थोड़ी सोच में लोच थी, जागृति मेरे घर में साल भर से किरायेदार थी। फिर भी मसअले की गम्भीरता पर सरिता से मैंने रात में खुलकर बात की थी, उसने भी बिना किसी हिचक, लागलपेट के जबाब देते हुए कहा था.....

'मुझे अपने दोनों किनारों पर बहुत भरोसा है।'

'भरोसे की वजह।' मैंने पूछा।

'दोनों ही संस्कारी है, जीवन-मूल्यों का आदर करने वाले है, वे अपनी सीमाएं जानते है।'

'ओके!! यदि आने-जाने ऐसी गफ़लत हो गई??'

'तो क्या?? माफ कर दूँगी..वे मेरे है...मैं उनकी हूँ...जैसे भी है, मुझे बहुत प्रिय है।

सरिता ने मुझे अपनी ओर खींच लिया था, सारे बाह्य आवरण उतारकर मैं भी अशांत जल में डूबने-उतराने को खिंचता चला गया था। अकल्पनीय, अकथनीय खिंचाव था सरिता में। डूबने-उतराने की इस क्रिया में हम समाधि की उस अकल्पनीय अवस्था में पहुँच गये थे जहां न कोई शब्द था, न कोई कोलाहल था...सिर्फ दूर-दूर तक थी अद्भुत शांति और उसके बीच मधुर-मधुर कानो में झंकृत होता...ब्रह्मनाद...ओम...ओम..ओम।' उसे लोगों की परवाह नहीं थी, ये सच भी है, वह हमेशा गतिमय रही है, दरिया है न...कौन डूबा?? कौन उतराया?? कौन पार गया?? कब, किसने उसे क्या कहा?? कब किसने उस पर पत्थर मारे??...सबसे बेखबर अपनी रौ में बहती रही अनवरत...'सबसे बड़ा रोग..क्या कहेंगे लोग' की फिक्र से कोसों दूर। यदि सरिता ऐसी नहीं होती तो वह मेरी पत्नी कभी नहीं होती।

अस्सी के दशक में बहुत कम लड़कियां विज्ञान विषय से स्नातक-स्नातकोत्तर की डिग्री लेती थी। गिनी चुनी, वो भी शहरी वातावरण में पली-बढ़ी या फिर वही जिनके पैरेंट्स कॉलेज के प्रोफेसर होते थे। वनस्पतिशास्त्र के प्राध्यापक डॉ. गरुणेश शिवहरे की पुत्री सरिता मेरी सहपाठी थी। विज्ञान संकाय के भूगर्भ-विज्ञान समूह से मेरे साथ ही वह स्नातक हुई थी। एक सहेली थी उसकी, मधुरिमा त्रिपाठी..ये दोनों क्लास में आगे की पंक्ति में बैठा करतीं थी। मैं आदतन सबसे पीछे की पंक्ति में बैठता था। दुबली-पतली काया पर एक ही पैंट-सर्ट में कालेज जाने वाला

मैं अकेला स्टूडेंट था। उस जोड़े के फटने के बाद ही दूसरा जोड़ा मिलता था। माँ-बाप का साया सर से बहुत पहले उठ गया था, मेरे बड़े भाई छत्तीसगढ़ राज्य में पोस्टेड थे, उनकी निजी जरूरतें थी, फिर भी मेरी पढ़ाई में कुछ न कुछ योगदान करते जरूर थे, जो मेरे लिए किताब कॉपी के लिए पर्याप्त होते थे। पढ़ने में मैं जरूर ठीक था। जब भी किसी ने कुछ पूछा है, मैंने सही उत्तर दिया है। परम्परानुसार कई दफा मुझे क्लास में पढ़ाने का भी अवसर मिला।

ऐसी ही एक घटना मेरे जेहेन में आज भी है, मुझे 'मिनिरल्स एंड नेचर' टॉपिक पर चालीस मिनट का लेक्चर देना था। प्रोफेसर साहब मेरी सीट में आ गए थे, अपनी जगह पर मुझे खड़ा कर दिए थे। मैं आज पहली बार नर्वस हुआ था, वजह सामने बैठी सरिता से निगाहे चार होना। उसकी आँखों में ठहरे हुये जादू ने मुझे अपनी गिरफ्त में ले लिया था। मैं कई बार 'आउट ऑफ सब्जेक्ट' हुआ। अंत में सॉरी बोलकर बैठ गया। मुझे प्रोफेसर सर की डांट भी सुननी पड़ी थी।

समय चलता जाता है, बिना रुके-ठहरे, बिना किसी का आगा-पीछे देखे। दिन हफ्ते में...हफ्ते माह में तब्दील होते गये। मेरा मन पढ़ाई में कम सरिता पर अधिक रमने लगा था। लेकिन हिम्मत नहीं होती थी कि उसे बता सकूँ की मैं तुम्हारे ख्यालों में रहने लगा हूँ। उस दिन रविवार था मेरे पास रफ कॉपी खत्म थी, जेब में पांच का नोट डालकर बाजार आया हुआ था, बुकसेलर की दूकान पर सरिता दिख गई थी। मेरे लिए अच्छा मौका था कि उसके करीब जाकर दिल की जुबां से दिल की कहूँ... हिम्मत बटोर कर मैं नज़दीक गया, और बुकसेलर से रफ कॉपी दिखाने को बोला....और बगल में खड़ी सरिता से भी पूछ लिया...'कौन सी बुक ले रही हो??'

'तुमसे मतलब??'

'सॉरी!!' मुझे बहुत बुरा लगा था। मैं फासले से खड़ा हो गया था। मुझे पक्का यकीन हो गया था कि मेरी बेतुकी बात पर वह नाराज हो गई

है, मुझे यह नहीं पूछना चाहिए था।

'कॉपी ले लिए?? इस बार उसने पूछा वाणी में मिठास थी।

'बाद में लेंगे अरुचि से मैने कहा।

'आओ मेरे साथ।'

मैं मना नहीं कर पाया था, उसके साथ चलकर मैं पार्क में आकर सीमेंट की बेंच में बैठ गया था, वह मुझसे सटकर बैठ गई थी। मैंने उसे ताक़ीद किया था कि मैडम तनिक फासले लेकर बैठो, कोई देख लेगा तो क्या सोचेगा। वह मानी नहीं, वल्कि मुझसे एक गम्भीर सवाल कर बैठी... 'पैसे लिए हो??'

'पाँच रुपये है।'

'बस्स।'

'लेकिन मुझे रफ खरीदने है।' मैंने ये भी बता दिया।

'बुद्धूराम!! बिना पैसे खर्च किये लड़की नहीं पटती है। मधुरिमा ठीक बोलती है, किस घोंचू से तू दिल लगा बैठी??'

'देखो मेरा नाम अभिषेक रंजन है, न मैं घोंचू हूँ, न बुद्धूराम।' आदतन मुझे गुस्सा आ गई थी, मैं चलने के लिए उठ गया था, पर उसने हाथ खींचकर पुनः बैठा लिया।

'अरे!! गुस्सा भी आती है तुम्हे??' सरिता चाहे जिस भाव से बोली हो, मुझे तो यही लगा कि यह मेरी परिस्थिति, मेरी हैसियत का मजाक उड़ा रही है, मैं आपे से बाहर होकर बोला था...माना कि मैं बिना मां-बाप का हूँ, गरीब हूँ और तुम प्रोफेसर बाप की बेटी हो, फिर भी तुम्हे मेरा मजाक उड़ाने का हक नहीं है।'

'हक है।'

'वो कैसे??'

'अरे यार!! सब फोकट में सुनना चाहते हो, पहले पाँच का नोट तो निकालो।'

आखिरकार वह मेरा पाँच का नोट खर्च करवाकर ही मानी। जोड़े में आइसक्रीम पार्क के बाहर से ले आयी, एक मुझे दिया दूसरा खुद खा गई। चलते वक्त उसने मुझे चिकने कागज की एक रफ-कापी दी और सम्हाल कर ले जाने की हिदायत देकर वहाँ से चली गई थी। उसके जाने की दिशा में मैं तब तक निहारता रहा, जब तक वह पलकों की राडार से ओझल नहीं हो गयी थी। मैं भी भारी मन लिए बेंच से उठा और कमरे की दिशा में चल पड़ा।

कमरा आकर मैंने कपड़े उतारे, सरिता की दी हुई रफ कॉपी तकिया के ऊपर रखकर लेट गया, पैदल चल कर गया था, और पैदल लौटा भी, शरीर में आराम की तलब उठी, सो पड़ गया, चारपाई पर चित्त, दंगल से पराजित लौटे पहलवान की तरह। आंख खुली तब बाहर निकल कर देखा शाम हो गयी थी। खाने को लेकर मैं निश्चिंत था, चार रोटी रात के लिए दोपहर में ही ठोंक लिए थे, आम के अचार के साथ अच्छी जुगलबंदी जमेगी, यह विचार आते ही तबियत खुश हो गयी थी। बिजली का बटन नीचे कर दिया, कमरा जगमगा उठा था, कमरे की हर चीज साफ दिखने लगी थी। कोने की दीवार से मुँह टिकाए एटलस कम्पनी की खड़ी साइकल, उसकी हैडिल से बिजूकाओं की शक्ल में झूलते हुये मेरे इकलौते पैंट-शर्ट, मिट्टी का तेल पीकर खाना देने वाला स्टोब, और किसी रंगदार की जी-हुजूरी करते हुये, स्टोब के इर्द-गिर्द रखड़े बेलन-चौका, तवा और चिमटा। सब कुछ तो था, सिर्फ वो कॉपी नहीं दिख रही थी, जो सरिता ने दी थी। चारपाई के नीचे झांककर देखा, वो जमीन में पड़ी थी।

जल्दी से कॉपी उठाकर देखने लगा अच्छी कॉपी थी, कागज चिकने थे। कॉपी का मध्य भाग फूला हुआ लगा। एक लिफाफा की मौजूदगी से वह हिस्सा कॉपी के बाकी पन्नो से उठा-उठा था। लिफाफा खोलते ही मेरे आश्चर्य का ठिकाना नहीं..सौ-सौ के पांच करारे नोट निकले, एक चिट्ठी

निकली। सरिता के हाथ से लिखी चिट्ठी को मैंने चूम लिया। वह चिट्ठी नहीं सम्पूर्ण दस्तावेज़ थी, प्रेम के हर पहलुओं पर सरिता ने किसी शोधकर्ता की तरह तर्कसंगत बातें लिखी थी। वह चिट्ठी आज भी सहेजकर सबकी नजरों से छिपाकर मैंने रखी है। चिट्ठी में लिखे प्रेम के प्राण तत्व का खुलासा अभी नहीं करूँगा, फिर भी दो चार बातें बताना जरूरी है जिसकी बदौलत सरिता मेरी है और मैं सरिता का हूँ.... वरना कहाँ 'राजा भुज्ज और कहाँ गंगवा तेली।'

प्रथम उसने पाँच सौ रुपयों के बारे में लिखा था...'यह कोई खैरात नहीं न दान है, रुपये सूद सहित लौटाना होगा।' पढ़कर मुझे गुस्सा आ गया था, मन में हुआ कि अभी जाकर रुपये फेंक आऊँ... लेकिन नीचे की लाइन पढ़कर गुस्सा जाता रहा। लिखा था...'प्लीज!! यह तुच्छ भेंट स्वीकार कर लेना, एक जोड़ी कपड़े और बनवा लो, कुछ चीजों का दो-दो होना बहुत आवश्यक है, जैसे दो हाथ, दो पैर, दो नाक आदि। मुझे बर्दाश्त नहीं होगा अगर मेरे प्यार पर कोई हंसेगा। किसी को तुम्हारी भीतरी सुंदरता नहीं दिखाई दे रही है। लेकिन मैं देख रही हूँ, तुमसे सुंदर दुनिया का कोई इंसान नहीं है। तुम किसी को धोखा नहीं दे सकते, न किसी को ठग सकते हो। किसी अन्य में इतना बड़ा गुण नहीं है। कोई इंसान भीतरी सुंदरता में तुम्हारा मुकाबला नहीं कर सकता है।'

चिट्ठी में और बहुत लिखा था, सबसे अंत में उसने लिखा था... रंजन!! मैं तुमसे स्वयं को जोड़ चुकी हूँ। इस बारे में घर वालों को बता चुकी हूँ। मेरे पेरेंट्स निहायत नेक है। वे मेरे समर्थन में हैं। तुम किसी दिन मेरे घर आ जाओ, पापा मिलना चाहते हैं।

सरिता की लिखी चिट्ठी मैंने सम्हाल कर रख दी है, आज भी मेरे पास वह सुरक्षित रखी है। उस चिट्ठी ने मुझे बदल कर रख दिया, एक जोड़ी कपड़े सिलवाकर मैं सुंदर हो गया था। तनकर सीधा चलने लगा था। हेयर स्टाइल बदल ली थी। पहले साइड से मांग निकालता था, अब सर के बीच से।, क्लास में हमेशा पीछे बैठने वाला अभिषेक रंजन आगे बैठने लगा

था। मेरा आत्मविश्वास जाग गया था। मैंने दत्ता सर से क्लास में लेक्चर देने के लिए पुनः अनुरोध किया। वे मान तो गये, लेकिन लगे हाथ कड़ी चेतावनी भी दे दिए...'देखो इस बार गड़बड़ाए तो समझ लो भरी क्लास में मुर्गा बनना पड़ेगा।'

नियम के मुताबिक शनिवार को नियमित क्लास उपरांत मुझे बोलने को आमंत्रित किया गया। यह विभागाध्यक्ष प्रोफेसर वर्मा का बनाया नियम था, उनकी सोच थी, इस तरीके से स्टूडेंट में बोलने का सऊर और लीडरशिप आएगी। आज स्थिति पहले से जुदा थी, भूगर्भ विज्ञान का पूरा स्टाफ क्लास-रूम में मौजूद था। एम.एस.सी के सीनियर्स भी आये थे। सभी के सामने तैयार सब्जेक्ट पर जरूरत मुताबिक डायग्राम के साथ लेक्चर देना था। आगे की पंक्ति में सरिता, मधुरिमा और टीचिंग स्टाफ बैठा हुआ था।

जैसे ही मेरा नाम बोला गया, मैं चबूतरे में आ गया। अग्रिम पंक्ति से सरिता के अलावा टीचिंग स्टाफ ने तालियां बजाकर मेरा उत्साह बढ़ाया। मैंने अपनी बात हिंदी में शुरू की, अंग्रेजी में बोलना मेरे लिए कठिन था, हालांकि समझ में आ जाती थी। मैंने जीवाश्म पर रौशनी डाली, जैसे... जीवाश्म क्या है?? कैसे बने?? इनके बड़े संग्रहालय कहाँ है??...इत्यादि। ये कोई नयी बात नहीं थी, सब जानकारी किताबों में दर्ज है। अंत में मैंने स्वयं की चिंता से सभी को अवगत कराया।

'आज आदमी अपने को बचाने के लिए पहले की तुलना में अधिक संघर्ष कर रहा है। उसे सूख चली नदियों से, गर्म होते पर्वतों से, सुनामी उगलते महासागरों से, पिघलते ग्लेशियर्स से, यहाँ तक कि जल, वायु और स्वयं की मिट्टी से कठिन चुनौतियां मिल रही है। ऐसा क्यों हो रहा है?? सभी जानते है, हमने पेड़ काट डाले, नदियों के मुहाने तोड़-मरोड़ डाले, पहाड़ो को निर्वस्त्र कर दिया। इनसे हमें जीवनोपयोगी चीजें मिलती थीं। नेचर संतुलन में इनका बहुत योगदान रहा। यह दुखद पहलू है, सब जानते हुए भी हमने हाथों में कुल्हाड़ी उठाई, मिट्टी के घरौंदे तोड़ डाले और पहाड़ो की छाती चीरकर उस जगह खड़े कर दिए गगनचुम्बी इमारतें, सड़के निकाल

दी, नहरें निकाल दीं। अब कौए सुबह कांव-कांव न करें, कोकिल-कंठी रागनी कानो में न सुनाई दे, गौरेया आँगन में चुग्गा लेने झुंड में न आये, तो समझ लीजिये, इनकी प्रजाति फॉसिल्स बनने चली गई। इसके जिम्मेदार आज की पूरी मानव सभ्यता है। याद रखिये नेचर को मारकर हम भी सुरक्षित नहीं हैं, नेचर एक-न-एक दिन जरूर बदला लेगी।'

'हम सब महाविनाश की उस दलदली जमीन पर खड़े है जो किसी भी समय हमारे अस्तित्व को निगल सकती है। यदि हम अब भी नहीं चेते तो बहुत सम्भव है, पचास सालों के बाद हम भी फॉसिल्स हो जाएं। दुःख तो इस बात का रहेगा कि उन फॉसिल्स को पढ़ने वाला धरती पर कोई मौजूद नहीं रहेगा।'

हम पढ़ते है, लम्बी-चौड़ी बातें करते है, इस धरती में विशालकाय जीव के रूप में डायनासोर थे, सात फुट लम्बी समुद्री बिच्छू थे, जो आज नहीं है। इस विषय में संगोष्टियाँ होती है, व्याख्यान होते है, विद्वान लोग अच्छी तैयारी के साथ आंकड़े प्रस्तुत करते है, फोटो तस्वीर उतारी जाती है। अखबारो की खबर बनती है। लेकिन होता कुछ नहीं, किसी के सर में जूं नहीं रेंगते। क्योंकि हम ईमानदारी के साथ फिक्रमन्द नहीं है। किसी को अपनी सुख-सुविधा के ख़याल के आगे रत्ती भर भविष्य की फिक्र नहीं है। दुनिया में बड़े-बड़े नाम के फिलास्फर, चिंतक, कलाकार, राजनयिक, धर्माचार्य है, किसी को फिक्र नहीं या उनमें इतनी सामर्थ्य नहीं है के पद्मासन में बैठकर सुनने-जानने की कोशिश करे कि सुदूर गगन में बैठा कौन पूछ रहा है।

'धुँआ-धुँआ है आलम सारा।

रात जला है, जाने क्या-क्या?'

मैं आगे बोल नहीं पाया था, बहुत जोर से क्लास के लड़कों ने तालियाँ पीट दी थी। भूगर्भ शास्त्र के विभागाध्यक्ष डॉ वर्मा स्वयं आगे बढ़कर गले लगाते हुए मुझे शाबासी दी थी...यह मेरे जीवन की बहुत बड़ी घटना थी। इतने बड़े विद्वान का आर्शीवाद मिलना बड़े गौरव की बात थी।

उस दिन के बाद मेरी जिंदगी की दशा और दिशा दोनों बदल गई थी। मैं सरिता के करीब आ गया था...सरिता मेरे करीब आ गई थी, इस बड़े बदलाव का पूरा श्रेय उसे ही जाता है।

तकदीर ने हम दोनों को एक में मिला दिया..सरिता के पैरेंट हमारे सम्बन्ध के पक्ष में सरिता की जिद के आगे नतमस्तक थे, वहीं हमारे भइया-भाभी यह सोचकर काफी प्रसन्न थे की...'चलो जी छूटा, बड़े घर में सम्बन्ध हो रहा है, तो हम उसकी जिम्मेदारी से फ्री हुए। 'भाभी मजाक-मजाक बोल में बोल भी देतीं...'मान गए लाला!! बहुत कीमती चिड़िया फँसाये हो।' उनकी बात पर गुस्सा तो बहुत आता लेकिन भाभी में मां की प्रतिछाया देखकर शर्माने का नाटक करके खामोश रह जाता।

शादी हो गयी और थोड़ी दौड़-धूप के बाद जीवकोपार्जन लायक ग्रामीण बैंक में क्लर्की भी मिल गई। मुझे अपनी बैंक की इस नौकरी से पूर्ण संतुष्टि रही, कोई मलाल नहीं, कोई गिला-शिक़वा नहीं। नौकरी को मैंने महज साधन समझा, साध्य तक पहुँचने का रास्ता समझा। हर परिस्थिति में उस महानायक का धन्यवाद किया है, जो नियति-नियंता है, जिसके इशारे पर पत्ता-पत्ता डोलता है, रात में चाँद निकलता है, नित नूतन सुबह लेकर प्राची में सूरज निकलता है। हर पल उस नियंता की अकीदत में जुबां से मेरे यही निकलता है..

'हो रज़ा जिस कदर तेरी, नाच तू वैसी नचा। हर घड़ी मुँह में रहेगा शुक्रिया जी शुक्रिया।'

सामने से तेज गति से चली आ रही लॉरी से बजते संगीतमय हॉर्न सुनकर मैं वर्तमान में लौट आया। घर में जागृति अकेली है, यह याद आते ही स्कूटर की रफ्तार बढ़ा दी थी।

4

स्कूटर की घुर्राहट सुनकर गेट खोलने के लिए जागृति बाहर निकल आयी थी।

'लौटने में देर कर दी??' मुझे देखते ही पूछ लिया।

'गाड़ी जब चली तब मैं भी चला।'

'कपड़े चेंज कर लें, नाश्ता लगा दूँ।'

'जागृति ने उपमा बनाया था, सलाद-सब्ज़ी सब उसी में मिलाकर, पौष्टिक के साथ रुचिकर भी लगा नाश्ता।

यकीनन बहुत बेहतरीन नाश्ता तैयार किया था जागृति ने हाइजिनिक, पौष्टिक एवं स्वादिष्ट। वैसे अपनी नाश्ता करने की आदत नहीं है, कारण दस बजे बैंक पहुँचना होता है। जागृति टिफिन ले जाती थी, दो रोटी या पराठे मेरे लिए भी रखना कभी नहीं भूली।

'कैसा बना है??' जागृति ने पूछ लिया।

'सच में बहुत अच्छा बनाया है तुमने। लेकिन अपनी किचेन क्यों यूज कर रही हो, सरिता तुम्है नीचे की किचेन यूज करने को बोल गई है न।'

'क्या फर्क है, खाना चाहे नीचे बने या ऊपर।'

'तुम मानोगी नहीं, इसलिए ऊपर ही चलकर खाना कर लिया करेंगे।'

'जी!! ठीक है। उसने संक्षेप में उत्तर दिया।

'उस दिन के लिए वेरी..वेरी सॉरी। बिना दरवाज़ा नॉक किये हुये मुझे भीतर नहीं जाना चाहिये था।'

'किस बात की??'

'अरे शनिवार के दिन की। तुम्हारी नियुक्ति का पत्र लेकर कमरे में चला गया था।'

'और मुझे न्यूड देख लिया यही न।' मेरी बात को जागृति पूर्णता देती हुई बोली।

'हां!! तुम कपड़े चेंज कर रही थी। 'मुझे सख्त अफ़सोस है, वास्तव में इतना ज्यादा खुश हुआ कि मैं सारे मैनर भूल गया।'

'सच बतायेगा उस समय मैं कैसी लगी थी??'

'मैं तुरन्त लौट पड़ा था, पल भर तो देखा था, मेरा ख्याल है तुम सुंदर लगी थी।'

'और अब??'

'अब भी सुंदर।'

'मेरा सुंदर..सुंदर कहना जागृति को सम्भवतः सुंदर नहीं लगा था। वह बिना कुछ बोले नाश्ते की खाली प्लेट उठाकर वाश में दाखिल हो गयी थी। मुझे वो बात अभी तक याद है, जब चाय में चीनी न होने पर भी मैंने उसके यह पूछने पर की 'चाय कैसे बनी है। 'कह दिया था' बहुत अच्छी। 'तब वह नाराज होकर बोली थी..सर!! सच बोलने की आदत स्वभाव में लाइये। काने को काना कहना भले ही सुनने में अच्छा न लगे, लेकिन सच तो यही है कि वह काना है। किसी की झूठी तारीफ से हम उसका बड़ा नुकसान कर देते हैं। वह अपने को वह मानकर खुश हो लेता है, जो वास्तव में वह है ही नहीं। इस तरह से वह जो चाहता है, उसे पाने की कोशिश नहीं करता। इस तरह से हम उसके विकास में बाधक हुए।'

जागृति पहली मुलाकात से ही मुझे असाधारण लगी थी। मेरे घर

में रहते हुए यह उसका दूसरा साल था। बैंक में सात घण्टे साथ में काम करती है, फिर भी मैं उसे ठीक-ठीक अब तक समझ नहीं पाया था। वह वॉशरूम से निकलकर ऊपर जाने के लिए सीढ़ियां की तरफ बढ़ने लगी थी, मैंने उसे आवाज देकर रुकने को कहा।

'क्या है??' पहली सीढ़ी में पाँव जमाती हुई वह बोली।

'अभी से कहाँ चल दी??'

'कमरे में जाकर एक घण्टे पढ़ाई फिर लंच तैयार करुँगी।' उसने बेरुखी से जबाब दिया था।

'वो सब कर लेना, पहले मेरे पास दो मिनट बैठो।'

'लो बैठ गयी। 'बोलिए क्या कहना चाहते हैं?'

'तुम क्या चीज हो जी?? समझ नहीं पाता हूँ।'

'महाशय!! मैं चीज नहीं, लड़की हूँ।' उससे इस तरह के जबाब की उम्मीद नहीं थी, मुझे भी यह मालुम है कि वह लड़की है, फिर शादी के बाद औरत बनेगी, फिर मां बनेगी। उसके जबाब ने मुझे गुस्से में ला दिया था। वह भी मेरे स्वभाव को बखूबी समझती है, मेरे गुस्से का कोई टाइम निश्चित नहीं है। इसलिए अब कोई परवाह भी नहीं करता। कभी-कभी जागृति और सरिता दोनों ही मजा लेने के बहाने ऐसा कुछ बोलती रहतीं है कि मुझे गुस्सा आ जाये और कुछ कहूँ। वह सामने बैठी मंद-मंद मुस्कुरा रही थी।

'आंखों से देखा' दिलो-दिमाग को बताया, दोनों ने मिलकर जुबां के माध्यम से जैसा उन्हे लगा बयाँ कर दिया, इसमे मेरा योगदान क्या है??'

'अच्छा ये क्या है?' आंखों के शुष्शम कैमरे से मेरा चित्र खींचकर उसने पूछा।

मैं उसे गौर से देखने लगा था अनुपमेय सुंदर चेहरे पर झील सी गहरी आंखे, उन आँखों की गीली सतह में तैरती एक धुंधली

परिछाया...किसकी है?? यह कौन है?? स्वयं का सवाल स्वयं से करती हुई चंचल निगाहै, पहने वस्त्रों को देह से उतारती हुई उन्नत उरोजों पर ठहर गईं थी।

'मेरी ओर घूरकर क्या देख रहे है?? क्या मैं सम्पूर्ण नारी नहीं हूँ??'

'यही तो सोच रहा हूँ, समझ में नहीं आता सम्पूर्णता किसे कहते है?? क्या नारी-पुरुष की सम्पूर्णता एक दूसरे के मिलन में ही निहित है या पृथक-पृथक??'

'आपको सम्पूर्णता नहीं मिली??'

'नहीं।'

'सरिता भाभी के सानिध्य में भी?'

'नहीं...कुछ शेष सा है।'

'और उन्हे??'

'कभी पूछा नही।'

'पूछने और कहने के ये विषय भी नहीं है, अहसासात बोलते हैं, बिंब आंखों की पुतलियों में तिरते है, जो शब्दों के द्वारा कभी व्यक्त नहीं हो सकते।'

'जागृति!! तुम क्या-क्या बोलती रहती हो?? समझ नहीं आता है??

'समझ जाएंगे सर!! समझने का आपको हक जाता है, किसी न किसी दिन आप उस चिन्हित पॉइंट पर जरूर पहुचेंगे जहां आपके इंतज़ार में युगों-युगों से कोई खड़ा है'

'तुम पागल हो जागृति।' मैं खीझकर बोला था।

'पागल नहीं पगली बोलो। 'हा.. हा.. हा.. हा..अभी तो यह बतायें लंच में क्या बना दूँ??' वह हँसी के अनारदाने बिखेरते हुई बोली।

'केशर की भाजी और गन्ने की रोटी।'

'क्या??' उसने आंखे बड़ी कर पूछा।

'तुम पूछती ही क्यों हो...बना लो जो रोज बनता है। हां कल राखी है, कल के लिए पूछो तो बतायें।'

'मुझे नहीं पूछना..कल अपनी पसंद से बनाऊँगी।'

'ठीक है।'

वह ऊपर चली गई थी। मैं अकेला बैठा-बैठा क्या करता, मेरे करने को कुछ बचा ही नहीं था। जागृति ने पूरा घर झाड़-पोंछकर चमका दिया था। बाहर धूप निकली थी, दो दिन के बाद सूर्य देव के दर्शन मिल रहे थे। आज का दैनिक जागरण हाथ में उठाये मैं लॉन में आ कर बैठ गया था। अखबार का पेज पलटते ही नजर एक खबर पर ठहर गई..'बदमाशों ने सुनियोजित तरीके से कैश वेन लूटा, वेन में सवार बैंक स्टाफ को गोली मारी, हालत चिंताजनक, डॉक्टरों ने उसे लखनऊ रेफर किया। 'यह उत्तरप्रदेश की घटना थी, मेरी शाखा भी उत्तरप्रदेश राज्य की सीमा से लगी हुई है। खबर पढ़कर तबियत खिन्न हो गयी। अखबार अलग रख दिया और सड़क की तरफ देखने लगा। मुझे जागृति की फिक्र हो आयी थी, अपनी बैंक शाखा भी सुरक्षित जगह में नहीं कही जा सकती, उस पर दो का स्टाफ। मुझे कभी मीटिंग में तथा कभी ऋण-वसूली और अन्य बैंकिंग कार्यों से अक्सर बाहर जाना ही पड़ता है। ऐसे में अकेली जागृति और एक प्यून के हवाले पूरा बैंक होता है..न कोई सुरक्षा न अन्य कोई वैकल्पिक उपाय।

सड़क से गुजरते हुये हर चेहरे मुझे अजीव से लगने लगे थे। अर्थात बिना जीव के। कितना गलत वाक्य है, जिंदा सजीव होता है और मुर्दा अजीव होता है। जब तक जीव है, जीवन है, तभी तक भागमभाग है, छीना-झपटी है, कर्म-कुकर्म है। यह सारा का सारा वर्क लोड सजीव के सर पर है। सब दौड़ रहे थे कोई साइकिल से कोई मोटरसाइकिल से, कोई पैरों को घसीटते हुये। चलना जिंदा होने का प्रथम सबूत है और भी कईं

है लेकिन चलना प्रथम है।

सरिता को बस में बैठाने और घर आने के बाद मेरी चाल घर के भीतर ही सिमट गई थी। छुट्टी का दिन काम भी कुछ नहीं। खाने-पीने, साफसफाई की भी फिक्र नहीं, जागृति मुझे यह सब करने न देगी। लेकिन कुछ तो करना चाहिए, यह सोचकर बेड-शीट अलग की और उसे धूप दिखाने की गरज से छत में फैलाने ले आया। खुले खाली तारों की दूसरी लाइन में कोई कपड़ा नहीं फैला था। प्रथम लाइन में जागृति के कपड़े सूखने के लिए चिमटी से कसे हुये फैले थे। दूसरे तार में चादर फैलाकर लौट रहा था कि जागृति के कमरे से छनकर आती हुई मंद-मंद-मधुरिम संगीत की जादुई स्वर-लहरी ने मेरे बढ़े हुए कदमों पर ब्रेक मार दी, मैं पर्दे के इस पार खड़ा गीत सुनने लगा। कोई मजी हुई स्वर-साधिका, सरस्वती-पुत्री, गीत में यति, गति, लय, झाला, आरोह-अवरोह के साथ गले मे कम्पन और मुरकियाँ देती हुई सम्पूर्ण शास्त्रीयता के साथ बरखा रानी से गीत के माध्यम से कुछ यूं अर्ज रही थी।

‘गरज-लरज, घन घोर रोर करि,
उतर धरा पे आ री।
लपक-झपक, द्युति धारि वसन तन,
घघर-घघर, घघरा री।

मैं सम्मोहित सा खड़ा गीत सुनने में तल्लीन हो गया, मुझे लगने लगा कि फिर जोर से बरखा होगी, बेड-सीट को धूप दिखाना ठीक नहीं है, ये गीला हो जाएगा। मैं फिर छत में आ गया था, धूप खिली थी। यत्र-तत्र भूरे-उज्जर बदरा घर के बुजुर्ग की तरह जिसकी पूछ-परख घर में नहीं होती है, आसमान के विशाल घर में आँगन-देहरी एक कर रहे थे।

मैं यह समझ गया था कि यह गीत का असर है, बरसात के आसार दूर-दूर तक नहीं है। निश्चित होकर वापस आने को मुड़ा ही था कि दृत लय में गीत के अंतरे की बंदिश ने फिर मेरे कदम रोक दिए।

'मोर पिया परदेश बसत है,
आवन को चौमास कहत है,
उमड़-घुमड़ नित मोर अगनवां,

मेघ मल्हार सुना री।
बरख-बरख-बरखा री।'

गीत के जादुई सम्मोहन ने मुझे पूर्णतः गिरफ्त में ले लिया था, इस बार पक्का यकीन हो गया कि यह विरहिणी बिना पानी बरसाए नहीं मानेगी, चादर जरूर भीग जाएगा और जागृति के कपड़े भी। सीढ़ी पर खड़े-खड़े ही मैं जागृति को जोर से आवाज़ देकर कहा ....'पानी गिरने वाला है, कपड़े उतार लो।'

'आप कमरे में आ जाइये।' मेरी बात अनसुनी करती हुई वह मुझे भीतर आने को बोली थी।

रेडियो का वॉल्यूम उसने कम कर दिया था, हाथ की किताब को तकिया के ऊपर रखती हुई वह उठ गई थी। मुझे बहुत ताज्जुब हुआ, रेडियो से नहीं, न उसके किताब से। मुझे मालुम है वह देर रात तक पढ़ती है। उसे आए.ए.एस होना है। मुझे उसकी संगीत रुचि पर अचरज हुआ, जिस उम्र में लोग मधुर सपने देखते है, एकांत में किसी झील, नदिया, सरोवर के किनारे भविष्य का बिम्ब आंखों में तलाशते है, उस उम्र में यह विरह से दग्ध गीत के माध्यम से किसे बुला रही है। इसका प्रियतम कहाँ गया है?? कौन है इसके दिल का स्वामी??

'बैठिए प्लीज।' प्लास्टिक की कुर्सी मेरे नजदीक करती हुई वह शिष्ट शब्दों में बोली। पलंग से उतर कर वह भी मेरे समीप बैठ गयी थी।

'बरसात तो नहीं है, खिड़की से देखिए तेज धूप उतरी है।'

'हां। 'मुझे अपनी भूल समझ में आ गयी थी।

'तुम्हे क्लासिकल मौशिकी पसंद है??'

'जी।'

'गाती भी हो।'

'थोड़ी बहुत।'

'मुझे भी बहुत पसंद है, लेकिन समझ नहीं है।' मैंने कहा। जानती हो जब मैं पांचवीं जमात में पढ़ता था, ऐसे ही फिलिप्स का रेडियो मेरे घर में था। पिता जी को क्लासिकल गाने और गजलें सुनना उनकी रूटीन में था, बिना सुने वे सोते नहीं थे। रेडियो के स्टेशन मुझे खोजने होते थे। गजल सुनते-सुनते किसी भी शेर का वो तफ़सरा करते थे। शास्त्री रागों में तो उनकी खुशी देखते बनती थी। जब पण्डित भीमसेन जोशी या कुमार गन्धर्व गगन छूती तान/अलाप भरते थे तो वे वाह-वाह कह उठते थे।'

'चरण बंदन है पिता जी को।' अत्यंत सहृदयता से जागृति ने उन्हे नमन किया था।

'किसकी गायी गजलें सुनना वे पसन्द करते थे??

'अक्सर बेगम अख्तर और मेहदी हसन की गायकी सुनना पसंद करते थे, ठुमरी, दादरा या गजल जो भी उनकी गायी हुई हो।'

'इसीलिए आप इतने सहृदय इंसान है, आपके लहू में संगीत है, संगीत से वास्ता रखने वाला सदैव नरम दिल इंसान होता है।'

'कुछ सुना सकती हो??' मैंने आग्रह किया।

'प्लीज अभी नही, खाना तैयार करना है। मैं जरूर गाऊँगी आपके लिए..प्रॉमिस।'

'मैं भी खाना तैयार करने में कुछ हेल्प करूँ??'

'क्या हेल्प??'

'जो कहोगी।'

'ओके!! नहाकर आइये।'

मैं नीचे उतर रहा था। बेड रूम से मोबाइल फोन की घण्टी बज रही थी, मेरे पहुँचने तक घण्टी बन्द हो गई। कॉल चेक किया तो तीन मिस्ड कॉल थे। प्रथम सरिता का दूसरा बैंक के महाप्रबन्ध खंडेलवाल का। तुरन्त कॉल बैक किया। प्रथम तो वे नाराजगी जाहिर किये कि....'रंजन!! आप फोन नहीं उठाते हो। 'जब मैंने उन्हे बताया कि... सर!! मैं बाथ में था, तब वे नॉर्मल होकर बोले...' एन.पी.ए. मुझे अभी चाहिए..ब्रांच-बाई/ ब्रांच स्टडी कर रहा हूँ।

सीट तो तैयार थी...धन्यवाद जागृति का जो उसने फ्राइडे को लेट सिटिंग कर स्टेटमेन्ट तैयार कर ली थी, वरना मेरी खिंचाई तय थी।

परेशानी की थोड़ी बात यह थी कि एन.पी.ए. सीट मेरे टेबल की दराज़ में थी, छुट्टी के दिन बैंक खोलकर उन तक पहुँचना होगा।

मैंने बोल दिया ....'सर!! आधे घण्टे से लेकर पहुँचता हूँ। दूसरा मिस्ड कॉल को भी बैक किया सरिता से बात हुई..उसने सर्वप्रथम कुशलतापूर्वक अपने पहुँचने की सूचना दी। तदोपरांत कल यानी रक्षाबंधन को सुबह नहाकर बिना चाय-पानी के देवताओं को राखी-बांधने की हिदायत दी। उसने एक कुशल गृहणी की तरह एक नेक सलाह भी दी...'मिठाई बाजार से मत खरीदना, नकली मावे की बन रहीं है। जागृति से बोल के घर पर ही कुछ बनवा लीजिएगा।' जागृति को बताकर मैं बैंक के लिए निकल गया।

जब मैं महाप्रबंधक जी के निवास में पहुँचा, वे बाहर ही चहलकदमी करते हुए मिल गए, जैसे वे मेरे इंतज़ार में ही हों। सीट देकर मैं बाहर से ही लौट आना चाहता था। लेकिन वे दो मिनट रुकने को कहकर ड्राइंग रूम में ले गये।

रंजन जी!! तुम्हारी कैशियर, क्या नाम है उस लड़की का, वो सुना है, इंग्लिश बहुत अच्छी जानती है??' वे सोफे पर बैठते हुये पूछे।

'उसका नाम जागृति है, अंग्रेजी जानती है, लिख-पढ़ और बोल भी सकती है। लेकिन सर...मेरा वाक्य अधूरा ही रह गया, वे बोल उठे...'चेयरमैन सर को ऐसी सैकेट्री की जरूरत है, उसका ट्रांसफर चेयरमैन सेक्रेटीएट में कर दिया गया है। ट्यूजडे को आर्डर रिसीव होते ही उसे रिलीव करना है।'

'लेकिन सर!!...मैं फिर नहीं बोल पाया, वे अपनी बात को जारी रखते हुये आगे बोले.....देखो!! कुछ कहने से फायदा नहीं, साहब का आर्डर था। आप पूरे वीक वन मैन ब्रांच देखना, तब तक किसी स्टाफ का इंतज़ाम हो जाएगा।'

'लेकिन सर!! वह दो दिन की कैजुअल लीव लेकर घर चली गई है।' मैं झूठ बोल गया।

'नो टेंशन, उसके ब्रांच आते ही रिलीव कर देना, मैं सर को समझा लूँगा... वट, वो लीव एक्सटेंड नहीं करेगी, वरना आपकी मिस्टेक मानी जाएगी।'

मैं क्या कहता?? किससे कहता?? वहाँ कौन मुझे सुनने वाला था?? जी सर!! कहकर मन भर का मन लिए घर आ गया। जागृति खाना तैयार कर चुकी थी। उसे कुछ बताए बिना मैं बाथ रूम में घुस गया।

मेरा चित्त आज अशांत था, वो इसलिए नहीं कि जागृति का मेरी शाखा से ट्रांसफर हो गया था, ट्रान्सफर होना तो एक व्यवस्था है, प्रबंध जहां ठीक समझेगा, वहीं सेवाएं लेगा। ट्रान्सफर तो नौकरी में चलता ही रहता है। मेरी चिंता के कारण बैंक के चेयरमैन साहब थे, उनके बारे में खुलकर कहा तो किसी ने नहीं, पर दबी जुबान से कई लोगों से सुन रखा था कि वे लड़कियों से शारीरिक सम्बन्ध बनाने को लेकर किसी भी हद में चले जाते है। प्यार से बात न बनी तब वे साम-दाम-दंड-नीति के इस्तेमाल करने में भी पीछे नहीं रहते। जागृति तो उनकी सैक्रेट्री होगी, उसे तो हर समय उनके ही निर्देशन में काम करना है। इसका भाषा ज्ञान ही इसके लिए मुसीबत बन रहा है, काश!! उसे मेरी तरह अंग्रेजी न आती। क्या जरूरी

था अंग्रेजी सीखना, बिना अंग्रेजी के भी काम चल सकता था।

अभी मैंने कुछ बताया नहीं था, दोपहर का खाना ख़ाकर सीधे नीचे आ गया था। दोपहर समाप्त होने को थी, हालांकि, बरसात के दिनों में सुबह, दोपहर शाम एक जैसी ही दिखती है, मैं लॉन में आकर बैठ गया था। चित्त को शांति नहीं मिल रही थी। कहते है जब मन अशांत हो तब सारी तब्दीलियां बेअसर होती है। चाहे इस शरीर को घर या घर के बाहर कहीं भी ढोकर स्थापित करो, बेलगाम मन कूद-कूद वहीं घसीट ले जाएगा, जिसके डर से हम स्थूल काया की पूँछ पकड़े इधर से उधर हो रहे होते है। सामने गुलाब के दो अधखिले फूल आज ही दिखे थे, शाम तक पूर्णरूपेण खिल जाएंगे, पंखुड़ियों में यौवन का रंग चढ़ जाएगा। रात में महकेंगे, खुशबू की दीवानी बहारें चोरी छिपे इनके रूप-रस-गन्ध को देखने-छूने मध्य रात्रि में आसमान से आएगी। पराग रस के प्रेमी भ्रमर तितलियों के साथ आने ही वाले होंगे। सुबह सूर्य की किरणों के आगमन के साथ सब कुछ बदल जाएगा। फूल मुरझा जाएंगे, पंखुड़ियां झड़कर मिट्टी में मिल जाएंगी। काश!! ऐसा न हुआ होता। यौवन के दिन कुछ और ठहर जाते।

जागृति चाय ले आयी थी...अपने बैठने के लिए कुर्सी भी... आमने-सामने बैठकर हम चाय के गर्म घूँट हलक के नीचे उतारने लगे थे। उसने शायद मेरे मनोभावों को पढ़ लिया था। वह मुझसे बोली...'क्या बात है?? आप जब से जी.एम. से मिलकर आये है, परेशान से लग रहे है।

'हां!! कुछ ऐसी ही बात है, तुम्है अब बता देना चाहिए।'

'फिर बताइए।'

'तुम्हारा ट्रांसफ़र चेयरमैन सचिवालय में कर दिया गया है।'

'इसमें कौन सी चिंता की बात, शाम को लौटकर तो यहीं आना है।'

'तुम्है दो दिन बैंक नहीं जाना है।'

'क्यों??'

'जी.एम. बोल रहे थे कि ट्यूजडे को तुम्हे रिलीव कर देना है। मेरे मुँह से निकल गया कि तुम दो दिन की कैजुअल लीव लेकर घर गई हो।'

'आप झूठ क्यों बोले??'

'मुझे लगा कि इस बीच हमे डिस्कसन का टाइम मिल जाएगा, सरिता भी आ जाएगी।' मैंने अपनी बात रखी।

'किस बात का डिस्कशन?? ठीक है, नहीं जाऊँगी दो दिन बैंक। आपकी फिक्र मैं समझ रही हूँ, चेयरमैन सर के नेचर को लेकर के है न... सुनी बातों पर मैं ज्यादा यकीन नहीं करती। यकीन कर भी लूँ तो यह भी सच होगा कि उस वीमेन स्टाफ की भी जरूरतें, मजबूरियाँ रही होंगी। जबरदस्ती कुछ नहीं होता है।'

'जागृति!! तुम कतिपय कारणों से डिप्टी कलेक्टर की पोस्टिंग छोड़ दी। हम लोगो ने उस बावत कभी चर्चा नहीं की क्योंकि हम तुम्हारा दिल नहीं दुखाना चाहते थे। आज स्थिति और है, हम तुम्है इस घर की सदस्या मान चुके है। अब तुमसे जुड़ी हर बात तुम्हारे अकेले की नहीं रही, हम सबकी हो गयी है। अब किसी भी परिस्थिति में किसी तरह की ऊंच-नीच की बात जो तुमसे सम्बंधित होगी, हम सहन नहीं कर पाएंगे।'

'सर!! मुझ पर यकीन करें। आप लोगो के सम्मान पर आंच नहीं आने दूँगी, डिप्टी कलेक्टर की परीक्षा से लेकर नियुक्ति-पत्र मिलने के सफर तक ने मुझे सब कुछ सिखा दिया है। चोरी से मेरे हिस्से की सारी जमीन बेचकर चाचा ने सारी रकम नेता-अफसरों को बाँट दी। इतने पर भी उन्हे संतोष नहीं हुआ। आयोग के दलाल द्वारा मुझे मंत्री जी को खुश करने की सलाह दी गई। मैंने ऐसा करने से साफ मना कर दिया और एक वीमेन एन.जी.ओ से सब बता दिया। उसने मुझसे सबूत लाने को कहा। मैं कहाँ से लाती सुबूत...अंततः उस संस्था से मुझे कोई मदद नहीं मिली। मुझे अपने सलेक्शन की कतई उम्मीद नहीं थी, नामालुम कैसे सेलेक्ट कर दी गई।'

'इस घटना को किसी बुरे सपने की तरह भूलने की कोशिश करो।' मैंने उसे सलाह दी।

'नहीं सर!! मैं उस मिनिस्टर को खुश करना चाहती हूँ, सारे कपड़े उतार कर, पूर्णतया नग्न होकर, मुझे उसकी हिम्मत देखनी है, मुझे उसकी ताकत आजमानी है। उस अफसर को भी खुश करना चाहती हूँ, जिसने मेरे खेतों का मूल्य लिया है....इसके लिए मुझे आए.ए.एस. बनना ही पड़ेगा। 'उसकी साँसे तेज चलने लगीं थी, बिना आस्तीन वाले टी-शर्ट के नीचे छिपे दो बड़े मांसल पिंड असमान्य गति से आंदोलित होने लगे थे। जागृति का रौद्र रूप मुझसे देखा नहीं गया, मैं असहज होकर बोला...प्लीज!! शांत हो जाओ।'

मैं उसके पीने के लिए गिलास में पानी ले आया था। वह पानी का गिलास हलक के नीचे उतार कर अपनी आँखे मेरी तरफ फेर दी थी। उसकी चारु आंखो को मैंने पुनः गौर से देखा था, वे मुझे यकीन दिला रहीं थी कि.. 'आप अपनी जागृति पर यकीन करें, वह बहुत शक्तिशाली और चट्टान दिल औरत है। वह सिर्फ उसके लिए मोम है, जिसे वह पसन्द करती है और वह पसन्द कोई दूसरा नहीं है...आप है।

5

जागृति मेरे पास से उठकर कमरे में चली गई थी। गजब का आत्म-विश्वास उसमें था, हर प्रतिकूल परिस्थियों से जूझने का जज़्बा उसमें कूट-कूट कर भरा था। मेरे मत अनुसार वह हर तरह से प्रशासनिक सेवा के लिए फिट है। उसकी जिद भी सकारात्मक सोच लिए है। ईश्वर ऐसे ही लोगों की मदद करता है। यह जरूर आई.ए.एस. बनेगी। मेरी दुआएँ उस तक पहुँच कर उसकी जिद को और शक्तिशाली बनाएंगी।

ये दिल का ऑटोमेटिक दरवाज़ा कब किसके लिए खुल जाए, कब किसके लिए बन्द हो जाये, यह तो दरवाज़े का मालिक ही जाने, लेकिन मुझे इस बात का इल्म जरूर है के मेरे दिल का द्वार जागृति के लिए उसी दिन आहिस्ता-आहिस्ता खुल गया था, जिस दिन वह भीगती हुई बैंक में अपनी पहली पोस्टिंग में आई थी। ये महज संयोग नहीं होता है। कोई माने या न माने मैं इसे मात्र संयोग कहकर कायनात के चीफ की व्यवस्था पर अविश्वास नहीं कर सकता हूँ। उसकी पोस्टिंग और किसी ब्रांच में भी हो सकती थी।

मुझमें और जागृति में एक बात का बड़ा फर्क है। मुल्क की सरकार के नुमाइंदों की तरह जितना सोचता हूँ, उतना कर नहीं पाता हूँ, जबकि वह एकलवय की तरह अपनी पूरी सोच की नज़र टारगेट पर फिक्स रखती है। वह उतना ही सोचती है, जितनी जरूरत हो। यत्र-तत्र बिखरे थॉट्स को टारगेट पर फिक्स कर देना सहज नहीं है। कठिन भी नहीं है, यदि आदमी

जिद करे तो। यही नेचर सरिता और जागृति दोनों का है। दोनों ऊर्जावान है। एक दिन मैंने जागृति को लेकर फिक्र जाहिर की थी..'डिप्टी कलेक्टर का जॉब कोई साधारण जॉब नहीं है। खिदमत, हिकमत और किस्मत के टॉप पर होने की स्थिति में ही प्राप्त होता है। जिसे ठुकराकर यह पागल लड़की ठीक नहीं कर रही है।'

'ये आपकी बात हुई न...जहां तक मैंने उसे जाना है..'ऐसा होगा क्यों नही' के चेलेंज को सहर्ष स्वीकार करने की प्रवृति उसके स्वभाव में है। 'अच्छा ये बताइए...'जागृति को कभी निगेटिव सोचते देखें है??' सरिता ने मुझसे पूछा था।

'नहीं।' मैंने सोचते हुए उत्तर दिया था।

'तब मेरा दावा है, वह आए.ए.एस. जरूर बनेगी।'

'देखते है।'

'देखना-वोखना कुछ नहीं.. आप शर्त लगा लो।'

मुझे सरिता का कॉन्फिडेंस देख कर शर्त से पहले ही पराजय स्वीकार कर लेनी पड़ी। मैंने कह दिया.... 'मेरी अग्रिम शुभकामनायें, ईश्वर करे तुम्हारा कहना सच निकले। दोनों में परस्पर मेल-मिलाप का यह भी एक कारण रहा।

सरिता से विवाह को बीस साल गुजर गए है। आने वाले नवम्बर माह में शादी की साल गिरह पड़ती है। हम दोनों आपस मे शुभकामनाओं के आदान-प्रदान कर लेते थे और, मन्दिर जाकर देवता को प्रसाद चढ़ा आते थे, लेकिन इस बार ऐसा नहीं चलेगा। पिछली साल की तारीख जागृति के जेहेन में जरूर होगी, उसकी चेतावनी मुझे याद है...'आप लोग अगला जन्म-दिन मेरे हिसाब से मनाएंगे...वरना।'

हमने भी उसका जन्म दिन मई की बीस तारीख को मनाया था, बामुश्किल वह इस शर्त पर राजी हुई थी कि इसे सार्ट में किया जाए। मैं केक ले आया था। वह तीस की पूरी हो गई थी। तीस मोमबत्तियां जलाई

गयी थी। केक खिलाते समय मेरी उंगलियां काट ली थी, कितनी शरारती है। बैठे-बैठे मुझे अचानक सूझा कि बाजार से आज ही कुछ बर्फी, पेड़ा, लड्डू लाना ठीक रहेगा, भगवान को खाली राखी बांधना उचित नहीं होगा। यह सोचकर मैंने जागृति को आवाज देकर पूछा...'मार्किट चलोगी??'

'किसलिए।'

'हेमा का डांस देखने।'

'कौन हेमा?? वह चिल्लाकर बोली।

'चिल्लाओ नहीं.. मत जाना, मीठा लेने तो चलना था।'

'प्रसाद के लिए पेड़े और लड्डू बना चुकी हूँ।' वह ऊपर से ही तेज आवाज मे बोली थी।

'अब तुम नीचे नहीं उतरना।'

'जी!! आती हूँ।' ऊपर के किचेन से वह बोली थी।

शाम को आज जल्दी आना था। आसमान से सफेद बादल हटने लगे थे, उनकी जगह अंधियारा फैलाने वाले श्यामवर्णी बादल तिर आये थे। यदा-कदा मौका परस्त सूर्य की झोली में बची हुई बूढ़ी किरणें धरती पर ऊँचे खड़े पादपों के कोमल किसलय को प्रतीची से आकर दुलरा जाती थीं।

'क्यों सरिता भाभी की याद आ रही है??' वह सीढ़ियों से नीचे उतरती हुई बोली।

'सरिता की क्यों आएगी?? मुझे तो भूतनी की याद आ रही है।

'आपको डर नहीं लगता है, भूतनी से।'

'नहीं.. बिल्कुल नहीं। भूतनी तो अभिषेक नाम के भूत की प्रेमिका है।'

'अब समझी।'

'बहुत टेलेंटेड हो।'

हम लोगो के बीच मे इस तरह के हँसी-मजाक चलना आम दिनचर्या में शामिल थे। आज सरिता की अनुपस्थिति खल रही थी। वह होती तो यही कहती तुम भूत-भूतनी घर मे रहो। मुझे नहीं रहना तुम लोगों के साथ। वो रूठ जाती, हम खुशामद कर उसे मनाते, वह मान जाती, फिर तीनों के निश्छल-स्वच्छ-सरल हृदय से निकली उन्मुक्त हँसी से घर के दरो-दीवार तक हँस पड़ते। वह मेरे सामने आकर बैठ गयी थी। मेरे मन का रिक्त कोना भर गया था।

'रात में क्या बना लें??' रात के खाने को लेकर उसने पूछा था।

'खाने के अलावा भी कोई बात होती है??' कृत्रिम गुस्से के इज़हार करते हुए मैंने कहा।

'बहुत होती है, लेकिन हर बात को पेट के रास्ते से गुजरना पड़ता है..ठीक है, मत बताइए, बना लेगें रोटी, और चटनी टमाटर की।'

'आज बारिस नहीं होगी?? बाहर देखकर उसने पूछा।

'क्यूँ?? भीगने का इरादा है??'

'बहुत..कोई भिगोने वाला तो हो।'

'आओ हम छोड़े आते है बाथ-शावर के नीचे।'

मैंने मजाक में ही उससे कहा था लेकिन वह उठकर मेरे उतने करीब आ गयी थी, जहां से दूरियों का मान शून्य के आसपास हो जाता है। मैं उसके सांसों की तपिश को महसूस कर रहा था, गर्म साँसे सामान्य से तेज चल रही थी, मैंने कोई प्रतिरोध नहीं किया। सांसों की हरारत से मेरा भी जिस्म गर्म होने लगा था, अनायास ही मेरे हाथों की उंगलियों उसके रुख़सार में गिर आये स्याह गेसुओं को परे हटाने में लग गयीं थी।

'ऐसा क्यों होता है, चाहतें जिससे सरोकार बनाना चाहती है, वो मिलता नहीं, अनचाहा सा बोझ ताउम्र ढोना पड़ता है??' वह मुझसे परे हटती हुई पूछ बैठी।

‘मुझसे बेहतर उत्तर स्वयं तुम्हारे पास है।’

‘नहीं आप बताइए।’

‘तुम्हारी नज़र में कोई ऐसा है, जिसे सब कुछ मिला हो?’

‘जी ..वो खुशनसीब सख्स आप है और सरिता भाभी है। बड़े नसीब वालों को इतना खूबसूरत तोहफा कुदरत देती है।’

‘जागृति मैं तो सच मे तकदीर का धनी हूँ, बेइंतहां प्यार करने वाली पत्नी सरिता और तुम जैसी प्यार करने वाली दोस्त मेरे जीवन की अनमोल पूंजी है। इसकी रक्षा करना मेरा धर्म है।’

‘मैं भी आप लोगों के सम्मान की रक्षा करने का वचन देती हूँ।’

‘तुम हमसे क्या चाहती हो??’

‘प्यार चाहती हूँ, हर तरह से। प्लीज इंकार मत करिएगा वरना मैं बिना जंग लड़े ही पराजित हो जाऊँगी।’

‘हम ऐसा नहीं होने देंगे, तुम्हारी पराजय अब हमारी पराजय कहलाएगी।’

शाम अपना चोला उतार कर रात का चोला पहन चुकी थी। जागृति सांध्य आरती करने चली गई थी। वक्त अपनी चाल में चलता रहता है। हम अपनी सुविधा के अनुरूप चलने की कोशिश करते है, वक्त को इससे कोई फर्क नहीं पड़ता है, वह सदैव एक तयशुदा गति से बढ़ता चला जाता है। रात्रि भोजन में दोपहर की बची दाल-रोटी और चटनी ख़ाकर खाने की औपचारिता पूरी कर लिए थे, भूख तो थी नहीं। मैं नीचे अपने बेडरूम में आ गया था। टैलीविजन ऑन कर कुछ आधे-अधूरे सीरियल देखे, कुछ न्यूज चैनल्स में एंकरों की चिल्लाहटें सुनी, आमंत्रित बुद्धजीवियों की बौखलाहटें देखी-सुनी, सरिता से मोबाइल पर बातें की। इस तरह से दिनचर्या को विराम देते हुये छै बाई छै के पलंग में पसरकर आँख मूंदने का स्वांग करने लगा।

नींद तो अभी आयी नहीं थी, मन में खुराफ़ात चलने लगा। टी.वी. डिबेट में सुने एक शब्द पर...उसके विश्लेषण में मैं स्वयं उलझ गया। शब्द था सुना-सुनाया, रहा-रटाया, लेकिन समझदानी के राडार से क्रिसगेल के छक्के की तरह अनकैचेबल अर्थात धर-पकड़ से दूर...'बुद्धिजीवी'। जिसका मतलब आज तक जो समझता आया था वो नहीं था। आधा सैकड़ा से चुमाचुम्म एक कम बुद्धजीवियों द्वारा जब इस शब्द का पोस्टमार्टम किया गया, तब चौकाने वाला रिजल्ट आया। जिनके दम से बुद्धि का अस्तित्व है, वही बुद्धिजीवी हुआ, बाकी के....?? अभी तक मैं समझता आया था कि बुद्धि के सहारे जीने वाले को बुद्धिजीवी कहते है या जिसमें बुद्धि होती है, उसे भी मान लेने में कोई हर्ज नही। इन बहसबाज़ लोगो ने पूरा अरुज पलट दिया। अब कल को यदि ये मान लिया जाए कि जिनके दम से श्रम जिंदा है, वह श्रमजीवी, पुराने-बासी अन्न को ख़ाकर जिंदा रहने वाला चिरंजीवी और पराए घर के अन्न से पोषित परजीवी हुआ तो विज्ञान और साहित्य की थ्योरी जानने वालो को हैरानी का जूड़ी-ताप नहीं आना चाहिए।

वास्तव में यह फ़ुरसतिया लोगों की फितरत है। जिन्है कोई काम-धंथा नहीं रहता, वे करें तो क्या करें। मुझे तो आज तक जाँचने-परखने का मौका ही नहीं मिला कि मैं बुद्धिजीवी हूँ या श्रमजीवी या केवल जीवी। मुझे तो बैंक से अपनी बुद्धि का प्रयोग करने की इजाजत नहीं है। हमारे बड़े अफसरों की बुद्धि के इशारे पर हमारे सर के बाल हिलते है, हाथ-पाँव चलते है। वैसे मेरे पास भी बुद्धि जरूर होगी, बस कोई बताने वाला नहीं है कि 'मैनेजर साहब आपकी बुद्धि घुटने के ऊपर है या नीचे। मुझे लगता है, जागृति को मुझमें बुद्धि दिख गयी है, तभी तो मुझे 'बुद्धूराम' कहती है। सच में यह नाम मुझे बहुत पसन्द है।

पहले लेखा-जोखा पुस्तिकाओं, लेजर्स में रहते थे, हाथ चलते थे, पांव चलते थे, कमर झुकती थी, आंखे खुलती-मुंदती थी, अर्थात श्रमजीवी थे। पिछले साल से हमारा भी बैंक हाईटेक हो गया, सभी फाइल, रजिस्टर कम्प्यूटर में आ गये.. हम भी फ्री हो गए, मेहनत-मशक्कत के काम से।

अब केवल बुद्धि का काम रह गया है,। जिसके पास बुद्धि हो वह राजा विक्रमादित्य और जिसके पास नहीं है वह पीपल बरगद की डाल से लटका हुआ, फालतू के सवाल करता हुआ बैताल का भूत। मेरा सुझाव है मुल्क में बुद्धिजीवियों को तलाश कर खेतों की मेड़ पर अनुलोम-विलोम, कपाल भाती कराई जाए, ताकि उन्हे शुद्ध ऑक्सीजन मिले, उनकी सेहत ठीक रहे बुद्धि में इजाफा हो और लंबे समय तक हम जैसे निर्बुद्धियों के पीठ पर सवार होकर बॉम्बे टू गोवा की यात्रा कम से कम पाँच साल तक जरूर करें।

उपर के कमरे से जागृति के खाँसने की आवाज सुनाई दी, शायद यह बताने की उसकी कोशिश थी कि 'अभी मैं सोयी नहीं हूँ, पढ़ रही हूँ। 'ठीक है जागते रहिये मैडम!! आप का नाम ही जागृति है। आप को आई.ए.एस. होना है। मुझे क्या ?? जो बन गया वही बहुत है। ये भी न बनता तो किसका क्या उखाड़ लेता?? इसलिए जो बना दिया गया, उसी में खुश हूं। इसी कश्मकश के बीच नींद आ गई। मैं सो गया।

अचानक मेरी नींद खुल गई। अचानक तो कुछ होता नहीं है, धीरे-धीरे ही सही, होने का क्रम चलता रहता है। अचानक न तो जन्म होता है न मृत्यु होती। सब सिलसिलेवार होता है। जो देख नहीं पाया, सुन नहीं पाया, समझ नहीं पाया उसे अचानक ही लगेगा। जागृति के कमरे से गाने की सुमधुर आवाज फिजाओं में सन्नाटे को चीरती हुई संगीत का जादू बिखेर रही थी। मैं उठकर सिरहाने बैठ गया दीवाल-घड़ी की तरफ नज़र डाली, रात्रि के दो बजकर दस मिनिट हुये थे। मुझे ताज्जुब हुआ इतनी रात्रि गये ये सोयी क्यों नही। वायलिन के तारों के साथ बेजोड़ गायकी...अद्‌भुत...अद्‌भुत...ये लड़की अजूबा है, मेरी खोपड़ी की समझ से परे है। ये तो मजी हुई स्वर-साधिका है। गायकी के उसके इस फन से सुपरिचित तो नहीं था, अलबत्ता उसने ये जरूर कहा था क्लासिकल मौशिकी उसे बहुत पसंद है, थोड़ी-बहुत गुनगुना भी लेती हूँ। अब बात पूरी समझ में आ गई, उस दिन भी यही गा रही थी। मुझे देखा तो रेडियो से रें-पो, रें-पो निकालती

हुई किताब पढ़ने लगी। बदमाश कहीं की...आज तेरी पोल खुल के रहेगी।

मैं संगीत के तिलिस्म में बंधा सीढ़ियां चढ़ने लगा...एक..दो.. तीन..चार। अब गीत के बोल स्पष्ट होने लगे थे..

'याद आये मोहिं पिया की बतियाँ.. हाय राम...

कैसे गुजारूं सखी उन बिन रतियाँ।'

मैं दरवाजे की अंतिम सीढ़ी पर खड़ा गीत-संगीत के जादुई बंधन में जकड़ लिया गया महसूसने लगा था। मुझे राग-रागनी की समझ नहीं है। लेकिन इतना दावे के साथ कह सकता हूँ कि जब कोई विरहन गहराती श्यामल रात की तन्हाई में आकुल-व्याकुल होती है तभी ऐसा संगीत उसके कंठ से फूटता है। उस जादू में बंधा मैं हवा में उड़ने लगा था। मेरी शख्सियत अलग तरह की हो गई थी, स्वयं का अस्तिव समाप्त हो गया था, दिन और रात का फर्क समाप्त हो गया था, दूर-दूर तक सिर्फ प्रकाश ही प्रकाश का अंतहीन सम्राज्य और उस प्रकाश के सम्राज्य में ऊपर-नीचे घूमती हुई मेरी बिंदु के आकर की शूक्ष्म काया।

मुझे कुछ याद नहीं, जब कुछ होश आया तब मैंने कानों से गूँजती संगीत की वही ध्वनि सुनी, दिलोदिमाग से परिचित ध्वनि, बस थोड़े बदलाव के साथ स्वर कोमल होकर आराध्य को जगाने की चेष्टा में लग गए थे...'जागो मोहन प्यारे जागो।' जागृति मेरे सर पर अपनी कोमल उंगलियां का जीवंत छुअन देती हुई गा रही थी। अब उसकी कोमल आवाज को मेरे कान साफ सुन सकते थे। वह कह रही थी...'उठिए आराध्य....भुनसारे का आगाज होने वाला है..सूर्य बालाएं थाल में राखी सजाकर भाइयों के घर आने को निकलने वाली है।'

मैं जागृति के कमरे से नीचे आ गया, वॉशरूम में जाकर मुँह धोया और पुनः अपने बेड रूम के बिस्तर में आ गया था। दीवाल की घड़ी सुबह के चार बजा रही थी, वैसे यह वक्त मेरे नित्य उठने का है। फ्रेश होने के उपरांत सरिता के साथ मॉर्निंग वॉक में जाना रूटीन व आदत में है, लेकिन

आज मन नहीं हुआ। मैं पुनः लेट गया, आँखे बंद कर ली, स्वयं को बहुत हल्का महसूस करने लगा था। आज मैं संगीत और उसके मर्म को समझ गया था। पन्द्रहवीं शताब्दी में हुए बैजू और तानसेन के संगीत को समझ गया था। स्वामी हरिदास, मीरा और राधा की कृष्ण भक्ति भी समझ में आ गयी थी।

जिसे आज तक असत्य माना, वह सत्य आंखों के सामने से आज प्रकाश-पुंज के रूप में गुजर गया... मुझे राग तोड़ी और हिरणों की संगीत के प्रति समर्पण समझ मे आ गया था जो तानसेन की एक आलाप सुनकर जंगल से दौड़े चले आये। राग मालकोश और बैजू की संगीत साधना भी समझ मे आ गयी थी, जिसके असर से पत्थर मोम की तरह गलने लगा था। यह भी जान गया कि किस तरह से तानसेन के गाये राग दीपक से राज महल में आग लगी थी और बैजू के गाये मेघमल्हार से बादल किस तरह से झूम-झूम कर, लपक-गरज कर, राज महल में लगी आग को शांत किए थे।

कितना रोएं होंगे संगीत मर्मज्ञ रीवा नरेश महाराजा रामचन्द्र जू देव संगीत को रीवा रियासत से दिल्ली दरबार को देते हुये.. तानसेन की पालकी के चौथे कहार बनकर डोला रवाना करते हुए। दिल्ली सुल्तान तुम भले ही खुद को संगीत प्रेमी कह कर महान कह लो लेकिन तुम महान नहीं हो सकते, संगीत की पीड़ा को तुम कभी नहीं समझ पाओगे....कभी नहीं। मैं जोर से चिल्ला उठा था। जागृति मेरी चीख सुनकर कमरे में दौड़ आयी थी, गीले अधोवस्त्र में सीधे बाथ रूम से।

छत की तरह मुट्ठी ताने मैं बोले जा रहा था...'कौन कहता है, मुझे संगीत की समझ नहीं है, जब हिरन, बादल, पत्थर और दीपक तक को संगीत की समझ है, मैं तो इंसान हूँ। जागृति ने मुझे किसी अबोध बच्चे की तरह गीली छाती से चिपका लिया था।

6

आज राखी है, सुबह से ही चहल-पहल है। जिन बहनों के भाई नजदीक रहते हैं, वे बहने भाइयों के घर तरफ स्कूटी, कार ऑटो रिक्शा में बैठकर प्रस्थान कर चुकी थी। दूर-दराज में रहने वाले नौकरी पेशा भाई लोग खुद बहन के घर तरफ चल पड़े थे। मैं नहा-धोकर पूजा-अर्चना के साथ देवी-देवताओं के चित्र-तस्वीर पर राखी चढ़ा आया था। बरामदे में अकेले बैठा हुआ सड़क में आँखे गड़ाए देख रहा था। रंग-बिरंगे नये परिधानों में सज्जित छोटे बच्चे इधर से उधर आते-जाते बहुत अच्छे लग रहे थे।

यह त्यौहार मुझे उदास कर जाता है। जब तक मेरी बहन जीवित रही, मैं दूर-से चलकर उसके घर तक पहुँचा था। देर-सबेर ही सही गया जरूर हूँ। वह भी कलाई में राखी बांधे बिना हलक के नीचे रोटी का कौर नहीं उतारती थी। बस की खराबी की वजह से एक दफा मुझे पहुँचने में बहूत देर हो गई। शाम के चार बज गए थे। वह मेरे इंतजार में द्वार की तरफ निहारती बैठी रही थी। उसकी असामयिक मौत को मैं कभी भुला नहीं पाऊँगा। आज के दिन तो उसकी यादें मुझे बहुत परेशान करती है।

जागृति की आवाज़ सुनकर विचारों की लड़ी टूट गई, वह मुझे ड्राइंग रूम में बुला रही थी। मैं आकर सोफे में बैठ गया था। जागृति आज आसमानी कलर का सूट पहने हुए नीलगगन की परी लग रही थी। उसने मेरी कलाई में राखी बांध दी, मिठाई खिला दी। मैंने कोई प्रतिरोध नहीं

किया, हाँ एक सवाल जेहेन में जरूर था कि इसने मुझे राखी क्यों बांधी?? भाई की कलाई में राखी तो बहन बांधती है। जागृति के लिए इस घर में यह तीसरी राखी थी, पिछले साल राखी क्यों नहीं बांधी इसने?? सरिता और मेरे साथ अपनी सेल्फी जरूर ली थी। वह शायद मेरे मनोभावों को ताड़ गयी थी।

वह मेरे बाजू में बैठती हुई बोली....'देखिये!! आपने देवी-देवताओं को राखी बांधी है। इसी तरह मैंने भी अपने आराध्य को राखी बांधी है।

'पिछले साल राखी क्यों नहीं बांधी??' अपनी समझ से मैंने कठिन सवाल किया था, सोचा था कि जागृति निरुत्तर हो जाएगी, लेकिन उसके पास हर सवाल का जवाब मुँह में रहता है, वह तपाक से बोली....'अब तक का समय परीक्षण में बिताया, मुझे अब महसूस होने लगा है कि आप इंसान के रूप में मेरे आराध्य है, मुझे जिसकी तलाश थी, वह आप ही है। उसी वक्त से आपको आराध्य, इष्ट, स्वामी, पति सब कुछ स्वीकार कर ली हूँ।'

'तुम पागल तो नहीं हो??'

'जी!! पागल हूँ मै...मैं दीवानी मीरा हूँ, आप मेरे गोपाल है। मैं दीवानी राधा हूँ.. आप मेरे कन्हैया है।'

'अरे जागृति!! तुम भले मीरा हो, राधिका हो, लेकिन मैं कृष्ण-कन्हैया नहीं हूँ। मेरा नाम अभिषेक रंजन है। एक बात और सुन लो सरिता सुन लेगी तो तुम्हारी मीरा-गीरी एक डंडे में उतार देगी।' मैने हँसकर कहा था।

'आप सरिता भाभी को अब तक नहीं समझ पाए, वे नारी के रूप में साक्षात कमला है। जानना चाहते है भाभी को?? तो लीजिए ये देखिए, उसने मोबाइल की स्क्रीन मेरी ओर फेर दी। उधर से सरिता 'लाइव' थी, वो हमें देख और सुन रही थी। 'वह मुझसे मुस्कुराती हुई बोली...'हैप्पी रक्षाबंधन।'

'तो तुम्हारा सब किया धरा है।'

'हाँ जी!! इसमें गलत क्या है, जितना मैं आपसे प्यार करती हूँ, उतना जागृति भी आपसे प्यार करती है। प्यार करना, नफरत करना हर किसी के स्वभाव का हक है। इसमें कोई जोर नहीं, वह जिससे चाहे नफरत करे, जिससे चाहे प्यार करे। उसके लिए वह पूर्णरूपेण स्वतंत्र है।

'इसका मतलब मुझे जागृति से नफरत या प्यार करने की तुम स्वतंत्रता देती हो??' ऑन लाइव हुई सरिता से मैंने पूछा।

'मैं ऐसा कुछ नहीं कहती। मैं आपके हर फैसले के समर्थन में खड़ी मिलूंगी। हाँ!! इतना जरूर कहूँगी...' मनुष्य को अपनी तरफ खींचने वाला शक्तिशाली चुम्बक प्रेम के सिवा दूसरा नहीं है और वह चुम्बक जिस किसी में होगा, चाहे वह पत्थर में हो या इंसान में हो उसे भगवान बनने से कोई नहीं रोक सकता है। आपके पास वह चुम्बक है, इसीलिए तो मैं आप पर मर मिटी...अब जागृति भी उसी चुम्बकीय प्रभाव से आपकी तरफ खिंच रही है, तो इसमे उसका कोई दोष नहीं है। अब आपके ऊपर है उसे प्यार के बदले प्यार देते है या नफरत।'

'यार!! उलझी-उलझी बातें मत करो। स्पष्ट बताओ जागृति से नफरत करना है या प्यार करना है। 'परेशान होकर मैंने पूछा।

'प्यार।'

'समाज इजाजत देता है?? पत्नी के होते हुए भी दूसरी नारी से प्यार के सम्बंध बनाने की।'

'प्यार करने की बात कही हूँ, सम्बन्ध बनाना, प्यार करने से इतर है। समाज हमने बनाएं है, नियम समाज के हमने बनाएं है। समय काल के साथ उन नियमों में एक सीमा तक बदलाव भी होना चाहिए, अन्यथा जीवन मे नवीनता नहीं आएगी...जिंदगी रसहीन हो जाएगी। समाज तो हमेशा हर शै से प्यार-मुहब्बत और भरोसे का पक्षधर रहा है। मुहब्बत और भरोसा दोनों अनमोल चीजें है। दोनों साथ-साथ रहते है। भरोसा चाहे

इंसान पर हो या भगवान पर जब तक कायम है, जीवन मे मुहब्बत की रंगत मिलेगी। नफरत की तो कही गुंजाइश ही नहीं है।'

'तुम लोगों की फिलॉसफी मेरे समझ से बाहर है।' मैं झल्लाकर बोला था।

मेरे बुद्धूराम!! कोई बात नहीं, मत समझिए कुछ। बस आज के दिन उदास मत होना, खुश रहना। दीदी की मौत के बाद से आप रक्षाबंधन के दिन बहुत उदास रहते है। मुझे बहुत पीड़ा पहुँचती है। मैं कल शाम तक आ जाऊँगी।'

'ठीक है।' मैंने कहा।

फोन से सम्पर्क टूट गया था, अभी तक जिस फेस और आवाज को देख-सुन रहे थे, वह गायब थी। हमारी जिंदगी भी स्मार्टफोन के स्क्रीन में बोलते-हँसते चित्रों के मानिंद है। क्या पता कब, किसका चित्र दुनिया के विशाल स्मार्टफोन के विशाल स्क्रीन से गायब हो जाये। ताज्जुब है, सब कुछ जानते समझते हुए भी अपने और अपने घर परिवार के लिए भौतिक संसाधन जुटाने में मरे जा रहे है..जायज-नाजायज, किसी भी तरीके से मिले। हम पक्के व्यवसायी हो गये है, दूसरी की गुलामी करते-करते समझ को बेंच आये है। हमें आज सिर्फ अपने फायदे के अलावा कुछ नहीं दिख रहा है। भोजन और शयन के बाद बचे समय में कोल्हू के बैल की तरह घूम-घूम कर संसाधनों के संचयन के लिए शरीर तोड़-मरोड़ रहे है। इसके अलावा कोई काम नहीं, कोई फिक्र नहीं। मेरे समझ से भौतिक सुख-संसाधनों की उपलब्धता सुख के आधार नहीं हो सकते। सुख तो प्रेम में है, भरोसे में है। ये दोनों चीजें जिसके पास है उससे बड़ा सुखी संसार मे कोई नहीं है।

'सरिता भाभी क्या बोल रही थी??' जागृति के इस सवाल ने मेरी फिक्र पर पूर्ण-विराम लगा दिया। मेरी समझ से वह यहीं थी, लेकिन वह मुझे फोन पकड़ाकर कमरे में चेंज होने चली गई थी। अब वह लोवर

और बिना आस्तीन की टी-सर्ट में थी। घर के भीतर यह उसका पसंदीदा ड्रेस है।

'वही जो तुम कहती हो??' वास्तव में तुम दोनों को किसी कॉलेज में दर्शनशास्त्र की प्रोफेसर होना चाहिए। मैं बैंक का मैनेजर जिसे जमा-खर्च के हिसाब के अलावा कुछ आता नहीं, उसे प्यार, इश्क, आत्मा परमात्मा जैसी हाई लेबल की बातें कैसे समझ मे आये।

'आप बनते बहुत है??'

'ठीक है नहीं बनते...परन्तु यह तो बताओ वो नीला सूट क्यों चेंज कर आई??

'नया है न...अभी खाना भी तो बनाना है।' जागृति ने कहा।

'तुम नीलगगन की नीलपरी लग रही थी।'

'अब कैसी लग रही हूँ।' कंधे उचकाकर उसने पूछा।

'काम वाली बाई जैसी।' मैंने सहजता से मजाक में कह दिया।

'क्या कपड़े बदलने से इतना बड़ा बदलाव आ सकता है कि नीलगगन की रूपसी पल भर में धरती की 'पोंछावाई' लगने लगे??'

जागृति की बात से मैं हँसी नहीं रोक पाया... खुलकर हँस पड़ा था, उसने भी मेरी हँसी में अपनी हँसी शामिल कर बेसुरी हँसी को संगीत मय बना दिया था।

'आप ऐसे ही खुश अच्छे लगते है...सीरियस अच्छे नहीं लगते।'

'क्यो??'

'सीरियस मुख मुद्रा से उस रूलिंग पार्टी के नेता की तरह चिंतित दिखते है, जिसकी सरकार गिरने वाली हो। या उस पति की तरह दिखते है, जिसकी पत्नी घर छोड़कर जा चुकी हो।'

'दोनों में विचित्र साम्य है, दोनों ही अपने मन की बात किसी के

आगे कह नहीं पाते। दोनों को बदनामी का डर होता है।'

'जी।' जागृति ने संक्षिप्त उत्तर दिया।

'सरकार का अल्पमत में आकर गिर जाना समझ मे आता है, लेकिन कोई स्त्री अपना पति, अपना घर छोड़कर पराए मर्द के साथ कैसे चली जाती है??' मैने जागृति से पूजा।

'इसके अनेक कारण हो सकते है, समझौते वाली प्रवृत्ति जब समाप्त हो जाती है, तभी ऐसा होता है। कोई भी स्वयं में सम्पूर्णता का दावा नहीं कर सकता है। सभी में कुछ न कुछ कमी जरूर होती है। कमी को जब इशू बनाया जाएगा तब आपस मे टकराव जरूर होगा। यही टकराव विघटन के कारण बनते है।

जागृति का कहना सही था, मेरी भी एक कमजोरी थी कभी, जिसे सरिता ने अपनी सूझबूझ से दूर कर दिया है। मैं दब्बू किस्म का आदमी था, अब नहीं हूँ। भीतर ही भीतर कुढ़ता रहता था, लेकिन मन की बात जुबान में लाने की हिम्मत मुझमें नहीं थी। आत्मविश्वास की कमी थी मुझमें, जो अब नहीं है। कब क्या बोलना चाहिए, सरिता ने अच्छी तरह से सिखा दिया है।

'क्या सोचने लगे??' मुझे चुप देखकर जागृति ने पूछ लिया।

'कुछ नहीं।'

'ओके!! मत बताइए।'

'कुछ पूछना चाहता हूँ... गुस्सा तो नहीं करोगी।' मैंने जागृति की आंखों में आँखे डालकर पूछा।

'कभी नहीं.. आप पूछिए तो।'

'विवाह के बारे में तुम्हारी क्या राय है??'

'कहाँ की बात कहाँ ले आये आप।' लीजिए फिर भी एक दृष्टांत देती हूँ। मैं जब लखनऊ से मैनेजमेंट का कोर्स कर रही थी, तो गर्ल्स हॉस्टल

में रहती थी। हॉस्टल की बहुत सी लड़कियां मेरी दोस्त थीं। हम लोगो मे हर सब्जेक्ट पर खुलकर डिस्कशन होता था। बिना किसी लाग-लपेट के, बिना किसी भूमिका के, बिना दुराव-छिपाव और बिना शील संकोच के हर कोई आज़ादी के साथ अपनी बात कहती थी। मैरिज पर भी एक दिन बात चली। नब्बे प्रतिशत लड़कियां शादी करने के पक्ष में थी। लेकिन सब की यही चिंता रही कि ससुराल के लोग न जाने कैसा वर्ताव करेंगे?? मेरे नौकरी करने की स्थित में क्या उनका मोरल सपोर्ट मिलेगा?? कुछ भाग्यवादी खामोश रहीं, उनकी निजी राय कुछ नहीं थी। तकदीर जो चाहे कराए, उन्हे मंजूर था।

उनमे से एक लड़की ऐसी थी जिसका मत सबसे भिन्न था। उसके अनुसार शिक्षा का औचित्य साबित होना चाहिए। हमने शिक्षा ली है, तो इसका उपयोग भी होना चाहिए। घर गृहस्थी चलाने के लिए तो गांव की स्कूल पर्याप्त थी। इतनी दूर आकर बड़ी-डिग्रियां लेने का कोई फायदा नहीं। सन्तान पैदा करने का जिम्मा महिलाओं के ऊपर है। सृष्टि की निरंतरता में महिलाओं का योगदान अहम है। अतएव सामाजिक मान्यताओं का आदर करते हुए विवाह होना चाहिए। मुझे नहीं लगता कि आज के विकसित समाज मे महिलाओं के जॉब को लेकर कोई रोकटोक उनके ससुराल पक्ष तरफ से है। कुछ अपवाद छोड़ दीजिए तो सभी सपोर्ट करते है।

'वो लड़की तुम थी न??'

'जी..मेरे ही यह विचार थे, जो अब बदल गए है। अब मुझे शादी नहीं करनी है.. मेरा टारगेट अब केवल संघ लोक-सेवा में चयन होना है।'

'तुम्हारा चयन होकर रहेगा, तुम्हारी जिद के आगे हर पहाड़ को रास्ता देना पड़ेगा।' मैंने पूरे आत्मविश्वास के साथ कहा।

'पता नहीं कभी-कभी बहुत डर लगता है।'

'डर?? वो भी तुम्हे??'

'जी!! मुझे नींद में आने वाले स्वप्नों पर यकीन नहीं है।

लेकिन जब एक जैसा स्वप्न रिपीट हो तब??'

'तुम भी??'

'सच कह रही हूँ, मुझे रात में कोई गला दबाकर मारने की कोशिश करता है।'

'चलो तुम्हारे पलंग के डायरेक्शन चेंज किए देते है, कमरे की कुछ चीजों को भी इधर-उधर किए देते है।'

'जी।'

मैंने पलंग की दिशा पूर्व-पश्चिम से बदलकर उत्तर-दक्षिण कर दी, रात्रि में दक्षिण दिशा में सिरहाना करके उसे सोने को कहा। बाकी चीजें हटाने की जरूरत नहीं पड़ी, स्वमेव व्यवस्थित हो गये थे। दोपहर का भोजन लेकर मैं स्कूटर उठाकर मार्किट निकल आया था, घर मे आलू-प्याज के अलावा कोई सब्ज़ी नहीं थी। दूसरी वजह जागृति के लिए कुछ गिफ्ट ले जाना था, पहली बार उसने राखी बांधी है, पहले से मालुम होता तो पहले ही कुछ न कुछ ले आता। सब्जियां खरीद चुका था, लेकिन गिफ्ट के बारे में कोई निर्णय नहीं ले पा रहा था। क्या लूँ, क्या न लूँ। कश्मकश में फोन से सरिता से पूछना मैंने ठीक समझा। उसने सलाह दी कि डार्क कलर में कोई अच्छा सा सूट ले लो। मेरी समस्या हल हो गई थी। डार्क ब्लू कलर का सूट लेकर वापस आ गया।

जागृति लॉन में बैठी किताब पढ़ रही थी, उसे जब भी वक्त मिलता है, अध्ययन में बिताती है। टी.वी. वह देखती नहीं, फ़ोन में भी बहुत कम बात करती है। जब उसका चयन डिप्टी कलेक्टर में हुआ था, तब उसे बधाई संदेश के बहुत फोन आये थे। उन लोगो ने भी फोन किया था, जिसे वह जानती ही नहीं थी। परेशान होकर उसने फोन ऑफ कर लिया था। मेरे सड़क में आते ही उसने उठकर गेट खोल दिया था। गिफ्ट पैक उसे देते हुए मैंने कहा...'तुम्हारी भाभी ने भेजा है।'

उस पैकेट को उसने आंखों से लगाकर चूम लिया और किताब वहीं

छोड़कर अपने रूम तरफ दौड़ गई। सरिता को उसका दौड़ना कभी ठीक नहीं लगा, वह उसे अक्सर समझाया करती...'देखो लड़कियों को दौड़ना ठीक नहीं लगता। आराम से कदम साधकर चला करो।' वह भी हाजिर जबाब है....'भाभी!! यदि पिटी उषा दौड़ती न तो रेस कैसे जीत लेती।'

सरिता उससे मजाक में कहती...'ठीक है, उछल-कूद ले..जंगल-जंगल हिरनी की तरह चौकड़ी भर ले...अभी पांव हल्के है न।' मालुम नहीं सरिता की बात वह समझती भी है या नहीं।

ठीक पांच मिनट बाद वह बन-संवरकर लौट आई, उसने वह सूट पहन लिया था...संयोग से उसी कलर का मैं भी खरीद लाया, जिस कलर का वह सुबह पहने नीलपरी लग रही थी। उसके आंखों में उतरी खुशी देखते बनती थी, यह छोटा सा उपहार उसे 'पद्‌म श्री' मिलने से भी बड़ी खुशी दे रहा था।

'कलर डबल हो गये हैं। कहो तो चेंज कर आएं...तुम भी साथ मे चलो।' मैंने कहा।

'नहीं.. नहीं। अब इसे चेंज नहीं करुँगी, सरिता भाभी के आने तक उतारना नहीं चाहती हूँ।'

'रात सोते समय भी??'

'जी।'

'महँगा सूट है। डेली यूज का थोड़ी है।'

'महँगा?? अनमोल है, ऐसा कहिए...यह प्यार का यह खूबसूरत तोहफा है, आपके और भाभी की तरफ से।

'ठीक है। मुझे चाय पिला दो। सरिता होती तो तीन बार चाय हो चुकी होती, तुम्हे मेरा ख्याल कम रहता है।'

'मेरा बस चले तो आपकी चाय बन्द करा दूँ, बैंक में दिन भर चाय पीते है। सब चीजों की मात्रा निश्चित है।'

'ठीक है आज से बैंक की चाय बन्द...ओके.. लेकिन अभी एक कप।'

मैं कमरे से उठकर बाल्कनी में आ गया था...सामने रोड पार पार्क था। संध्या का अवसान सन्निकट जान पार्क में रंग-बिरंगी पोशाकों में बच्चे इकट्ठे होने लगे थे। दिन भर सूरज की धूप तापती, बरखा की बूंदों की मार झेलती फिसलपट्टियों में प्राण आ गए थे, वे बच्चों को अपनी पीठ पर लादे खुश होने लगी थी। झूले हिलने-डुलने लगे थे। निर्जीव पार्क में जान आ गयी थी। इस खूबसूरत दृश्य के दीदार मुझे सिर्फ छुट्टियों वाले दिन ही मयस्सर थे। सरिता के साथ चाय पीते हुए इस सुहानी शाम का आनन्द कभी-कभी ही मिल पाता है। जागृति चाय ले आयी थी, वह भी मेरे पास बैठ गई।

'देखो कितना सुंदर बचपना होता है, मान-सम्मान, राग न द्वेष, कपड़े-लत्ते की चिंता से मुक्त। वो देखो...कैसे वो लड़का बिना नेकर के, पीछे-पीछे उसकी मम्मी नेकर हाथ में लिए उसे पहनाने को भाग रही है।'

'जी।' जागृति ने सहमति जताई।

'क्या बड़े लोग ऐसे नहीं रह सकते??'

'क्यूँ नहीं रह सकते, बशर्ते समाज अपनी नजरिया बदल ले। कपड़े पहनना हमारी सभ्यता, शिष्टता का अभिन्न अंग मान लिया गया है। वर्ना शरीर में ऐसा कौन सा अजूबा है जो छिपाने योग्य है?? समाज ने दोहरे मानदंड बना रखे है। घर से बाहर सूट-बूट में तथा घर के भीतर एकांत में स्वेच्छाचारिता के नियम से रहने की सुविधा देता है।'

क्या नग्नता अश्लीलता के दायरे में आती है??' मैंने जिज्ञासा वस पूछा।

'जी नहीं.. नग्नता भी श्लील है। कपड़े उतार देने से या कपड़े न पहनने से कोई अश्लील नहीं हो सकता। यदि ऐसा होता तो शिव लिंग, महावीर स्वामी, जैन दिगम्बर साधु, प्रस्तर खंडों में अजंता-एलोरा और

खजुराहो के मंदिरों में उकेरी नग्न कलाकृतियां, देवी-देवताओं के चित्र सब अश्लील होते, पूज्यनीय कभी न होते। अश्लीलता हमारे चित्त के विकार हैं। सृष्टि में कुछ भी अश्लील नहीं है, जो कुछ गोचर है सब श्लील है। यदि अश्लीलता की परिभाषा निर्वस्त्रता है तो हर चतुष्पाद अश्लील है, हर देवी-देवताओं की मूर्तियां अश्लील है। कुंठित मनोविकार से अश्लीलता दिखती है। मेरी सोच में वस्त्र धारी यदि गन्दी जबान का इस्तेमाल करे, अपने गन्दे आचरण से किसी की भावना को ठेस पहुँचाये, वो अश्लील है, निंदनीय और दंडनीय है।'

'क्या बात है जागृति!! तुम्हारे ख्यालात को सलाम करता हूँ।' सहृदयता पूर्वक मैंने कहा।

संध्या रानी रात की सियाह चादर ओढ़कर समूची धरा को आलिंगन में ले चुकी थी। मकानों, दुकानों और सड़को पर रंग-बिरंगे बिजली के गन्धहीन सुमन खिल गए थे, मंदिरों से पूजा-आरती के पवित्र शब्द कानो की गली से आने-जाने लगे थे। बाजार में ठहरे दोपाये, दोपहिया या चार पहिया वाहनों की पीठ पर सवार होकर अपने-अपने आशियानों की तरफ दौड़ पड़े थे। रात्रि भोजन के बाद जागृति निजी रूम में चली गयी थी। मैं भी बिस्तर में आ गया था। सरिता से बात हुई, एक-दूसरे के कुशल-क्षेम का आदान-प्रदान हुआ। अंततः अचेतन के मालिक का हुक्म पाकर मैं बिस्तर पर शवासन में लेट गया।

7

जागृति के कमरे से आती विचित्र सी आवाज से मेरी नींद खुल गई। मैं घबरा कर पलंग में बैठ गया। जागृति का रूम सात सीढ़ियों की दूरी पर घर के प्रथम तल में था, यह दूरी कोई अधिक नहीं थी। समकक्ष होता तो बगल का कमरा माना जाता। मेरे पांव तेजी से सीढियां चढ़ने लगे थे। सीढ़ियों की तरफ का द्वार वह कभी बन्द करती थी। छत में खुलने वाला गेट कभी वो कभी हम लोग रात में सोने से पहले बंद कर लेते थे।

मैं सीधे उसके कमरे में जाकर लाइट ऑन कर दी। जागृति नींद में थी, लेकिन उसके गले से निकलती हुई गों-गों की डरावनी आवाज से साफ जाहिर था कि वह किसी खौफनाक स्वप्न की जद में है। मुझे इल्म तो नहीं था, लेकिन सुन रखा था कि ऐसी स्थिति में स्वप्न दृष्टा को जगा देने से स्वप्न का असर नहीं रह जाता है। उसे हिला-डुला कर जगाने की मैंने बहुत कोशिश की, लेकिन वह जागी नहीं। ये जरूर हुआ कि गले से निकलने वाली आवाज बंद हो गई। कुछ देर पहले चेहरे पर दिखी भय-रेखाएं भी नदारत थीं। चेहरे पर अब शांति के चिन्ह थे।

पलंग के नजदीक रखी कुर्सी पर मैं बैठ गया। दीवाल घड़ी पर नजर गई...रात्रि के दो बजकर चालीस मिनट हुये थे। सेकेंड का कांटा अपनी परिधि में टिक-टिक करता हुआ गतिमय था। मैं कुछ देर यूँ ही उसे निहारता हुआ बैठा रहा। उसने करवट फेर कर मेरी तरफ सामना कर

लिया था। सर के खुले बालो की लट उसके गोरे गालों में आकर ठहर गयी थी। सुंदर मुखड़े के अर्द्ध भाग को काली लटों ने ढँक लिया था। मुझे नागवार गुजरा, हाथ बढ़ाकर उन लटों को मैंने पीछे धकेल दिया। लगभग पाँच मिनिट बैठने के बाद मैंने उसे आवाज दी...किन्तु उस पर कोई असर नहीं हुआ, मेरी आवाज को उसके कानों ने अनसुना कर दिया था।

मुझे भूत-प्रेत के अस्तित्व पर बिल्कुल यकीन नहीं है। इकतालीस साल का हो गया हूँ, लेकिन मुझे कभी भूत-प्रेत का साया नज़र नहीं आया। जबकि मैं उस गाँव मे जिंदगी के पच्चीस साल गुजार के आया हूँ, जहां हर घर मे भूत की उपस्थिति मानी जाती है, चाहे किसी को बुखार आये, लकवा मार दे, या कोई पेड़ से गिरकर मर जाए, भूत की नाराजगी समझी जाती है। जवान लड़कियों और नयी दुल्हनों को शाम के बाद मैदान तरफ लोटे में पानी छिपाकर आज भी अकेले नहीं जाने देते है, घर की कोई उम्रदराज महिला साथ में जरूर जाती है। कहते है जिन्नात इसी समय गांव की विजिट में निकलते है जवान और सुंदर लड़कियां यदि उनकी जद में पड़ जाएं तो उससे प्यार करने लगते है। उसके साथ रात में हमबिस्तर होने की बातें भी बहुत सुनी है। मुझ जैसे साहसी आदमी के मन में न मालुम किस गली से आकर भय की चंद रेखाये भीतर प्रवेश कर डर पैदा करने में सफल हो गयीं थी। मेरा जी हुआ कि फोन से सरिता को सब बताया जाए, लेकिन रात्रि के इस प्रहर में फोन करना उचित नहीं लगा। नाहक में ही बात के पर परबाज़ भरने लगेंगे।

'प्रेमालय' नाम की आवासीय कॉलोनी में थ्री बी.एच.के. का मेरा फ्लेट है। दो बाल्कनी है। सामने की बाल्कनी से हरी घास और फूलों की कतारों से सज्जित किनारे लिए हुए दो सुंदर पार्क गोचर है। पीछे की बाल्कनी से खुला-खुला वातायन, सुदूर तक हरे-भरे जंगल और पहाड़ियों की पीठ पर हरीतिमा बिखेरते पादप समुदाय नयनाभिराम झांकी प्रस्तुत करते है। हरियाली और पुष्पीय पादपों की लताओं से ढकी धरती सोलह श्रृंगार में दिखती है। मर्यादा पुरुषोत्तम भगवान राम की नगरी चित्रकूट

मेरे आवास से महज पाँच किलोमीटर और कर्बी जनपद का रेलवे और बस स्टेशन दो किलोमीटर है। बैंक शाखा भी सात किलोमीटर के अंदर, उत्तरप्रदेश राज्य की सीमा को चूमती हुई...ओह!! कितना सुंदर और सुविधा जनक प्रेमालय का यह घर। इस फ्लेट के लिए बहुत पापड़ बेलने पड़े थे, अतिरिक्त पैसे भी खर्च हुए थे। पाँच साल से ऊपर हो रहे है..हम सब स्वस्थ्य-प्रसन्न रहे, किसी का सर तक नहीं दुखा। आज जो घट रहा था वह मेरी समझ से परे था। मैं कमरे से निकलकर छत में आ गया। सुदूर पहाड़ियों की चोटी पर टिमटिमाते बिजली के बल्व ऊँचाई पर किसी अन्य लोक के बसे होने का आभाष दे रहै थे। तभी बेहोश रात्रि को होश में लाने का प्रयास करती हुई लौह-पथगामिनी चित्रकूट धाम के अवस्थानक की तरफ धड़-धड़ करती हुई निकल गई थी। मुझे उसके मुँह से निकली हुई सीटी की कर्कश ध्वनि बिल्कुल अच्छी नहीं लगी थी।

छत के चैनल गेट में ताला जड़कर मैं पुनः जागृति के कमरे में आ गया। दीवाल की घड़ी तीन का समय बताकर अग्रिम अंतहीन सफर में बिना विश्राम लिए चल रही थी। जागृति को सोई देखकर मुझे थोड़ी राहत महसूस हुई। उसे चादर ओढ़ाकर मैं नीचे आ गया था। दोबारा से सोने का मूड बना ही रहा था कि मुझे सीढियों पर किसी के चलने की आहट मिली। मैं फौरन सीढ़ियों की ओर बढ़ गया...कहीं कुछ नहीं, सब यथावत मिला। मैं पुनः जागृति के कमरे में आ गया था। मैं भ्रम और यथार्थ के दरमियाँ स्वयं को फँसा हुआ महसूस करने लगा। मुझे घुटन सी महसूस होने लगी। मैंने सर को जोर से झटका दिया और जागृति को नीचे ले जाकर सुलाने का तत्क्षण निर्णय ले लिया। मैंने उसे आवाज थी, कोई प्रत्युत्तर न मिलने पर उसे हिलाकर जगाने की कोशिश की, मेहनत ने असर दिखाया वह उठकर बैठ गयी थी। वह मुझे अजीब सी निगाहों से देख रही थी, जैसे मुझे पहचानने की कोशिश कर रही हो।

'चलो नीचे चलकर सोना।' मेरी बात का उसने कोई उत्तर नहीं दिया। तब मैं उसके शरीर के भार को हाथों के बल पर संतुलित करते

हुए सावधानी पूर्वक सीढ़ियों से नीचे उतार लाया और अपने बेड रूम में उसे लिटा दिया। अब वह सुकून की नींद में ग़ाफ़िल लग रही थी। लबों पर बने स्मित-चिन्ह मधुर ख्वाबो की आहट दे रहे थे। कुछ देर मैं उसे यूँ ही देखता हुआ बैठा रहा। फिर जाकर सोफे में लेटकर आँखे मूंद ली।

सुबह वह मुझसे पहले उठ गई थी। रोज की तरह नहा-धोकर पूजा के बाद वह किचिन में दाखिल हो गई थी, मैं भी फ्रेश होकर पार्क की तरफ खुलने वाली बाल्कनी में आकर बाहर का दृश्य देखने मे मश्गूल हो गया था। गार्जियन लोग बच्चों को लेकर पार्क में अवतरित हो गये थे। बहुत से महिला-पुरुष सामने से जाकर कॉलोनी को घेरती हुई कंक्रीट की चौड़ी सड़क पर तेजी से चलने लगे थे। सबको अपने स्वास्थ्य की चिंता थी। आज मैं मॉर्निंग वॉक पर नहीं गया था। जागृति ग्रीन ट्री ले आयी थी। वह पास ही बैठकर चाय की गर्म घूँट से गला सेंकने लगी।

'मैं आपके बेड रूम में कैसे आई??' उसने पूछा।

'तुम गों..गों..कर रही थी। इसलिए मैं नीचे उठा लाया था।'

मेरी बात सुन कर वह गम्भीर हो गयी, चाय का कप नीचे रख दिया, फिर उसने बताया...'सर!! कल भी कोई अनचीन्हे हाथ मेरे गले को दबा रहे थे, मैं उससे बचने को छटपटा रही थी, लेकिन मदद के लिए आपको बुला नहीं सकती थी, आवाज गले से बाहर नहीं आ रही थी।'

'फिर??'

'फिर मुझे लगा की कोई और भी कमरे में आ गया है। जिसके डर से वह चला गया।'

'तुम्है डर नहीं लगता??'

'लगता है। पूरी रात बैठकर रात काटनी होती है...लेकिन कल ऐसा नहीं हुआ मैं पुनः सो गयी थी। कल का मुझे कुछ याद नहीं है।'

निगाहै पार्क तरफ केंद्रित करती हुई चाय का कप उसने ओठों से

लगा लिया था। मेरा चित्त सोच में था।

'ये ठीक नहीं हुआ।' नीचे कप रखती हुई जागृति बोली।

'क्या ठीक नहीं हुआ??'

'आपने सरिता भाभी की जगह मुझे सुलाया...मेरी पात्रता उस जगह सोने की नहीं है। मैं तो उनके तलवे के नीचे रहकर सुकून महसूस करुँगी।'

'मैं तो सोफे में लेटा रहा।' मैं हड़बड़ाकर बोला।

'सुबह मैंने देखा है, आपको सोफे पर....आप मेरे कमरे में भी रुक सकते थे।'

'इसमें क्या गलत है?? खाली पलंग पाकर बिल्ली भी आकर बैठ जाती है, वह पत्नी तो नहीं हो जाती??'

'कौन समझाए आपको? मैं बिल्ली नहीं हूँ।' वह झुंझलाकर बोली।

'काश!! बिल्ली भी तुम्हारी तरह होती...हर घर मे पली होती.. चुराकर दूध न पीती...चूहे न पकड़ती और कोई राहगीर उसके द्वारा रास्ता-गली काट देने पर बड़ा शगुन मानता।'

'ठीक है तब...सरिता भाभी से अनुमति लेकर मुझे बिल्ली समझकर ही अपने घर मे पाल लीजिए।'

वह अपनी मधुर मुस्कान से मुझे अभिभूत करती हुई वहाँ से चली गई थी। मेरे पास भी समय ज्यादा नहीं था। मैं भी बाथरूम में घुस गया था। मुझे जल्दी बैंक पहुँचना होगा। जागृति दो दिनों के लिए अवकाश में है। महाप्रबंधक से स्टाफ व्यवस्था के लिए बोल दिया हूँ। देखते है, वे किसे भेजते है। सरिता का भी फोन आ चुका है, वह शाम की बस से आ रही है, उसे लेने जाना होगा। ये फिक्र आज की रूटीन के अहम हिस्से थे। दिन भर का काम-काज निपटाने की बाद 'मूवमेंट रजिस्टर' में 'फील्ड विजिट' लिखकर मैं बैंक ड्यूटी से फ्री हो गया था। अब बेरोकटोक कहीं भी आ-जा सकता था। प्रतिनियुक्ति पर आये स्टाफ को समय पर शाखा बन्द करने का

निर्देश देकर मैं घर आ गया था। बस आने में अभी डेढ़ घण्टे का समय शेष था, इसलिए घण्टे भर का समय जागृति के साथ बिताना ठीक लगा। वह अध्ययन कर रही थी, मुझे समय पूर्व घर आया देखकर उसने पूछा...

'जल्दी आ गये??'

'तुम्हारे बिना बैंक में समय काटना मुश्किल होता है।'

'ठीक है, मत काटिये दिन...दिन स्वयं आपको रिजेक्ट कर देगा।'

'क्या मतलब??' मेरी समझ मे उसकी बात नहीं आयी थी इसलिए पूछ लिया।

'आप मुझसे शादी कर लीजिए।'

'शादी??' मैं हैरानी से उसकी ओर ताकने लगा था।

'जानती हूँ आप मेरे बिना रह नहीं सकते...शादी भी नहीं कर सकते है। शायद इससे बड़ी सज़ा जिंदगी में और नहीं है, मेरे लिए। देखिए मैं आपको पति के रूप में स्वीकार कर चुकी हूँ, लेकिन आपने मुझे पत्नी के रूप में अभी तक स्वीकार नहीं किया है। आप स्वीकार भी किस हक से करें...वो हक अब आपके पास से सरिता भाभी के पास ट्रांसफर हो गया है। आपके तमन्नाओं की चाभियां अब सरिता भाभी के पास है। वे जितना चाभी भरेंगी, आप उतना ही नाचेंगे। कल आपके हाथ मे मौका था, चाहते तो मुझे भी वो सुख प्रदान कर सकते थे, जो सरिता भाभी को देते है। लेकिन आप देते भी कैसे?? कुछ देने के लिये बड़ा दिल होना चाहिए जो आपके पास है ही नहीं। बे-दिल है आप। फिर भी आपकी सुचिता और संयम को सलाम करती हूँ, अर्धनग्न लड़की को रात के एकांत में पाकर भी आपका मन काबू में रहा। क्या आपका मन मुझमें समाने का नहीं हुआ?? क्या आपको मुझ पर यकीन नहीं था?? सच बताइयेगा।

'जागृति तुम क्या बोले जा रही हो?? विवाह पूर्व अन्य पुरुष से

शारीरिक सम्बन्ध बनाना गैरकानूनी, असामाजिक और महापाप है।' समझाने की गरज से मैंने उससे कहा।

'मैं विवाह जैसे पवित्र संस्कार की हमेशा सम्मान करती आ रही हूँ। लेकिन संस्कार एक नियम के तहत बने हुये है। जब लगे कि इन नियमों के परिपालन में ईमानदारी नहीं रह गई...तब इन नियमों की समीक्षा होनी चाहिए, बहुत सी चीजें हटाने लायक और बहुत सी चीजें जोड़ने लायक होती है। लेकिन ऐसा होना सम्भव नहीं है। समाज के ठेकेदारों और धर्म के मठाधीशों को यह बात हज़म नहीं हो सकती है। यही वजह है कि जब भी चेंज की बात उठी है इन स्वनामधन्य मसीहाओं ने बोलने वाले मुँह को नोंच डाला है, जीभ मरोड़ डाली है। हम जिस परम्परा में विवाह करते हैं, वह वैदिक परम्परा है, सनातन काल से चली आ रही परम्परा है। राम-जानकी के विवाह से ली गई परम्परा है। कोई हमे बताए क्या माता जानकी और भगवान राम विवाह से पूर्व एक दूसरे से अपरिचित थे?? माता पार्वती और भोलेनाथ क्या एक दूसरे को विवाह पूर्व नहीं जानते-समझते थे??

फिर आज एक अपरिचित को दूसरे अपरिचित के साथ जबरन क्यों बाँधा जाकर विवाह का नाम दिया जाता है?? एक सोलह साल की गरीब घर की लड़की का विवाह किसी सयाने से मात्र इस लालच से किया जाता है कि वह पैसे वाला है। उसके घर में दूध-घी होता है, खेतों में अनाज पैदा होता है, उसके घर में खाने-पीने की कोई कमी नहीं रहेगी। क्या किसी को यह मालुम नहीं है...'पेट की भूख के साथ तन की भूख भी होती है, दोनों को भोजन चाहिए?? किसी एक को भी भूखा रखने पर जिंदगी की सारी खुशी खत्म नहीं हो जाएगी??'

आप मेरे लिए गैर पुरुष नहीं है....मैंने आपसे शादी कर ली है, भगवान महाकालेश्वर साक्षी है। इस अंधे कानून और व्यभिचारी समाज के सर्टिफिकेट की दरकार मुझे नहीं है। इस समाज ने किसको जीने दिया है?? लव-जिहाद के नाम पर हत्या...कुत्ते की तरह टेढ़ी मूंछ की झूठी शान खातिर हत्या।....वाह रे मर्यादित समाज क्या ये कृत्य पाप की श्रेणी में

नहीं आते?? धिक्कार है ऐसे समाज को, जिसके नियम के नुकीले ख़ंजर की धार पर प्रेम करने वालों के सर कलम किए जा रहे है। नारी का वह हक समाज ने छीन लिया जिसे प्यार कहते है।'

'तुम्हारी बात से सहमत हूँ... लेकिन।'

मैं इतना ही कह पाया था, उसने मुझे कहने से रोक दिया था, शायद आज वह वो सब कह देना चाहती थी, जो दिल में अभी तक छिपाए हुए थी। वह गहरी साँस भीतर लेती हुई आगे बोली...'आप परेशान न हों, मैं ऐसा कोई काम नहीं करूंगी जो हमारी रुसवाई का सबब बने...सरिता भाभी की नजरों से हम गिर जाएं। मैं सरिता भाभी से खुलकर बात करुँगी, वे सलिला है, सलिला हर किसी को पानी परोसती है। न जाने कितने जीव-जंतु उसके पानी में जीते है। मैं उनके तलवे तले जिंदगी बसर कर लूँगी.. मुझे जीवन की हर कामयाबी के लिए आप दोनों का प्यार और आशीर्वाद चाहिए।'

मैंने घड़ी पर नज़र डाली, शाम के पांच बजने वाले थे, बस आने का समय नजदीक था। जागृति को बताकर बस स्टेशन को जाने वाली सड़क पर मैं स्कूटर लेकर घर से निकल गया था। सरिता घर आ गई थी, वह बहुत खुश लग रही थी। सबने एक साथ रात का भोजन किया। रात्रि के लगभग दस बजे जैसे भू-चाल सा आ गया, मेरे बसे-बसाए सुंदर आशियाने के नींव की एक-एक ईंट थरथराने लगी थी।

सरिता बिस्तर ठीक करते हुई जोर-जोर से जागृति-जागृति करती हुई चिल्लाने लगी थी, वह बेडरूम से निकलकर बरामदे से शुरू सीढ़ियों तक आ गयी। मैंने उसे रोककर पूछा...'चिल्ला क्यों रही हो?? ऐसा क्या हुआ??'

'क्या नहीं हुआ...उसने चीखते हुये जबाब दिया।

जागृति सीढ़ियां उतर नीचे आ गई, उसे देखते ही, सरिता का पारा और गरम हो गया..वह उसकी चोटी खींचकर चीखी...कमीनी, कुतिया, आज तेरा खून पी जाऊँगी। कितने यकीन से तुझे घर मे रखे, सगी बहन

से बढ़कर माना... और तुम... मेरे भरोसे को चकनाचूर करती हुई मौका मिलते ही बेडरूम तक आ धमकी...बहुत गर्मी चढ़ी है तो किसी और से उतरवा ले...बहुत मिल जायेंगे...मेरा घर बर्बाद न कर। मैंने आगे बढ़कर सरिता को अलग किया। वह अब मेरे ऊपर उबल पड़ी थी....'तुम्है भी समझ गयी....चिकनी देह देखकर तुम्हारे मुँह से लार टपक गई... फिसल गये न.... मुझमें क्या कमी थी कि इस घोड़ी पर चढ़ गये??'

'भाभी ऐसा क्या हुआ जो.. अनजान जागृति कुछ पूछ पाती कि वह चीखकर बोली...चोप्प।' ये देख ...उसने बेड सीट जागृति के तरफ उछाल दिया। बेड सीट में खून के धब्बे ताजे थे जो बरसात की नमी की वजह से अब तक सूखे नहीं थे।

'ये क्या?? मैं कुछ नहीं जानती।' विस्मय से जागृति बोली।

'अनजान मत बनो..ऐसा खून कहाँ से कब निकलता है, मुझे पता है।'

उसके गुस्से की वजह अब मेरे समझ में आ गयी थी। मैंने उसे समझाने-बुझाने की बहुत कोशिश की लेकिन आज सरिता बहरी हो गयी थी, अंधी हो गयी थी। उसे कुछ भी दिखाई-सुनाई नहीं दे रहा था। उसने जागृति को मारने के लिए हॉकी उठा ली। यह हॉकी मेरे कॉलेज के दिनों की है, जिसे अब तक सम्हाल रखे हैं, मॉर्निंग वॉक में हॉकी लेकर जाता हूँ। हॉकी मेरी पहचान बन गई है। जो मेरा नाम नहीं जानते हैं, वे मुझे हॉकी वाले कहते है। कभी हॉकी का चैम्पियन रहा हूँ। मुझे और सरिता को मिलाने में इस हॉकी का भी योगदान रहा है। सरिता ने मेरे द्वारा किये गए हर गोल पर तालियाँ बजाई थी। आज वही हॉकी जागृति का सर फोड़ने के लिए सरिता के हाथ मे आ गयी थी।

जागृति के सर को टारगेट कर उसने हॉकी का करारा वार किया था। जिसे फुर्ती के साथ मेरी दायीं हथेली ने रोक लिया, अंगूठा और उँगली के बीच की जगह फट गयी थी, खून की धार बह कर दूधिया रंग के टाइल्स

को लाल करने लगी। सरिता पुनः जोर से चीखी और एक तरफ को लुढ़क गयी। अपनी चोट की परवाह न करते हुए मैं उसे उठाकर पलंग में लिटा आया। वह बेहोश हो चुकी थी।

ईश्वर न करे किसी दुश्मन पर भी ऐसा वक्त आये...यकीन के मजबूत धागों को शक के पैने नाखूनों ने खुरचकर तार-तार कर दिए थे। मेरे आंखों के सामने मेरी आबाद दुनिया बर्बाद होने जा रही थी। मैं असहाय सा खड़ा कभी बेहोश सरिता के गालों में ठहरे आसुओं को तो कभी अपनी हथेलियों से टपकते लाल-लाल लहू को फर्स में फैलते हुये देख रहा था। मैंने जागृति को आवाज लगाई लेकिन उसका कोई उत्तर नहीं मिला, स्वयं की ही आवाज दीवारों से टकराकर मेरे पास लौट आयी थी। वह भी किसी कोने में दुबकी सुबक रही होगी। सबकी अपनी पीड़ा थी, मेरी पीड़ा महसूस करने वाला कोई नहीं था।

8

हथेली से लगातार खून टपक रहा था, इसे रोकने का कोई उपाय मेरी समझ में नहीं आ रहा था। अचानक एक उपाय सूझा, पहनी हुई बनियान उतारी और बाएं हाथ से लपेट ली। यह कोशिश नाकाफ़ी रही। एक हाथ से अपने ही दूसरे हाथ मे पट्टी करना मुश्किल काम है। मैं जख्मी हथेली लिए सोफे पर आकर बैठ गया...मुझे दूर-दूर तक कोई ऐसा नहीं दिख रहा था जिसे मदद के लिए बुलाया जा सके। मुझे स्वयं से ज्यादा बेहोश सरिता की फिक्र थी। कहने को हज़ार फ्लैट्स है, कॉलोनी में, कई परिचित भी है। चार सौ लोगों का बैंक का स्टाफ है, और भी बहुत से लोग है, जिनके साथ मेरा उठना-बैठना है। लेकिन किसी की मदद लेना ठीक नहीं लगा...मैं किसे क्या बताऊँगा??... कौन हमारी बात पर यकीन करेगा?? आजकल का पूरा माहौल भी मेरे खिलाफ जाएगा। जिस मुल्क में राह चलती हुई लड़कियों से रेप होता हो, ऑफिस होटल, बार, रेस्टोरेंट, अस्पताल, पुलिस थाना और मंदिरों में भगवान की मूर्ति के सामने नारी का शील हरण हो जाता हो, तब मेरी बात कौन मानेगा कि मैं दृढ़ प्रतिज्ञ भीष्म हूँ। कौन मानेगा की यौवन के परिपूर्ण लड़की, जो मेरी स्टाफ है तीन साल से मेरे घर में रह रही है, उसके साथ दैहिक सम्बन्ध न बना होगा। आदमी की नजर उसके मस्तिष्क की कार्य क्षमता पर और मस्तिष्क की गतिशीलता से उसके हृदय में उपजी फिक्र में निहित होती है। जिसका

जैसा चाल-चलन और चरित्र होता है, उसी नजरिये से वह दुनिया को भी देखता-समझता है।

बैठे-बैठे मेरे जेहेन में उम्मीद की दो खिड़कियां खुली हुई नजर आयी। प्रथम मेरा सहपाठी और अब पेशे से डॉक्टर चंद्रबाबू सेन जो इसी कॉलोनी में सपरिवार रहता है, डॉक्टरी के साथ नेतागिरी भी कर लेता है, सरकारी मोहकमों में भी दखल रखता है और दूसरे सरिता के मामा जी जो प्रयागराज हाई कोर्ट में वकील है। इन दोनों का प्यार मेरे इस छोटे से घर को हमेशा मिला है। इसी उम्मीद ने मैंने दोनों को फोन से तत्काल घर आने को कह दिया। मुझे जागृति का फिर ख्याल आया...दो-तीन सीढ़ियां चढ़कर मैंने जोर से आवाज लगायी। इस दफा भी कोई उत्तर न पाकर मन शंकित हो गया, जागृति का कमरा खुला था। किताबें बेड के सिरहाने रखी थी। मैं टॉयलेट भी झाँक आया, छत में चढ़कर इधर-उधर, ऊपर-नीचे तजबीज किया, वह कहीं नहीं थी। मेरा हृदय अज्ञात भय से कांप उठा। जागृति घर छोड़कर जा चुकी थी।

डॉ. चंद्रबाबू सपत्नीक घर आ गये थे, उन्होंने तत्काल मेरे हाथ की मरहम-पट्टी की। इंजेक्शन दिया, और सरिता का चेकअप किया। उनके अनुसार मेरा खून देखकर वह बेहोश हुई है। उसे भी होश में लाये, दवाएं दी। सरिता कुछ देर गुम-सुम बैठी रही फिर बेड में जाकर सो गई। डॉ. चन्द्रबाबू ने बताया कि सरिता भाभी को नींद की गोली खिलाई गयी है। उन्हे सोने दिया जाए, सुबह तक मे नॉर्मल हो जाएंगी। मैंने सारी बातें उसे बता दी थी, वह भी फिक्र मंद हो गया था। उसने सलाह दी कि 'भाई!! अभी रात है, भाभी की तबियत भी ठीक नहीं है, इसलिये सुबह जागृति की तलाश में निकला जाए। भगवान करे, सब ठीक हो, जागृति घर लौट के आ जाए।'

डॉ. नायक चला गया था। मेरा मन बहुत घबरा रहा था, तरह-तरह की अंतहीन कुशंकाएँ आ-जा रहीं थी। मैं असहाय था, सामने बेखबर पत्नी पड़ी थी, इस हालत में घर छोड़कर जख्मी हाथ लिए, सूनी रात में

किधर जाऊँ, कहां जाऊँ?? जागृति को तलाशने। स्कूटर चला नहीं सकता था। भीतर ही भीतर बहुत छटपटाहट हो रही थी। उसे जल्द ही तलाशना होगा, सुबह का इंतज़ार करना ठीक नहीं लग रहा था। मैंने चंद्रबाबू को पुनः फोन लगा कर अभी चलने की बात कही। उसने कहा...तुम तैयार रहो मैं कार लेकर आता हूँ।

नीति कहती है आपत्ति काल में धीरज, धर्म, दोस्त और पत्नी की परख हो जाती है। मेरी नजर में सब अपनी-अपनी जगह दुरुस्त थे। ईर्ष्यालु शक ने सरिता की बुद्धि को प्रथमतया कब्जे में ले लिया था। मौका ताड़कर क्रोध भी अपना असर दिखने को बेताब शक का साथी बन गया। स्वभावानुसार उसने मुझे चोट पहुचाई...जागृति पर झूठा लांछन लगाकर उसका यकीन तोड़ा और अपना जलवा दिखाकर चला गया। ये अदृश्य वस्तुएं है, इनकी अनुभूति तो सभी करते है, लेकिन समझ में सिर्फ वही आता है, जो आंखों के सामने होता है। मैं सरिता को दोषी नहीं मान सकता....उस पर शक के साथ सवार गुस्से का सब किया धरा है। काश!! जागृति तुम इतनी सी बात समझ लो और घर लौट आओ। तुम्हारी भाभी तुमसे माफ़ी माँग लेगी। सब कुछ पहले जैसा सामान्य हो जाएगा।

दीवाल घड़ी पर नजर गई, मध्यरात्रि हो चली थी, कर्बी जनपद के उत्तर में स्थित कंक्रीट तैयार करने वाले कारखाने से बारह का बज़र हो गया था। धड़धड़ाती हुआ माल गाड़ी का इंजिन लौह की बिछी पटरियों की छाती फाड़ता हुआ कॉलोनी के बगल की लाइन से आगे बढ़ गया था। मेरे लिए अब वक्त काटना मुश्किल हो गया था, एक पल साल के बराबर बीत रहा था। मामा जी भी घर से ऑन रोड रवाना हो गए थे, उनके चार बजे भोर तक यहाँ पहुँचने की उम्मीद थी। डॉ चन्द्रसेन सपत्नीक पहुँच गए थे। सरिता को उनकी पत्नी की देख-रेख में छोड़कर हम दोनों जागृति की तलाश में निकल चुके थे।

चित्रकूट एक धार्मिक स्थल है। वनवास के दौरान भगवान रात सीता और अनुज लक्ष्मण के साथ चित्रकूट में साढ़े ग्यारह साल निवास किये

है। यह तीर्थ स्थल है। भारत के प्रमुख तीर्थ स्थलों में चित्रकूट की गिनती होती है। चित्रकूट का वर्णन वेद-पुराणों में भी मिलता है, तुलसी, व्यास और कालिदास जैसे महा कवियों ने चित्रकूट की महिमा का गुणगान अपनी कृतियों में किया है। तुलसीदास ने तो चित्रकूट के मंदाकिनी तट में आसन जमाकर रामचरितमानस जैसे महान प्रबंध काव्य की रचना की है। वे कहते है...'चल चित चेतु चित्रकूटहिं चालू।' भक्त रहीम अपनी बात कुछ अलग तरह से कहते है....

'जा पर विपदा परत है, सो आवत एहिं देश।

चित्रकूट में रमि रहे रहिमन अवध नरेश।।'

कामता, कर्वी, सीतापुर, कोहनी और नयागांव इन पाँच गांवों का संगम दैहिक, दैविक और भौतिक दुःखों के ताप को शीतल करने वाला चितकूट पहाड़ियों एवं वनों से आच्छादित है। कल-कल निनाद करते झरने, चहकते पखेरू रामनगरी के प्राण तत्व है। हमने जागृति की तलाश कर्वी रेलवे स्टेशन, बस अड्डे से शुरू की, भाग-भाग कर स्टेशन का कोना-कोना छान मारे, कहीं कोई अता-पता नहीं चला। इसके बाद मंदाकिनी के किनारे रामघाट पर जागृति को तलाशे, मन मे कुशंका यह रही कि कहीं नदी में कूदकर आत्महत्या करने की कोशिश की हो।

राम घाट में साधुओं का जमावड़ा दिखा, कल अमावस्या है, दूर-दराज से आये दर्शनार्थियों की भरकम भीड़ थी। सब लोग पुण्य बटोरने के लिए चित्रकूट आये हुये थे। मान्यता यह है इस दिन मंदाकिनी के पवित्र जल में स्नान पश्चात प्रमुख देव कामतानाथ की पंचकोशी परिक्रमा और मुख दर्शन से डायरेक्ट जन्नत की टिकिट मिलती है। इस भीड़ में किसी को ढूंढना निहायत मुश्किल काम है। हम लोग हर सम्भावित जगह में पहुँचकर जागृति को ढूँढने की कोशिश में थे। स्फटिक सिला, हनुमान धारा, जानकी कुंड का नेत्र चिकित्सालय, रामदर्शन, आरोग्य धाम, मध्यप्रदेश राज्य का सतना बस स्टेशन हर जगह गये, लेकिन हर जगह से निराशा ही हाथ लगी। डॉ.सेन तेज गति से कार ड्राइव करते हुये भरतकूप पहुँचा दिए थे।

यह वो जगह है, जहां भरत जी ने कुंड बनाकर नदियों के पवित्र जल को कुंड में संचित किये थे। कालांतर में यह कुंड भरतकूप कहलाया। भरत जी और राम, लक्ष्मण, जानकी का भव्य मंदिर यहीं पर है। मन्दिर के प्रवेश द्वार की दीवार पर लिखी चौपाई...

'विश्व भरण पोषण करि जोई।

ताकर नाम भरत अस होई।।'

पढ़कर मेरा रहा-सहा अब तक का संयम टूट गया था। भीतर मन्दिर में प्रतिष्ठित भरत जी के चरणों मे गिरकर मैं फूट-फूट कर रोने लगा। मेरे रोने के करुण स्वर से चबूतरे और धर्मशाला में सोये हुए, दर्शनार्थियों की नींद खुल गयी थी, वे सबब जानने को आतुर मेरे नजदीक इकट्ठे होने लगे थे। डॉ. सेन ने बाजुओं के सहारे मुझे खड़ा कर तमाशा बनने से बचा लिया। मेरे आँसुओं की धार रुकने का नाम नहीं ले रही थी। यह सत्य है, जब हृदय मध्य में बैठी नारी क्रंदन करती है, तभी पुरुष रोता है, उसके रुदन से पत्थर की छाती फटने तक की बात यूँ ही किसी ने नहीं कही होगी। वे मुझे घसीटकर कार में ले आये थे और हम वहाँ से भारी निराश मन लिए चल पड़े। भरतकूप से नौ किलोमीटर दूर वेणी-पुलिया तिराहे पर डॉ. सेन ने कार खड़ी कर थी। इस बीच हम दोनों के बीच बात-चीत नहीं हुई थी।

'भाई रंजन!! मेरी समझ में अब और भटकने का कोई फायदा नहीं है। पुलिस में गुमशुदगी की रिपोर्ट दर्ज कराना जरूरी है।' डॉ. सेन ने मुझसे कहा। सर हिलाकर मैंने भी सहमति दे दी। कर्वी पुलिस स्टेशन पर जागृति की गुमशुदगी दर्ज करवाकर हम लोग 'प्रेमालय' के अपने फ्लैट पर लौट आये थे। सुबह होने वाली थी....मामा-मामा भी प्रयागराज से चलकर पहुँच गये थे। जिस घर मे हँसी का डेरा था, चूड़ियों की खनक के साथ दीवारें तक संवाद करतीं थी, आज सब खामोशी में डूबे एक दूसरे चेहरे को पहचानने में लगे थी। मुझे कार से उतरते देख सरिता मेरे पास दौड़ आयी और मुझे घसीटते हुए भीतर ले गई, जहां पहले से मामा लोग बैठे

थे....वह मुझे छूकर-टटोलकर हर तरह से देख रही थी, फिर हाथ में बंधी पट्टी को देखकर पूछ बैठी....

'ये चोट?? कैसे लगी आपको??'

'ऐसे ही।' मैंने बताया।

'स्कूटर से फिसल गये थे, हथेली में खरोंच आ गयी है।' डॉ. सेन ने बात सम्हाल दी।

उसके चेहरे के सपाट ललाट पर और भी सवालात कलेंडर की तरह टँगे हुये थे, जिन्है उतारना मुझे जरूरी लग रहा था...ये सवालात कहीं सरिता के दिमाग को न चोटिल कर दें। मुझे नई फिक्र हो आयी थी। इस विषय पर मैंने डॉ. सेन को एकांत में ले जाकर मश्वरा किया। उसने आश्वस्त किया कि 'तुम उनकी फिक्र मत पालो..भाभी गहरे सदमे में है, धीरे-धीरे करके वे नॉर्मल हो जाएंगी।'

धीरे-धीरे पूरे मुहल्ले में बात फैल गई। पुलिस भी हरकत में आयी, वह भी जागृति के तलाशी अभियान की शुरुआत मेरे घर आकर मुझसे पूछ-ताछ से की। इंस्पेक्टर ने मुझसे बड़े बेहूदा सवाल पूछे, जैसे..

लड़की कहाँ की रहने वाली है?

शादी क्यों नहीं की उसने?

घर से क्यों भागी??

क्या वो प्रेग्नेंट थी?

मैंने इंस्पेक्टर के हर सवाल का जबाब दिया फिर भी वह संतुष्ट नहीं लग रहा था। वह सिद्ध करने में लगा हुआ था मेरे और जागृति के बीच सेक्सुअल रिलेशन रहे, फलतः लड़की प्रेग्नेंट हो गयी है। लोक-लाज की भय से हम लोगो ने उसे कहीं गायब कर दिया है। उसने मेरे हाथ मे हथकड़ी पहनाने की पूरी तैयारी कर ली थी, लेकिन मेरा मित्र डॉ. सेन भी कच्चा खिलाड़ी नहीं था। इंस्पेक्टर का ठीक रवैया न देख, उसने ऊपर से

किसी बड़े नेता से फोन करा दिया था। फोन में बात होते ही शेर बकरी हो गया। पल भर में इंस्पेक्टर का कड़क लहज़ा मुलायम हो गया। अब वह मुझे तुम की जगह आप और रंजन की जगह मैनेजर साहब बोलने लग गया। डॉ.सेन सुलझे हुए आदमी थे, वे कोई गुंजाइश नहीं रहने देना चाहते थे, वे उसे अलग कमरे में ले गए और उसकी चिपकी जेब को मोटी कर दिए थे। जाते-जाते वह विनम्र भाव से बोला था....'सर हम लड़की की तलाश में पूरी ताकत झोंक देंगे। चौबीस घण्टे के अंदर आपको रिजल्ट मिल जाएगा।'

पुलिस चली गयी थी, कॉलोनी के लोगों को चटपटा मसाला देकर। ऐसा मजेदार मुफ्त का मसाला कहाँ मिलता है?? दबी जुबान से स्वघोषित अच्छे करेक्टर के लोग मुझे करेक्टर-लेस कहने लगे थे। दुश्चरित्र लोग तो मुझे अपनी विरादरी का मानने लगे थे। एक दिन तो हद हो गयी, कॉलोनी के गेट के पास ही कुछ आवारा लड़कों ने रोककर मुझसे कहा...'सर आप परेशान न हों, उस लड़की को ढूँढने में....एक से बढ़कर एक मस्त-मस्त माल से अपना कॉन्टेक्ट है, जब तबियत करें बतायें, रेट भी वाजिब रहेगा। 'मेरा लहू खौल उठा था, उन्हे मारने के लिए मेरा बांया हाथ उठ गया था। ये गनीमत रही कि गेट कीपर दौड़ा चला आया और उन लोगो को वहाँ से हटा दिया। मुझे भी समझाइस दिया कि ...'साब!! आप इन गन्दे लड़कों के मुँह मत लगो, ये साले बड़े कमीने इंसान है, इन्है किसी की आबरू इज्जत की समझ नहीं है।'

'ये कौन है?? जानते है आप??' मैने पूछा।

'वो दाढ़ी वाला तो कॉलोनी का है, इसका बाप ठेकेदारी करता है, बाकी के दो को नहीं पहचानता हूँ, वो भी उसी कमीने के दोस्त होंगे।'

हालात धीरे-धीरे सुधरने लगे थे। जागृति को अनाधिकृत रूप से अनुपस्थित मानकर बैंक प्रबंधन ने उसे सस्पेंड कर दिया था। जिन चेयर मैन के बारे में मैंने गलत सुना था, वे बड़े कॉपरेटिव नेचर के निकले। समय आने पर ही व्यक्ति की परख होती है। मेरी मनःस्थिति को समझते

हुये उन्होंने बैंक शाखा में एक और ऑफिसर की पोस्टिंग कर दिए। बीच-बीच मे जब भी वे विजिट में आते यही बोलते...'रमन नियति से बढ़कर कुछ नहीं है, जिसे चाहे उठा दे, जिसे चाहे गिरा दे। तुम्है जब भी मेरी जरूरत लगे, निःसंकोच बोलना, मुझसे जो भी हो सकेगा, करने की कोशिश करूँगा। बैंक स्टाफ के बीच मे मेरी इमेज खराब हो गयी थी। सब मेरी गलती मानते। मैं सबकी नजरों से गिर गया था। इसका असर मेरे स्वास्थ्य पर पड़ा। उच्च रक्तचाप का परमानेंट मरीज हो गया। भूख कम लगने लगी, वजन गिरकर अस्सी से बासठ किलोग्राम में आ गया।

समय अपनी गति से बीत रहा था। दिन हफ्ते में, हफ्ते माह में तब्दील हो रहे थे। जागृति को गुमे हुये सात माह बीत चले थे। वो मेरे सांसो में बसी थी, मेरी हर धड़कन में उसका नाम लिखा होता था। सरिता मुझे लेकर बहुत चिंतित रहने लगी, मुझे खुश रखने की वह हर सम्भव कोशिश करती थी।

मैं बहुत कम बोलने लगा था। ज्यादातर हाँ या न में काम चलाने लगा था। हम साथ में एक बिस्तर में सोये रहते लेकिन नारी देह का आकर्षण समाप्त सा हो गया था। जागृति के घर छोड़ने की तारीख से हमने सम्भोग नहीं किया था। मुझे उत्तेजित करने की सरिता की सारी कोशिशें बेकार जाती। वह जागृति के घर छोड़ने के पीछे स्वयं को दोषी मान रही थी...'उस दिन के बारे में वह कहती....

'चादर में लगे खून को देखकर मैं पागल हो गयी थी। मुझे गुस्से में कुछ सूझ नहीं रहा था। काश!! मैं आपको बोलने का मौका देती तो हमारी खुशी आज हमारे साथ होती। मुझे कुछ याद नहीं है, कोई मुझे पागल कर दिया था। अच्छा-बुरा सोचने की मेरी सामर्थ्य चली गयी थी। ...ठीक है तुम दोनों शारीरिक सम्बन्ध बना ही लिए थे, तो इसका मतलब ये तो नहीं हुआ कि अपने ही हाथों अपने खुशहाल घर में आग लगा देती।'

'हमारे और उसके बीच में कभी शारीरिक सम्बन्ध नहीं बना है, मुझे ताज्जुब है कि चादर में खून कैसे आया। मैं उसे ऊपर के कमरे से नीचे

जरूर लाया था। सुबह जब वह जागी थी, तब मुझसे यही बोली थी... 'आपने ठीक नहीं किया मेरी जगह वहां नहीं बनती, वह भाभी का स्थान है। मैं उनके तलवे के नीचे रहकर सुकून महसूस करुँगी।' मैं भी सरिता से यही कहता। यही सच भी था।

हिंदी महीने का बैसाख मास चल रहा था। शहनाइयों की गूंज से मांगलिक कार्य शुरू हो गये थे। ज्येष्ठ की शुरुआत से ही शुक्र अस्त होने वाले थे। शादी व्याह और मांगलिक कार्य नहीं किये जाते है, शुक्रास्त में। जिसके जहां रिश्ते फिट हो रहे थे, वे सब तत्काल करने के प्रयास में रहै बहुत सारे शादी के काड्र्स आये लेकिन हम लोग कहीं नहीं गये। न रिश्तेदारी में न भाई-व्यवहार में। सरिता जबकि चलने को कहती थी... 'चलिए जी!! मन बहल जाएगा।'

बैंक से आकर मैं लॉन में बैठ गया था, अन्य दिनों की अपेक्षा आज उमस अधिक थी। ऊपर पहने कपड़े सोफे के ऊपर फेंककर सीधे लॉन में आ बैठा था। अभी शाम गहराई नहीं थी, यद्धपि सूर्य का अवसान हो गया था। बाउंड्री के गेट पर परेबा के जोड़े गुटर गूँ... गुटर गूँ करते हुये अब भी एक दूसरे को निहार रहे थे। मुझे उनकी यह मूक चाहत देखकर ईर्ष्या हो आयी। सरिता पानी ले आयी थी। पानी देकर वह मुड़ने ही वाली थी कि मैंने उसे रोक लिया।

'क्या है??' खड़े-खड़े ही उसने पूछा।

'बैठ जाओ??' खाली कुर्सी की तरफ इशारा करते हुये मैंने कहा। दस माह के अंतराल के बाद सरिता को मैं आज गौर से देख रहा था। वह मेरी तरह चेहरा करके बैठ गयी थी। वह मुझे देख रही थी, मैं उसे देख रहा था, हम अपने गुमे हुये अतीत की तलाश में स्वयं गुम हुये जा रहे थे। सरिता की संवाद करती हुई, हँसती हुई भूरे रंग की पुतलियाँ मुझे खामोश और भीतर की ओर धँसी हुई दिखी, जैसे अब भावाभिव्यक्ति के कोष रिक्त हो गये हों। सियाही-रंग के लंबे घने गेसूं जो कभी अपने छुअन से बिस्तर पर बिछी हुई चादर तक को महका देते थे, वे आज गन्धहीन,

रुख़सारो के इर्दगिर्द बेतरतीव उदासी बिखेरते हुये छितराये थे।

सहसा मेरे अंतस में बैठा हुआ कोई बोला...'देख रहे हो रंजन' सरिता का सलिल सूखने जा रहा है, समय रहते इसे बचा लो, अन्यथा अफसोस करने के सिवा कुछ हाथ नहीं आएगा।

नहीं.. ईं.. ईं!! मैं जोर से चीखा था।

वह मेरा हाथ पकड़कर अंदर ले आयी थी। सोफे में बैठते ही मेरा सर उसके वक्षस्थल से अनायास टिक गया था। प्यासे उरोजों ने मचलकर ब्रेज़री के हुक स्वयं खोल दिये थे। कामाग्नि की तपिश से दहकता हुआ सरिता का जिस्म पूरी तरह से मुझे आगोश में जकड़ लिया था। मैं चेतना शून्य होता जा रहा था। हमें याद नहीं.. कब तक ऐसी अवस्था में रहै हमें चेतना में लौटाने का श्रेय उन बिजली के फूलों को जाता है, जो रात की कालिमा का अहसास पाते ही जर्रे-जर्रे में जगमगा उठते है। अधखुली खिड़कियों से ऐसा ही दूधिया प्रकाश मेरा घर मे आने को छटपटा रहा था। मैंने उठकर पूरी खिड़कियां खोल दी।

9

आज सुबह से कड़ी धूप निकली थी। कल तक रिम-झिम फुहारें फेंकने वाले बादल आसमान से गायब थे। शायद बिजली बहन से कलाई में राखी बंधवाने कहीं दूर के गाँव मे गये होंगे। सावन माह की आखिरी तिथि, 'पूरनमासी' सबके मनोरथ पूर्ण करने वाली..प्यार के पवित्र धागे का, भाई बहन के प्यार का पर्व रक्षाबंधन। भैया की कलाई में धागे में समाया, प्यार भरा आशीष बांधती हुई बहन की उँगलियों की छुअन, थाल आरती अक्षत चंदन। बड़े नसीब वालों को यह त्यौहार मिलता है। इस साल सरकार ने रक्षाबंधन की छुट्टी, केंद्रीय कार्यालयों, बीमा, कोषालय, उप कोषालय में नहीं दी थी। विरोधी दल के नेताओ ने पूँछ पटक-पटक कर खूब हो हल्ला मचाया...सरकार को हिन्दू विरोधी तक करार दिए। काश!! उन्हे इतना सऊर तो होता...इतनी समझ होती 'शून्य से भी कम तापमान में जहां हर समय मौत के साये लहराते है, वतन पर जांनिसार करने वाले माँ भारती के लाल वतन की रक्षा में सीना ताने दिन-रात खड़े रहते है, वे तीज-त्यौहार कब मनाते है?? कब मनाते है होली-दिवाली, कब मनाते है ईद-क्रिसमस??

आज बैंक ग्राहकों से खाली था, सब छुट्टी समझ लिए थे। भूला-भटका जो कोई आ भी जाता था, तो यही पूछकर लौट जाता कि आज की छुट्टी क्यों नहीं है?? आनंद चाय का कप मेरी टेबल में रख गया था, लेकिन मेरे मन का तुरंग कहीं और ही तकबक..तकबक..कर रहा था। कप रखा

होना देख नहीं पाया। कितनी अजीब बात है...नजदीक रखी वस्तु नहीं देख पाया, जबकि स्वर्ग को ससुराल किये बैठी बहन से, अज्ञात देश के सफर में गई जागृति से मिल आया, दोनों से राखी भी बंधवा आया। अचेतन जब सफर में होता है, तब चेतन विश्राम लेता है, और जब चेतन कार्य मे होता है, तब अचेतन आराम से पसरा हुआ खर्राटे भरता है। जिसका चेतन और अचेतन एक साथ जागा हुआ होता है, वह तत्वदर्शी महात्मा, या ईश्वर-प्रतिनिधि होता है। हम जैसा मनुष्य तो हरगिज नहीं। आम आदमी की मृत्यु पश्चात ही दोनों एक साथ सफर में निकलते है। अन्यथा शरीर की निगरानी कौन करता?? न जाने कितने रोज मरते कोई मातम मनाने वाला न मिलता। दरअसल मौत इसी का नाम है...चेतन और अचेतन नाम की दोनों चिड़ियों का एक साथ शाख से उड़ जाना।

हम अज्ञानी रोते-चिल्लाते, छाती कूटते हुये नश्वर देह को मरा समझकर शोक मनाने लगते है। यथार्थ में यह खुशी का दिन है। देह की मुक्ति का दिन है, जो अभी तक दो चिड़ियों की चोंच का ग्रास बना हुआ किस्तों में चुकता होता रहा...बेचारा। किस्मत से अब फ्री हुआ है, मेरी सलाह है, खूब नाचिए, कूदिये, यह उस मृतक के साथ आप सब का आखिरी उत्सव होगा। मैं तो बाकायदा वसीयत कर जाऊँगा..' मेरे मरने के बाद कोई शोक नहीं मनाएगा..सज-धज के साथ बारात निकाली जाएगी...हर कोई हँसता हुआ जनाजे के साथ चलेगा..पार्श्व में फड़कती हुई यह गजल बजती रहेगी....

न इनकी है न उनकी अदा है, मेरी गुफ्तगू की जुबां अलहदा है।

अनुज दोस्तों को परेशान मत कर, अभी जिंदगी की हुई इब्तदा है।

'सर चाय।' आनन्द ने याद दिलाया।

चाय ठण्डी हो गयी थी, सतह में पपड़ी जम गयी थी।

'दूसरी लाता हूँ सर!! ये पीने लायक नहीं रही।'

'रहने दो यार।' मैंने मना किया, पर वह माना नहीं..सड़क किनारे

खड़े इमली के पेड़ पर कप औंधाकर वह दुकान तरफ बढ़ गया था। मैडम किरण एक्का कम्प्यूटर में ताश खेलने में मशगूल थी। ये भी जागृति की तरह ही बैंकिंग के हर काम मे दक्ष थी। मेरे ऊपर रूटीन का वर्क लोड बिल्कुल नहीं था। एक कैशियर और एक ऑफीसर सब देख लेते थे।

पोस्ट मैन कुछ देर पहले एक खाकी रंग का लिफाफा रख गया था, साधारण सी डॉक थी। मेरी तरह उसकी भी छुट्टी नहीं थी। हम दोनों ड्यूटी में थे। महज फर्क यह था, उसकी ड्यूटी को सर्टीफाई करने वाले मेरे जैसे बहुतेरे थे, मगर मेरी ड्यूटी को सर्टीफाई करने वाले बैंक की छुट्टी मानकर नहीं आ रहे थे। मैंने लिफ़ाफ़े पर कोई विशेष ध्यान नहीं दिया, उसे टेबल की दराज़ में रख दिया, यह सोचकर कि फुर्सत से देखेंगे।

'नोटिस निकाल दी मैडम ??' मैंने पूछा।

'कल ही हो गया था, आपके साइन को रखा है।'

किरण सिंह मध्यप्रदेश के आदिवासी बाहुल्य जिला नीमच की रहने वाली है। श्यामल रंग, एकल सामान्य काया, दाँत कुछ बड़े जो बात करते या हँसते समय बाहर दर्शनीय होते हैं। कुल मिलाकर उसे कुरूप तो नहीं कह सकते, लेकिन ऐसी भी नहीं कि किसी को अपनी तरफ आकर्षित कर सके। दिल की साफ जरूर थी, काम के प्रति समर्पण निष्ठा और ईमानदारी ये उसकी भीतरी खूबियाँ थी। वह नोटिस का पैड मेरी टेबल में रखकर सामने की चेयर पर बैठ गयी थी। पन्द्रह मिनिट में नोटिसों पर साइन हो गये थे।

'राखी में घर क्यों नहीं गई??' उसकी ओर देखकर मैंने पूछा।

'हमारी तरफ ये कोई ख़ास त्योहार नहीं मानता।'

'आप शादी क्यों नहीं कर लेती?? शादी करके इधर ही कहीं शिप्ट हो जाओ।'

मेरे प्रश्न पर पहले वह हँसी फिर नोटिस लेकर चली गयी..मुझे उसकी हँसी में अनजानी पीड़ा के छुपे होने का संकेत मिला। आनन्द दोबारा

से चाय ले आया था, मैं चाय पीने लगा, इस बार चाय ठंडी नहीं करना चाहता था।

‘इसमे हँसने वाली कौन सी बात हुई?? चाय का खाली कप टेबल पर रखते हुए मैंने पूछा।

वह गम्भीर हो गई थी, भीतर की पीड़ा साफ-साफ चेहरे पर झलकने लगी थी। ‘सर!! मेरे कॉस्ट में एजुकेशन कम है। मेरे गांव तरफ कम पढ़ा-लिखा आदिवासी लोग है उसका पेरेंट पढ़ी-लिखी नौकरीपेशा गर्ल के साथ जोड़ा करने से डरता है, जो बरा-बरा आदिवासी फेमली है, पढ़ा-लिखा है, नोकरी-बिजनेस में है, वो अमे गंवार-छोटा मानता है, उसके गर जाना अम सोच भी नहीं सकता।’

जागृति के लापता होने के बाद से वह मेरे साथ में है, साल भर साथ मे काम करते हुये बीत रहा है। मैंने स्टाफ को कभी छोटा-बड़ा नहीं समझा। एक परिवार की तरह हम लोग काम करते हैं। इसलिए बे-झिझक निजी बातें भी एक-दूसरे से शेयर कर लेते है।.. बिना किसी औपचारिकता, संकोच, दुराव-छिपाव के हम लोग जब भी समय मिलता है, एक-दूसरे से कह कर जी हल्का कर लेते है, आपस में हँस बोल लेते है। किरण मैडम को मेरे और जागृति के बीच के रिलेशन मालुम थे, उसने कभी मुझे दोषी नहीं माना और न कभी मुझे संदेह की नज़र से देखा। वह मेरी मनोदशा समझती है, इसलिए भूलकर भी जागृति का नाम मेरे सामने लबों पर नहीं लाती। वह जानती है, मुझे दुख होगा।

‘किसी अन्य से.. मेरा मतलब अन्य कॉस्ट में, जो तुम्है पसन्द आये, जो अच्छा लगे उससे ही शादी करने की सोचो। देखो बिना साथी के जिंदगी गुजारना मुश्किल है।’ मैं समझाते हुए बोला।

वह मेरे सामने आकर फिर बैठ गई थी। नजरें टेबल की सतह पर जमाते हुई वह बोली...‘सर ऐसा कोई नहीं नजर आता, जिसे प्रपोज करें...दर लगता है, सुना है इदर का लरका दुसरी जाति की लरकी से

जोड़ा बनाने पर इदर का लोग मार देता है। दुसरी बात हम सरीखा काला लड़की को कौन लाइक करेगा?? इदर का पढा लिखा बरा आदमी गोरी, लम्बी, सुंदर परी सी वाइफ की डिमांड रखता है, वो चीज मुझमें नईं। 'उसकी तकलीफ चेहरे से उतर कर आंखों की पुतलियों में समा गई थी। आंखे भर आयी थी।'

दिल में आया की हाथ बढ़ाकर नम हुई उसकी आंखों को और गीली होने से रोक लूँ, चेहरे को दोनों हथेलियों से सम्हालते हुये आंखों में आँखे डालकर बोल दूँ...'किरण!! तुम इस सृष्टि की सबसे खूबसूरत लड़की हो। वे लोग अंधे है, जो तुम्हारी अंदरूनी सुंदरता को नहीं देख पा रहे है, पर यकीन मानो हम सब जिस परम पिता की औलाद है, वह तुम्हारे साथ अन्याय नहीं होने देगा।'

हर किसी की सीमाएं समाज ने गोल-गोल खाँच दी है, उस गोले से पार होने के लिए हर विस्तारित सहृदय व्यक्ति सोचता है, लेकिन पार होने की हिम्मत नहीं जुटा पाता। वह बैठे-बिठाए यही चाहता है की ये गोल-गोल दायरे स्वयं सिमट जाएं, हर किसी को इच्छानुसार साथी चुनने की आज़ादी मिल जाये, लेकिन ऐसा होगा नहीं, किसी न किसी को हिम्मत दिखानी होगी।

'तुम्हारे पेरेंट क्या सोचते है??'

'क्या सोचेगा पेरेंट..दउआ पछतावा करता है। सोचता है बी.ए. क्यों करा दिया लरकी को। वो बहुत परेशान रहता है। वो चाहता है मेरी शादी हो जाय, घर बस जाय..बस्स। मुझे बहुत मुश्किल लगता है। अब तो उतरन की उमर आ गई।'

'क्या मतलब??'

'पैंतीस की हो चली सर।'

'एक बात बताओ...तुमने किसी से प्यार किया है?'

'सबको करता है।'

'वो नहीं....शादी वाला।'

'वो आपसे है।'

वह बहुत धीरे से बोली थी, ताकि मेरे अलावा कोई और न सुन पाये। मैंने इसे मजाक-हँसी समझा। लेकिन उसके चेहरे के भाव और ही कुछ कह रहे थे..मैंने उसे आज़ादी के साथ बोलने की बात कही, आनन्द की उपस्थिति में वह साफ कहने से डर रही थी। इसलिए उसे चेक जमा करने के लिए नोडल शाखा भेज दिए। बैंक में अब उसके और मेरे सिवा कोई नहीं था।

'हाँ!! अब बताओ।'

'अम जानता है कि मेरिज अब अपने तकदीर में नहीं है...लेकिन लव का फीलिंग और लव का बात करना भी लव जैसा अमे लगता है। साल भर से साथ मे हूँ, आज पहली बार आपने मुझे लव से देखा...अम तो रोज देखता है, आपको..सच कहूँ सर!! आज तक कोई मुझे लव से नहीं देखा। क्या कमी है मुझसे? मेरा बॉडी ओइसा ही है, जैसा सब वीमेन का होता है, मेरे भीतर भी लाल कलर का ब्लड दौड़ता है। मेरे भी सीने में दिल धड़कता है। कबी-कबी सूसाइड का दिल करता है..लाइफ में बगवान तो मिलेगा नईं, ऑफ्टर डेथ मे वी... मिल जाये...अम पूछेगा, ऐसी बदसूरत लेडी क्यूँ बनाया, जिसे कोई लव न करे।'

'नहीं-नहीं तुम अच्छी हो। ऐसा क्यों सोचती हो कि तुम्हारी अब मैरिज नहीं होगी?? जरूर होगी और अच्छी होगी।'

'मेरी बात पर वह हँसने लगी, सफेद दंत-पंक्तियां बाहर आ गईं थी, जो चेहरे के श्यामलता को कुछ हद तक कम करने में सफल हुईं थी।

'अमको मालूम है जन्नत की आकीकत लेकिन,

दिल के कुश रखने को ग़ालिब ये ख्याल अच्छा है।'

ग़ालिब का यह शेर पढ़ने के बाद वह गम्भीर हो गई थी। उसकी

गम्भीरता मुझे असामान्य लगी। उसकी मदद करने की इच्छा से मैंने पूछ लिया....'किरण!! सच बताओ मैं तुम्हारे किस काम आ सकता हूँ।' मुझे तुमसे पूर्ण सहानिभूति है, मुझसे जो कुछ बन पड़ेगा, तुम्हारे लिए जरूर करूँगा।

'सचमुच??'

'हाँ।' मैंने भरोसा दिलाया।

'प्रोमिस।'

'प्रॉमिस।'

'आप अमे एक बच्चा दे दो सर।'

'क्या?? उसकी बात से मुझे अपने कानों की कार्यक्षमता पर शक होने लगा। पैरों तले जमीन धँसती हुई प्रतीत हुई, नाड़ी की गति के साथ हृदय की गति भी असहज लगने लगी। 'जानती हो क्या बोल गई??' किसी तरह स्वयं को संयत करते हुए मैंने पूछा।

'जी सर!! वट मेरा जिद है, अम जिससे लव नहीं करता उसे बॉडी टच नहीं करने देगा। आप अकेले ऐसा सख्स हैं, जिसके आगे अम सब कुछ सौंप देगा। आप मुझसे लव नहीं करता वो आपका मेटर है। अम मेरिज अब नईं करेगा, आप बेबी देगा तो उसी के सहारे लाइफ बिता लेगा।'

'तुम होश में हो किरण!! जानती हो तुम क्या बोल रही हो??' मेरे स्वर में कंपन के साथ घबराहट भी साफ थी।

'जानती हूँ!! आपको मेरे साथ वो करना होगा...क्या कहते हैं इदर...।'

'कुछ भी कहते हों... ठीक है... कल को सन्तान होगी, किसका नाम दोगी??

स्कूल में पिता के नाम के कालम में क्या लिखोगी?? और तो छोड़ो जब बच्चा बड़ा हो कर सवाल करेगा, तब उसे क्या जबाब दोगी??' कल

को पूरा समाज बदचलन, रंडी, वेश्या जाने कितने अलंकरणों से विभूषित करेगा किरण!! तुम जी नहीं पाओगी... दुनिया जीने नहीं देगी, न तुम्हे और न मुझे।

किरण खामोश थी। जाहिर था इन सवालों के जवाब उसके पास क्या भारत की किसी भी नारी के पास नहीं थे। उसकी आँखों को मैंने गौर से देखा, काम की दरिया पुतलियों में हिलोरें ले रही थी। उन्नत उरोज साँस की लय में दोलित होने लग गए थे। वह कामाग्नि में तप रही थी, अगर समय रहते इस ताप को शांत करने के उपाय नहीं किये तो बहुत सम्भव है, किरण स्वयं इस आग में जलकर भस्म हो जाये। मुझे किसी अज्ञात भय ने जकड़ लिया था।

'सर!! अम आदिवासी है झूठ बोलने को अमरा समाज महापाप मानता है। कौन सा गुनाह पैले हुआ कि गोंड घराने में जन्म पाया, वो भी सुंदर नहीं। अब अमसे झूठ नहीं बोला जावेगा, यदि आप से अमे बेबी होगा तो उसका फादर आप ही होगा, आप का ही नाम बोला जाएगा। जो मेरा दिल बोला सो बोल दिया। आप सच्चा इंसान है, इसलिए।'

'किरण!! तुम दिमाग से सोचो, दिल की बात छोड़ो...जो चाहती हो वह असम्भव है। मैं तुम्हे धोखे में नहीं रखना चाहता हूँ। हाँ तुम्हारी शादी कराने की कोशिश कर सकता हूँ, अगर कहो तो।'

वह मेरी बात से सहमत होती सी लगी, थोड़ी देर चुप रहने के बाद वह बोली..'आप मेरे माई-बाप हो, बॉस हो, आपका हर डिसीजन अमे मंजूर होगा।'

किरण की बातों ने मुझे फिक्र में ला दिया था। कितनी सादगी से बिना किसी भूमिका के वह अपने दिल की बात कह गयी थी। जिसे कहने की हिम्मत बड़े-बड़े शब्द-शास्त्रियों, साहित्य मर्मज्ञों में भी नहीं होती, वे शब्द ही तलाशते रह जाते हैं, तब तक बात रूप बदलकर स्वयं आगे बढ़ जाती है या अनकही रह जाती है। हृदय की फीलिंग को ज्यों-के-त्यों

सीधी-सरल बोली-भाषा मे व्यक्त कर देना मेरी समझ मे बहुत बड़ी कला है, हिम्मत का काम तो है ही। किरण के दिल में जितना भी भरा था, उसने ख़ाली कर दिया था।

'एक बात बोलूं?? मैं उसकी स्पष्टवादिता से प्रभावित होकर कहा था।

'जी!!'

'अगर चाहो तो हम आपस मे अच्छे दोस्त हो सकते है।'

'जी..बहुत जरूरी है, एक आइसा दोस्त होना, जिससे अम दिल खोलकर बातें कर सकें, इस मामले में अम तकदीर वाला है, जो आप जइसा बड़े दिल के इंसान की दोसती मिलेगा।'

किरण ने अपना दाहिना हाथ मेरी तरफ बढ़ा दिया था। मैंने भी उसके हाथ को स्पर्श कर सहर्ष स्वीकृति दे दी। चिंता के बादलों की उमड़-घुमड़ थोड़ी कम हो गयी थी। किरण से शाखा बन्द कराने को कहकर मैं रामघाट आ गया था। पयस्वनी तट का खूबसूरत रामघाट मेरी प्रिय जगह रही है। जय श्री सीताराम कहते हुए वहाँ के परिचत दुकानदार भले ही अंदर से जैसे हों, सीताराम मुँह से उच्चारण करते ही वे सब भले लगने लगते है। रामघाट में जल तक उतरने के लिए दोनों किनारों पर पक्की सीढियां है। बैठने के लिए मार्बलस सतह की सुंदर कुर्सियाँ किनारों पर फिक्स की गई है। ऐसी ही एक कुर्सी पर बैठकर पावन जल को मैं निहारने लगा। नदी के दूसरे छोर पर दो टूरिस्ट बसें खड़ी थीं। श्रद्धालु भक्त जन जिसमे नर-नारी, बालक-बूढ़े सभी वय के लोग आये थे। नदी में स्नान के लिये घाट पर कपड़े उतार कर जल में नहाने उतर चुके थे। कुछ नहाकर निश्चिन्त मन से कपड़े बदल रहे थे। किसी को आड़ या पर्दे की जरूरत नहीं। कोई शर्म संकोच नहीं।

जहाँ विचारों में पवित्रता होती है, वहाँ पर्देदारी की जरूरत नहीं है, प्रत्यक्ष देखना हो तो मार्गशीर्ष में प्रयागराज के संगम में चले जाइये, भीड़

की शक्ल में स्त्री-पुरुष साथ-साथ स्नान करते मिल जाएंगे। एक दूसरे की आड़ में कपड़े भी बदल लेना सामान्य बात है। कोई लज्जा नहीं, कोई असुविधा नहीं। ऐसा क्यों?? वास्तव में कुविचार की दृष्टि में ही लज्जा या नग्नता दिखती है, अन्यथा समूची सृष्टि नयनाभिराम सुंदरम है। इस जगह में बैठने से मुझे सदैव शांति मिली है, जब कभी मन विचिलित हुआ है, चिंताओं ने मुझे घेरने की कोशिश की है, पयस्वनी के इस घाट में आकर सूकुन महसूस किया हूँ। अकस्मात किसी के हाथ का पीठ पर स्पर्श पाकर चौंक उठा। मैं कुर्सी छोडकर खड़ा हो गया था।

10

बाबा 'बालक दास' जटा-जूट बढ़ाये, चिमटा कमण्डल लिए हुये अर्धनग्न आंखों के सामने प्रकट थे। इनसे हमारा चार साल से मिलना-जुलना है, मिलने-जुलने की बात कहने में यूँ हल्की लगती है, इसलिए ये कहना ज्यादा वजन का होगा की हम एक दूसरे को समझने की कोशिश में हैं। इसीलिए जब भी बाबा चित्रकूट आये मुझसे मिले बिना नहीं गये। मैं कहीं भी रहूँ, इनकी नजरों से बच नहीं सकता। ये मुझे तलाश ही लेते है।

'कैसे हो रंजन??' मेरे प्रति यही सम्बोधन निकलता है, हमेशा। उनके दिल के अतल से चलकर मुँह की गली से...मेरे दोनों कंधों पर बल देकर वापस कुर्सी में बैठाते हुये उन्होंने पूछा।

'ठीक हूँ, बाबा!! तुम अपनी कहो। चित्रकूट कब आये??'

'ठीक हूँ भाई, अभी बृज-भूमि वृंदावन से भटककर कल शाम की गाड़ी से यहाँ पहुँचा हूँ।' वे मेरे बगल में बैठते हुये बोले।

'भटककर??'

'हाँ यार भटकन ही तो है, मन की भटकन, जहाँ जी हुआ घसीट रही है'

'तुम किसी से दीक्षा क्यों नहीं ले लेते बाबा!! चित्त शांत हो जाएगा।'

'बड़ा कन्फ्यूजन है मित्र!! चाहता तो मैं भी था, लेकिन अब नहीं।'

'क्यों?? अब क्या हुआ??'

'कोई काबिल गुरु नहीं मिला...जो मेरे चित्त के अंधकार को दूर कर प्रकाश भर दे, सच्चा गुरु अज्ञात में कहीं बैठा है। उस तक पहुँचने की मेरी काबिलियत नहीं है। जो मिले भी, सब नकली गुरु लगे...बहुत तलाश के बाद एक मिले तो लगा मंजिल का रास्ता गुरु जी की आंखें जरूर दिखा देंगी....लेकिन ऐसा हो नहीं पाया...मुझे दीक्षा देने से पहले ही गुरु जी शरीर त्याग कर परलोक गमन कर गये।'

'ओह!! यह तो बुरा हुआ।' मैंने अफसोस जाहिर किया था।

'हाँ!! एक बात जरूर वे मुझसे जाते-जाते कह गए थे...'बेटा!! घर लौट जाना... वहीं असली सुकून और सद्ज्ञान मिलेगा।'

बाबा को इतना मायूस पहली बार देख रहा था। गोरे चेहरे को आवृत करती हुई काली घनी दाढ़ी, नग्न चकली छाती के स्याह बालों के साथ चुहल करती प्रतीत हो रही थी। हमेशा सम्वाद करती, चमकती हुई दो आँखे आज बुझी-बुझी सी प्रतीत हो रही थीं। मुझे मालुम था कि बाबा अब घर नहीं लौटेगा। पाँच भाई-बहनों के बाद बाबा पिता की छठवीं सन्तान थे। जब वे दस साल के थे तभी इसके पिता मर गये थे। पिछले साल माँ भी स्वर्गवासी हो गईं। बाबा बताया करता था कि मेरी शादी भी हुई थी, गौना होना था, लेकिन हो नहीं पाया। मैं पहले ही घर छोड़कर हरिद्वार चला आया था।

वाक-पटु, कवि हृदय बाबा बालक दास कोई साधारण शख्सियत नहीं थे। वे मुझसे उम्र में छोटे थे। वे काशी हिंदू यूनिवर्सिटी से हिंदी और अंग्रेजी में एम.ए. है, दोनों भाषाओं में बाबा जबरदस्त दखल रखते है। इस बार का समय लंबा खिंच गया था, इसके पहले वे आठ-दस दिन के अंतराल में जरूर मिल जाते थे। हमारी दोस्ती देखकर लोग आश्चर्य करते थे। बिना दाढ़ी मूंछ का कहाँ मैं...और कहाँ जटाजूट धारी बाबा बालकदास। पिछले

साल की बात है, सरिता साथ थी, बाबा से आरोग्य धाम में मुलाकात हो गयी। सरिता से मैंने पूछा....मेरा दोस्त कैसा लगा?? ''और तो सब ठीक है, डर एक ही बात का है कि कहीं आप भी बाबा हो गए तो मेरा क्या होगा।' तपाक से सरिता ने जबाब दिया था। इस बात पर हम तीनों बहुत हँसे थे। नहीं..नहीं..भाभी सा.. आप चिंता मत करो ये पैदाइस से ही बहुत बड़ा बाबा है, इसका डायरेक्ट कनेक्शन ऊपर से है। अब इसका कुछ नहीं होना है। बालकदास हँसते हुए बोले थे, सच मे उस दिन हम बहुत खुशी महसूस किये थे।

'घर लौटने को लेकर क्या सोचा??'

'रंजन! अब मेरा कोई घर नहीं है। यहीं रहूँगा अब। चित्रकूट छोड़कर कहीं नहीं जाऊँगा। चिमटे को कुर्सी के हत्थे से टिकाते हुये वह बोले।

अच्छा अब चलूँगा, तुम्हारी भाभी इंतज़ार में होगी। कलाई घड़ी में समय देखकर मैं बोला।

'आधे घण्टे की और मोहलत माँग लो भाभी से, बोल दो बाबा मिल गया है। छोड़ नहीं रहा..अगर डर लगता हो तो मेरी बात करा दो भाभी से।'

सरिता को मैंने फोन से सब बता दिया था, इस बीच वह झोले से डिबिया निकाल चुका था। उसमें गोलियाँ भरी थी। दो गोली मेरी हथेली में रखकर कहा...'लो महाकाल का प्रसाद।'

'ये??' मेरा सवाल समझकर बाबा बोला...'भाँग की गोली है, भोले भंडारी का महा प्रसाद है, और वह चार गोली गटक गया। मैं भी खा गया। दस मिनट में भंग ने रंग दिखाना शुरू कर दिया। मन निर्मल, बुद्धि निर्मल, फिक्र तो पेट छोड़कर ऐसे भगी...जैसे मैंने भंग की गोली नहीं फिक्र भगाने का भूत उदरस्थ किया हो। बाबा की बुझी-बुझी, बड़ी-बड़ी आंखे सरकारी ट्यूब लाइट की तरह दप्प-दप्प जलने-बुझने लगी थी।

'एक बात बताओ तुम नंगे क्यों घूमते हो?? जटा-जूट कटवा कर ढंग के कपड़े में रहोगे तब भी साधु कहे जाओगे। ढंग के कपड़े पहन लेने से तुम्हारा ज्ञान तो कम नहीं हो जाएगा।' उसकी दाढ़ी सहलाते हुये मैंने पूछा।

'न..न.. बच्चा। वेश बनाना जरूरी है। समाज ने सबकी पहचान तय कर दी है...साधू कैसा दिखना चाहिए, नेता कैसा दिखना चाहिए, किसान कैसा दिखना चाहिये, यहाँ तक कि भगवान कैसा दिखना चाहिए?? कपड़े देखकर ही वह पहचानता है की वह अमुक है। हम जटा-जूट कटाकर हीरो बन जाएं तो मेरी साधुगिरी गई तेल लेने। बड़ी विचित्र बात है, जीव का बाहरी पार्ट बॉडी उसके भीतर सुरक्षित बेशकीमती अंदरूनी पार्ट, जो बॉडी को मूवमेंट देते है। कुछ नहीं हुए..नकली धागों के ताने-बाने से बुने हुये पैरहन सब कुछ हो गए।

अच्छा चलो एक प्रैक्टिकल करते है, तुम मेरे कपड़े पहन लो, मैं तुम्हारे पहन लूँ...कल तुम लँगोटी लगाकर, चिमटा कमण्डल हाथ में लेकर बैंक में मैनेजरी करना और मैं भी इधर-उधर रहकर...दिन व्यतीत करूँगा। शाम को हम अपने-अपने अनुभव शेयर करेंगे।...मंजूर।'

'नहीं बाबा..ये मेरे लिए बहुत मुश्किल काम है, मेरी नौकरी जाएगी, सरिता भी डंडे मारकर घर से भगा देगी।' मैं घबरा कर कुर्सी से उठ गया था, जैसे बाबा मेरा पैंट छीनने वाला ही हो।

'घबराओ नहीं बच्चा...बाबा तुम्हारा पैंट नहीं लेगा न अपनी लँगोटी तुम्है देगा। मैंने तुम्है समझाने के लिए ऐसा प्रस्ताव रखा है। आदमी ने अपने चश्में पर जिस नम्बर का ग्लास फिट कर लिया है, उसे कभी नहीं बदल सकता है। चाहे कितना भी धोखा खाये...मंजूर है। चश्मा वही लगाएगा जो पुरखों से मिला है।'

'तुम्हारी बात में दम है बाबा।' मैंने कहा।

'दम क्या हुआ...एटम बम्म बोल बच्चा।'

भंग ने असर देना शुरू कर दिया था। दो गोली मे ही मेरा शरीर हल्का महसूस होने लगा था। मैंने पहली दफा भांग खाई थी। सच में बहुत मजा आ रहा था। कभी लगता आसमान एक तालाब है जिसमें में तैर रहा हूँ। कभी लगता नाक बड़ी हो गई है, कभी लगता पंख उग आए है। विचित्र अनुभूति, लेकिन आनंददायक।

बाबा अचानक चल पड़े, पीछे-पीछे मैं भी चल पड़ा...बाबा ने कहा 'लो थैला टाँग लो। मैंने उनका थैला ले लिया। वे थोड़ी दूर चलकर एक बेंच में बैठ गये और चिमटा बजाने लगे। मैं भी पास बैठ गया। वे मुझे नदी में नहाते हुए लोगों के हुजूम में से एक आदमी को टारगेट कर पूछे....

'देखो वो चड्डी पहने नहा रहा है, वह भी उतार कर नहाए तो तुम्है कैसा फील आएगा??'

'कुछ नहीं।' मैंने जबाब दिया।

'वो लड़की अगर नंगी होकर नहाए तब??'

'फिर भी कुछ नही।'

'गुड... वेरी गुड, काश तुम्हारे जैसा नजरिया सब का हो जाये तो क्या कहने।

कपड़े की अनिवार्यता खत्म, शारीरिक क्लेश खत्म, मानसिक क्लेश खत्म, तन-मन का उत्पीड़न खत्म। लेकिन ऐसा नहीं है, सबकी फीलिंग अलग-अलग है कोई भी ज्ञान, कोई भी दर्शन इनकी फीलिंग में एकरूपता नहीं ला सकता।'

'मगर कपड़े हमें सभ्य और सुसंस्कारित बनाते है बाबा!!'

'ऐसा नहीं है रंजन!! सभ्यता का मानक कपड़ा नहीं है। वस्त्र शरीर के अलंकरण मात्र है, स्थान, देश और मौसम के अनुसार बॉडी को सजाने-सँवारने के काम वस्त्र से लेना व्यवहारिक है। लेकिन शरीर के भीतर की त्रुटियों को ढंकने में वस्त्र नाकाबिल है। सम्यता का निरूपण व्यक्ति के

कार्य व्यवहार, आचरण, वाणी से होता है। हमें इस मुल्क पर नाज़ है, हमें अपनी संस्कृति पर नाज है, हम वही है, जो एक लँगोटी लगाकर दुनिया को आईना दिखा आते है, दुनिया अचंभित है, हमारी लँगोटी पर। विदेशी मित्र लँगोटी पर रिसर्च कर रहे है। बोलते-बोलते बाबा अचानक रुक गया, आसपास लोग भी जमा होना शुरू हो गए थे।

'आगे बोलो, रुक क्यों गये?? मैंने बाबा से कहा।

'बाबा लम्बी सांस खींचकर बोला...' हृदय दुखी हो गया रंजन!! जिस लँगोटी को दुनिया समझने में लगी हुई है, वही लँगोटी आज अपने घर मे बदनाम हो गयी है। ढोंगियों ने लँगोटी में दाग लगा दिया है। पूरी साधु विरादरी शक के कठघरे में खड़ी है। ये साधु नहीं चोर है, उचक्का है, बदमाश-बलात्कारी है, ऐसी आवाजें जब कान में प्रवेश करती है, तब कलेजा चाक-चाक हो जाता है। क्या हम यही सुनने के लिए सर्वस्य त्याग कर दर-बदर भटक रहे है??'

बाबा दुखी हो गया था, उसकी आँखों में नमी झलकने लगी थी। मैंने उसकी पीठ पर हाथ फेरकर दुःख न करने की सलाह दी। बाबा फिर से शुरू हो..इससे पहले वहाँ से चले जाने में ही मैंने अपनी खेरियत समझी। इसलिए बाबा से मैंने जाने की अनुमति चाही। उसने मुझे इस शर्त पर छोड़ा की कल भी इसी जगह आकर मिलना होगा।

मैं कब 'प्रेमालय' कॉलोनी के अपने आवास में पहुँच गया, रास्ते का कुछ पता ही नहीं चला। सरिता मेरे इंतज़ार में बैठी थी। रात्रि के आठ बजने को थे, आसमान में बादलों की उपस्थिति से संध्या रानी को शस्य-स्यामला दुपट्टा ओढ़कर शीघ्र जाना पड़ा होगा। तारे भी जल्दी निकलें होंगे। सभी लोग आज समय पूर्व घर पहुँचे होंगे, सिर्फ मुझे छोड़कर। मैं कपड़े चेंज किये बिना ही भीतर आकर सोफे में बैठ गया। यह आचरण नियमानुकूल नहीं था, आदतन बैंक से आने के बाद कपड़े बदलना, फ्रेश होना फिर भगवान को दो अगरबत्ती लगाकर पानी पीना रोज के नियम में था। जब सरिता ने कहा कि 'कपड़े चेंज कर लीजिए।' तब रूटीन की याद

आयी।

एक गिलास पानी के साथ प्लेट में बर्फी की पीस टेबल में रखकर वह किचेन में चली गयी थी। मेरी आवाज सुनकर वह सामने आकर बैठ गयी..मैंने एक पीस बरफी उसे जबरदस्ती खिला दी, एक खुद खा गये... मुझे आज सरिता पर बहुत प्यार आ रहा था। मुझे स्वयं पर नाराजगी हो रही थी। जो कुछ हुआ परिस्थिति जन्य था, किसी पर दोषारोपण अनुचित है। हमने जागृति को हमेशा दिल में बसाए रखा है, आज भी उसकी जगह महफूज है, उसका ही दिल भर गया होगा..वर्ना ऐसे घर छोड़कर कोई नहीं जाता। बहरहाल गुजरे पलों को हम वापस नहीं ला सकते है, इसलिए अतीत को बिसूरते हुये वर्तमान खराब करना मूर्खता होगी। मनीषियों का मत इस मुद्दे पर बहुत स्पष्ट है...

'बीती ताहिं बिसार कर आगे की सुधि लेय।

जिमि बनि आबे सहज में ताहीं में चित देय।

मैं सरिता के साथ ठीक नहीं कर रहा हूँ....जागृति तो गहरा जख्म देकर अपनी गली निकल गयी..उसे इतनी बड़ी सजा हम लोगो को नहीं देनी चाहिए थी। कितनी मर्तबा अखबारों में उसकी गुमशुदगी की खबर न छपाई होगी, कहीं से कोई सुराग नहीं मिला। मुझे लगता है आवेश में आकर वह कहीं दूर जाकर डूब मरी होगी, जहाँ से हम लोग उसको ढूढ़ न पाएं। हकीकत को नज़रंदाज़ करके यादों के सहारे जिंदगी नहीं गुजरती। जागृति को घर छोड़े हुये साल भर होने को है, तभी से सरिता को हर उस सुख से वंचित होना पड़ा है, जिसकी वह हकदार है। मैं यह जान बूझकर नहीं कर रहा हूँ, बल्कि मुझमें इतनी जान ही नहीं बची थी कि कुछ कर सकूँ। मैं उठकर किचेन में गया और सरिता से उन बिछुड़े हुये मित्रों की तरह लिपट गया जो सदियां गुजर जाने के बाद मिलते है।

'क्या कर रहे है?? रोटी खा लीजिए पहले, फिर सब...रात बीती नहीं जा रही है। मुझे परे हटाते हुए सरिता ने कहा था। मैं कब सुनने

वाला था, उसने मेरी नीयत को भांपकर बेसिन में हाथ धोया और मुझे लेकर कमरे में आ गयी।

मैं दरिया में डूब जाने के इरादे लेकर पानी मे उतर गया, और उसका कहना ही क्या...वो बड़े दिल वाली दरिया है, मुआफ़ी का खजाना उसके जल के अणु-अणु में विद्यमान है, उसने अपने विशाल बाजुओं को खोल दिया था।

रात्रि का मध्य प्रहर द्वार पर दस्तक देने लगा था..कॉलोनी का नेपाली चौकीदार 'नेपाल सिंग' सीटी बजाता हुआ 'जागते रहो' के इंकलाबी नारे के साथ राउंड देने लग गया था...उसकी पहरेदारी पर मुझे हँसी आती है... अरे उस्ताद!! जागते ही रहैगे तो सोएंगे कब?? 'आज हम लोगों ने खाना नहीं खाया था। उसकी जरूरत भी नहीं थी, दिन की शुरुआत में नाश्ता फिर दोपहर टिफिन...कम नहीं होता है। पेट की क्षुधा को झुठलाने के लिए बहुत है। भूख कैसी भी हो, चाहे पेट की हो या तन की.... वांछित आहार निश्चित मात्रा में मिलना जरूरी है। अन्यथा विवेक कुंठित होकर पापोन्मुखी हो सकता है। सम्भवतः आज समाज में जो अपराध हो रहे है, इसकी जड़ में कहीं न कहीं इन क्षुधाओं की अनदेखी और अतृप्तता का भी योगदान है।

मेरी राय में इस विषय पर खुलकर चर्चा की जरूरत है। स्कूली पाठ्यक्रम में चैप्टर शामिल करने की आवश्यकता है। लेकिन यह सम्भव नहीं दिख रहा है। धर्म के पहरेदारों ने इसके द्वार में इतने ताले जड़ दिए है, कि खोलने में सदियां बीत जाएंगी।

प्रसिद्ध दार्शनिक और विचारक 'ओशो' सम्भोग के रास्ते से होकर समाधि और मोक्ष के सन्मार्ग का जिक्र करते है। मैं उनकी बात के समर्थन पर सौ प्रतिशत वोट करता हूँ, लेकिन उदर के भूख की अनदेखी के साथ नहीं।...'उदर की भूख सर्वोपरि है'...इसलिए इस भूख का भी जिक्र बनता है। समूची कायनात में ऐसा कोई जीव नहीं है जिसकी प्राथमिक जरूरत उदर भरण न हो। ग्रहण किये हुए भोजन के पाचन से ही शक्ति और

ऊर्जा मिलती है। जरूरत है इस ऊर्जा को सही जगह और सही मात्रा में खर्च किया जाये। ये कौन बताएगा?? लड़कों के चार नासमझ दोस्त या लड़कियों के इसी श्रेणी की चंद अपरिपक्व ब्रेन की चंद सहेलियाँ?? या चंद समाज के तथाकथित स्वनामधन्य ठेकेदार? टेलीविजन या चपटी काया का स्मार्टफोन?? नहीं..नहीं. कदाचित ये सही नहीं होगा। हम इन पर आंख मूंद कर यकीन नहीं कर सकते। हम सबका भी दायित्व बनता है कि इस विषय पर खुलकर जिक्र करें। भागमभाग की जिंदगी से थोड़ा समय अपने घर परिवार के लिए भी बचाएं।

सरिता उठकर सीसे के ग्लास में मेरे पीने के लिए दूध ले आयी थी। गिलास आधा खाली कर मैंने उसके मुँह में लगा दिया था। वह धीरे-धीरे दूध पीते हुए मेरा धन्यवाद भी करती जा रही थी। आज उसका सुहाग उसका प्यार लौट आया है। अव्यक्त व्यक्त होने लगे थे, नैनो के चितवन से, उँगलियों, ओठों के छुअन से, धड़कनों के लय बद्ध आवृत्तियों से। नारी स्पर्श की भाषा, चितवन की भाषा को बखूबी समझती है। भले ही वह मौन साध ले, उत्तर-प्रतिउत्तर न दे।

प्रेम का अंतिम बिंदु समर्पण है। जहाँ मैं और वो का अस्तित्व समाप्त हो जाता है। इसी को शायद मनीषियों ने सम्भोग कहा है। जो कालांतर में विकृत होकर नर-नारी के शारीरिक सम्बन्ध तक में ठहर गया। प्रेम सम्बन्ध नहीं हो सकता है। सम्बन्ध अर्थात बराबर का जोड़। प्रेम जोड़ नहीं है। आत्मा का आत्मा में विलय ही प्रेम है..अर्थात स्वरूप के स्वरूप में विलीन हो जाने की प्रक्रिया प्रेम है, प्रेम निराकार है...ओंकार है..अनहद नाद है, जहाँ स्वत्व का बोध समाप्त हो जाता है, जहाँ साधक और साध्य के मध्य की अंतहीन दूरियां समाप्त हो जाती है।

सरिता को अब भी यकीन नहीं हो पा रहा था, कि सम्पूर्णता के साथ मैं उसके साथ हूँ। कहीं न कहीं मेरे पुनः खो जाने का भय उसे सता रहा था। उसने अपनी सम्पूर्ण शक्ति से मुझे बाहों में जकड़ रखा था। मैं करवट बदलने तक में असमर्थ था। छाती के बालों में उंगलियां फिराती हुई धीरे

से उसने पूछा...जाग रहे है??

'हाँ।' मैंने संक्षिप्त उत्तर दिया।

'एक बात पूछूँ??'

'पूछो।'

'अपने मिलन की प्रथम रात्रि है??'

'ऐसे सवाल की मुझे कतई उम्मीद नहीं थी, मेरे पास इस प्रश्न का कोई तात्कालिक जवाब नहीं था, इसलिये मैंने उसी से पूछ लिया....'तुम्है ऐसा क्यों लगता है?? हमारे विवाह के तो बाइस साल हो रहे है।

'आप गुम गये थे, मैं आपकी तलाश में बहुत भटकी हूँ। मेरी हिम्मत जबाब देने लग गयी थी, मेरा जल सूखने को था कि भगवान ने आपसे मिला दिया..अब आपको कहीं नहीं जाने दूँगी।'

'हाँ.. हाँ कहीं नहीं जाऊँगा... तुम्है छोड़कर कहीं नहीं जाऊँगा।'

'एक बात और...जागृति तो लौट आयेगी न??'

'जरूर आएगी।'...मैंने उसे झूठी तसल्ली दी, जबकि मुझे यकीन हो चुका था कि अब वह इस दुनिया में नहीं है, अगर जीवित होती तो अब तक आ गयी होती....मेरे हृदय की पुकार उसके कानों तक पहुँचकर उसे वापस जरूर लौटा लाती। सरिता करवट बदल कर सो गयी थी। मुझे भी थोड़ी राहत महसूस हुई, अब मैं भी इधर- उधर हो सकता था। आहिस्ते से बिस्तर से उठा और वाशरूम में दाखिल हो गया। भाँग का असर तो अब समाप्त सा था, लेकिन सर चढ़ा हुआ था। मुँह हाथ धोकर वापस बिस्तर पर आ गया। सरिता डूबकर सोयी हुई थी। उसके खुले बदन को मैं कुछ पल यूँ ही निहारता रहा फिर पतली चादर डाल दी। साल बीत गए है, सरिता को देखे हुये....ताज्जुब है एक ही घर में साथ-साथ रहते हुये भी मैं उसे नहीं देख सका था। वह ठीक ही तो कहती है..'आप कहीं गुम गये थे।' मैं सचमुच गुम गया था। जागृति तुम भी तो इसी तरह से गुमी

हुई हो...पलीज लौट आओ, तुम्हारी किताबें, प्यानो, वो तुम्हारे पहने हुए कपड़े, वो समस्त चीजें जो तुम्हारी अपनी है, तुम्हारे आने की बाट जोह रही है।

तुम्हारे पहने-उतारे ओढ़े-बिछाए हुये कपड़ो को सरिता ने धो-सुखा दिया है, किताबो में धूप दिखा दी है। और हाँ! तुम्हारा वह पियानो तुम्हारे इंतज़ार में है, वह तुम्हारी उंगलियों की छुअन चाहता है। एक दिन मैंने उसे बहुत बजाने की कोशिश की...लेकिन कम्बख़्त.. रें..पो..रें..पो.. करके चुप हो गया। लौट आओ जागृति...मेरे लिए न सही, अपनी सरिता के लिए, अपने गुलाबों के लिए, देखो! इस साल और अच्छे फूल आये है। मैंने गर्मी में उन्हे गोबर की खाद जो दी है...नई कोपलें आयी हुई है। मुझे डर लग रहा है, जिस दिन सभी गमलों में गुलाब फूलेंगे... वे तुम्है जरूर पूछेगें.. क्या कहूँगा उनसे?'

भले ही प्रेमिकाओं का कोई नाम नहीं होता, कोई निश्चित चेहरा नहीं होता, यहाँ तक कि उनका नाम भी फुसफुसाकर बोला जाता है, इन सबसे उलट तुम्हारा नाम है, पहचान है, तुम मेरी प्रेमिका हो, सरिता की प्रेमिका हो, इस घर की दरो-दीवार की प्रेमिका हो, हम सब एक स्वर में तुम्हे आवाज दे रहे है। प्लीज लौट आओ जहाँ भी हो।

'अरे !! आप सोते क्यों नहीं??..सो जाइये...सुबह ड्यूटी जानी होगी??'

'मैं लेट गया था, सरिता ने पुनः मुझे बंधन में बाँध लिया था।

बड़े पार्क की तरफ नेपाली चौकीदार के सीटी की कर्कश ध्वनि के बाद 'जागते रहो' की चेतावनी फिर सुनाई दी। मेरा मन हुआ कि नेपाली से जाकर सीटी माँग लें और उससे कहे!! 'भाई तू भी आराम कर लें..तब तक मैं सीटी बजाता रहूँगा।'

'आप सोते क्यों नहीं??' इस बार वह नाराज़गी के साथ तेज स्वर में बोली थी।

'वो नेपाली...।'

'क्या नेपाली??' सरिता का स्वर तेज था, जाहिर तौर पर प्यार भरी नाराजगी का पुट था।

'वही सीटी वाला नेपाल सिंग...पूरी कॉलोनी सो रही है, वह बेचारा हम सबकी हिफाज़त के लिए चक्कर पे चक्कर मार रहा है। सरिता!! मुझे उन प्रहरियों की याद आ रही है, जो कंधे पर वजनी मशीन गन उठाये रात-दिन बरसात, गर्मी, जाड़ा हर मौसम में मुल्क की हिफाजत में राउंड मार रहे है।

'आप कहाँ भटक जाते है?? दुनिया बहुत विशाल है, इसका कोई आदि अंत नहीं है। शून्य में बेकार में ही हाथ पैर चला रहे है। अपने दायरे में रहकर सोचिए, दायरे में रहकर सौंपे गए कार्य को ईमानदारी के साथ करने की कोशिश कीजिये। बस इतना बहुत है।'

मैं चुप हो गया था, सरिता की तेज चल रही सांसों की हरारत पाकर एक बार पुनः समूचा जिस्म पिघल जाने को तैयार हो गया था। अब नेपाली चौकीदार की सीटी की कर्कश आवाज ध्वनि सुदूर से आती प्रतीत होने लगी थी। आहिस्ता-आहिस्ता हम भी अचेतन की गिरफ्त में आते गये।

11

भगवान भास्कर ने अपनी दायीं आंख खोल दी थी। भुनसारे की सुगबुगाहट पाकर परिंदे दूर देश की यात्रा में भोजन पानी की तलाश में उड़ने के लिए पंख फड़फड़ाने लगे थे। आकाश पथ में विचरण करती हुई बदलियां बीच-बीच मे जल की बूंदे धरती के आँचल में टपकाकर मौसम में मदिरा घोल रहीं थी। कॉलोनी पूर्वोत्तर में भव्य राम-जानकी मंदिर में पुजारी जी चार बजते ही हनुमान चालीसा बजाकर बाथ रूम में घुस जाते थे। मुखारी-दातून स्नान से फ़ारिग़ होते-होते सुंदर कांड भी हो जाता था। मन्दिर के अहाते से लगा हुआ रोज गार्डन है, गुलाबों की कई किसमें क्यारियों में लगी है। खुशबू की तलबगार हवायें जब गार्डन से चलकर कॉलोनी में प्रवेश करती है, पूरा प्रांगण महक उठता है। जागृति को साथ लेकर कई बार मन्दिर गया हूँ। उसे गुलाबों से बहुत लगाव है। कई बार मन में आया कि लाल गुलाब का खिला हुआ एक फूल तोड़कर उसे दे दूँ, लेकिन हिम्मत नहीं जुटा पाया।

उस सुबह की यादें आज भी जेहन में तरोताज़ा है, जब हम सरिता के साथ भगवान के दर्शन को गये हुये थे। दर्शन उपरांत रोज़ गार्डन चले आये थे। एक फूल को तोड़ने के लिए मैंने हाथ बढ़ाया ही था कि वह मुझे रोक कर बोली थी...प्लीज!! किसी फूल को शाख से जुदा मत करें।

ये फूल अभी अधखिले है रात में शबनम ने इनकी कोमल पंखुड़ियों को नहलाया है।

अभी तितलियां आती होगी, शाख में एक फूल कम पाकर दुखी हो जाएंगी। इन्है दूर से देखने मे ही सच्चा आनन्द है। मेरे बढ़े हुए हाथ वापस लौट आये थे। तब से मैं कोई फूल नहीं तोड़ता हूँ। हाँ नजदीक जाकर देख लेता हूँ, हँस बोल लेता हूँ।

आज पुजेरी जी ने कुछ बदल कर भजन बजाया था। किसी भक्त ने कैसेट गिफ्ट किया होगा। हरिओम शरण जीवित हो उठे थे....'दाता एक राम भिखारी सारी दुनिया...मैली चादर ओढ़ के कैसे द्वार तुम्हारे आऊँ...तेरा राम जी करेंगे बेड़ा पार..उदासी मन काहे को करे।' सच में, भजन सुनते हुए वॉक करना यह चित्रकूट वासियों को राम कृपा से सहज सुलभ है। मैं दूर-दूर तक घूमा हूँ लेकिन इतनी मुफीद जगह सुबह के लिए कहीं नहीं मिली। मन्दिर के पास वॉक नहीं कर सकते...जहाँ वॉक करते है वहाँ मन्दिर नहीं है। रिक्शे, तांगों की पों..पो..कुत्तों की भौं..भौं और मोटे सुअरों की घर्र-घुर्र के आगे...क्या भक्ति क्या भजन। दुर-दु..र्हा हू.. की आवाज के साथ डंडा घुमाते हुए चलना मॉर्निंग वॉक नहीं कहलायेगा। लेकिन पोंगड़ भी तो बचाना है, क्या पता कब कोई भूखा कुत्ता बकरे की टांग समझ कर चबा जाये। इस मामले में पावन पयस्वनी तट पर बसे चित्रकूट धाम के निवासी बड़भागी है। जब पुण्य इकट्ठे होते है, तभी प्रभु श्री राम की तपस्थली में जन्म मिलता है।

आज ऐसी ही खुशनुमा सुबह थी। लंबे अरसे बाद आज मैं भी मॉर्निंग वॉक पर निकल आया था। कॉलोनी की चौड़ी कंक्रीट की सड़कों के किनारे लगे सी.एफ.एल. के बल्ब ऑपरेटिंग सिस्टम की उँगली को ताक रहे थे, कि कब उसकी उँगली ऑफ-की पर दबे और हमे बुझने का निर्देश प्राप्त हो। जिन्है अपने से मुहब्बत है, अपने जिस्मों-जान से मुहब्बत है, घर-परिवार दोस्तों से मुहब्बत है। वे नींद को बिस्तर की परतों में दबाकर घर से बाहर निकल आये थे, मॉर्निंग वॉक में। कुछ वॉकिंग ड्रेस में थे

कुछ मेरी तरह जीन्स टी-शर्ट में। महिलाएं चिर-परिचित रात्रि के परिधान में दो छीटे पानी के मुँह में मारकर चल पड़ी थी। लड़के और लड़कियां अधकटे पैंट में। कुछ लोवर टी-शर्ट मे। कुछ चल रहे थे, कुछ दौड़ रहे थे। कुछ हाँफ रहे थे, कुछ घिसट रहे थे। मैं हॉकी को कंधे पर गदा की तरह उठाये कॉलोनी की चौड़ी सड़क में तेज-तेज चल रहा था। बहुत दिनों के बाद निकला था, प्रकृति से मुफ्त की ऑक्सीजन नथुनों में भरने के लिए।

बहुत सारी ऑक्सीजन फेफड़े में आज भर लेना चाहता था। वैसे सरिता भी मेरे साथ घूमने आती थी। जागृति के घर छोड़ने के बाद लोगों की नजरों में हम लोग सड़े टमाटर की तरह खराब हो गये थे। इसलिए नहीं निकलता था। मन भी उल्लसित नहीं होता था, ऐसे में क्या घूमना, क्या बागना। अब धीरे-धीरे हम अच्छे हो रहे है...लोगो की गुडमार्निंग सुनकर तो ऐसा ही कुछ महसूस कर रहा हूँ। कभी-कभी मुझे हँसी भी आती है इस अँग्रेजियत पर...हाथ जोड़कर प्रणाम, नमस्कार, नमस्ते, जय श्री कृष्ण, सीताराम, राम-राम में क्या अरुजी कमी पाई गयी कि गुड मॉर्निंग, गुडनाइट के आगे खारिज हो गये। मैं तकरीबन एक चक्कर मार चुका था। सामने बड़ा पार्क को देखकर वहीं एक सीमेंटेड बेंच पर बैठ गया, यहाँ का मंजर और अद्‌भुत था। कुछ लोग एक नाशिका छिद्र से साँस लेकर दूसरे छिद्र से निकालने का अभ्यास कर रहे थे। कुछ पेट को दबा-पिचका रहे थे, जैसे पेट में गोबर घुस गया हो और उसे बाहर करने की कोशिश मे हों। एक बुजुर्ग सज्जन तो गजब का करतब दिखा रहे थे...सर धरती में टिकाकर दोनों पैर आसमान की तरफ तान रखे थे, जैसे वे उल्टे पैर ही स्वर्ग पहुँचना चाह रहे हों।

अच्छा मुफ्त का मनोरंजन था, तभी मेरे आनन्द में अचानक खलल पड़ गयी...तक़रीबन पच्चीस साल वय की एक नवयौवना हाँफती हुई मेरे नजदीक आकर बोली...'गुड मॉर्निंग सर।'

'गुड मॉर्निंग??' ताज्जुब भरी निगाह से मैंने उसे देखा, वह शायद यहां आने से पहले दौड़ रही थी। जीन्स के पैंट ऊपर पहनी सफेद झीनी

कुर्ती पसीने से तर थी। चेहरे का पसीना रुमाल से सुखाती हुई..वह मेरी मनःस्थिति ताड़ कर पूछ बैठी.....

'पहचाना नहीं सर??'

'नहीं।' मैंने लघु उत्तर दिया।

'मैं अंकिता भार्गव...जागृति की फ्रेंड। हम दोनों यू.पी.एस सी. की तैयारी साथ मे करते थे। वो कभी-कभी मेरे घर भी आया करती थी। मैं बैंक में आपसे मिल चुकी हूँ।'

मेरा इशारा पाकर वह मेरी बाजू में बैठ गयी, अब उसकी साँसे धीरे-धीरे सामान्य होने लगी थी। 'कहाँ रहती हो??' मैंने पूछ लिया।

'ए ब्लॉक के ३६ नम्बर के फ्लैट में। एक्चुअली मैं मामा जी के यहाँ रहकर जॉब की तैयारी कर रही हूँ।

'अच्छा।'

'सर!! आप लोगो का..आय मीन यू एंड भाभी का कोई दोष नहीं। वो इमोशनल गर्ल थी..मे बी उसकी कोई पर्सनल प्रॉब्लम रही हो या कैरियर को लेकर टेंशन रहा हो। कॉलोनी में आप दोनों को लेकर तरह-तरह की बातें चल रहीं है...वट आय थिंक यू आर राइट सर...डोंट वरी ..ये दुनिया है तरह-तरह के लोग है। जितनी मुँह उतनी बातें।'

'क्या कहते है ??' अनजानी बात से अनभिज्ञ मेरा दिल जोर-जोर से धड़कने लगा था..यह मेरी कमजोरी रही है, अपने खिलाफ झूठी कही बात भी मुझे आसमान्य कर देती है।।'

'छोड़िए सर!! कहने वाले कितने दूध के धुले है? सब पता है।' वो सरककर मेरे करीब आ गयी थी।

उसकी बातों से मुझे लगा कि यह झूठ बोल रही है। पहनावा और उसकी बातचीत से मेरे समझ में यही आया कि यह फ्री स्टाइल में जिंदगी जीना पसन्द करती है। ये जागृति की दोस्त नहीं हो सकती, अलहदा है कि

दोनों में जान-पहचान हो, लेकिन दोस्ती?? मेरी जानकारी में वह घर से बाहर कहीं जाती ही नहीं थी। घर से बैंक और बैंक से घर यही उसकी दिनचर्या थी। मार्केट वह हमेशा सरिता के साथ गयी है। लिहाज़ा उसे परखने की गरज से मैं बोला..'अंकिता!! मैं जागृति को बहुत मिस करता हूँ। 'तुम उसकी दोस्त हो इसलिए बता रहा हूँ।'

'समझती हूँ.. बट, आप चाहै तो मैं आपको कम्पनी दे सकती हूँ, जागृति की कमी महसूस नहीं होने दूँगी।'

'मतलब??

'वो सब कुछ, जो आप दोनों के बीच था।'

'क्या??'

वही जो दो जिस्मों के बीच का रिलेशन होता है, अब वह मेरे और करीब आ गयी थी। उसकी गदराई देह का मादक स्पर्श मुझे महसूस होने लगा था। मुझे उससे घृणा होने लगी थी। मेरी तबियत बेंच से उठ जाने की हो रही थी कि एक अपरिचित लड़का मोबाइल से फोटो खींचकर रफूचक्कर हो गया। मैं कुछ समझ पाता, तब तक वह आंखों से ओझल हो चुका था।

'सच-सच बताओ तुम कौन हो?? तुम मुझसे क्या चाहती हो?? ये लड़का कौन है?? अन्यथा...।'

'चिल्लाइये नहीं...वैसे भी लोगों की निगाहों में आप ...बट यू हैव नो मोर टेंशन.. आज शाम को छै बजे कर्वी रेलवे स्टेशन पर बुकिंग ऑफिस के पास मिलिए, बात हो जाएगी। एक बात और इधर मेरा कोई रिलेटिव नहीं रहता। इतना कहकर वह खुले बालों को लहराती हुई पार्क से बाहर निकल गयी थी।

कहाँ आया था फेफड़ों में ऑक्सीजन भरने और कहाँ यह लड़की कार्बन डाइऑक्साइड की परत नाक में चढ़ाकर चली गयी। मन शंकाओं से घिर गया था। सुरक्षित कहे जानी वाली कॉलोनी असुरक्षित महसूस हुई, गेट-कीपर्स की मिली भगत से कोई भीतर घुसकर गला रेत सकता है।

कॉलोनी में घूम-घूम कर रात भर सीटी बजाता हुआ नेपाली 'जागते रहो' की चेतावनी इसीलिए देता रहता है। खिन्न मन से घर लौट आया था। सरिता पूजा कर रही थी, यह उसका नित्य का नियम था, भगवान की आरती पूजा के बाद ही वह जल ग्रहण करती है।

'आ गये?? पूजा के कमरे से बाहर निकलते हुई वह बोली।'

'नाश्ते में ड्राई फ्रूट लेंगे या कुछ बना दें??'

'नहीं कुछ मत बनाओ, ड्राई फ्रूट और ग्रीन टी...बस।'

ग्रीन टी की चुस्कियों के बीच मैंने सारी बातें सरिता को बता दी। वह तनिक गम्भीर होकर बोली...'यह लड़की हमारे घर से परिचित है, कौन हो सकती है?? 'आपके बैंक की कोई कस्टमर तो नहीं??'

कह नहीं सकते। एक-एक कस्टमर को पहचानना कठिन है। फिर भी बैंक आयी-गयी होगी तो सी.सी.टी.वी. से पता चल जाएगा।'

'आपको उससे मिलने पार्क नहीं जाना है, कल से मैं भी मॉर्निंग वॉक में चलूँगी.. यदि वह बदमाश है या किसी बदमाश दल की मेम्बर है तो दोबारा से जरूर आएगी।'

'लेकिन वह फोटो??' शंकित होकर मैंने कहा।

'बेकार में फोटो की टेंशन ले रहे है, बैठे ही तो थे सटकर। कौन सा गुनाह हो गया...क्या कर लेगी वह, ज्यादा आगे बढ़ेगी तो मैं निपट लूँगी।। उसने सिर्फ मेरा नाम सुना होगा...मेरी गहराई का अंदाज़ा उसे नहीं होगा।'

'मुझे लगता है, वह अकेली नहीं है, गेट कीपर्स के साथ साठ-गांठ कर कई लोग कॉलोनी में इंट्री मार रहे है। कॉलोनी के लोग अब सेफ नहीं है।' मैंने शंका जाहिर की।

'मैं आज ही ऑफिस में कम्प्लेन करुँगी, जरूरत पड़ी तो इस मुद्दे को एक्शन कमेटी में भी उठाउंगी।'

'अभी कोई कम्प्लेन मत करो, दो-चार दिन ठहर कर देख लेते है।'

'आप ठीक कहते है, कम्प्लेन करने से वह सतर्क हो जायेगी। कल से मैं भी मॉर्निंग वॉक में साथ जाऊँगी, लेकिन आपसे फासले लेकर पीछे चलूँगी।'

उस लड़की की वजह से मेरे दिन तनाव में बीते, बाबा से मिलने रामघाट भी नहीं गया। बैंक के कुछ जरूरी काम निबटाया, फील्ड बुक में बाहर जाने का सन्दर्भ दर्ज किया और किरण से बैंक देखने को बोलकर घर चला आया। बैंक मैनेजर के लिए फील्ड बुक बहुत उपयोगी रजिस्टर है। लिख दीजिये फ़ला गांव की विजिट, वसूली सम्पर्क और घुस जाओ सिनेमा हाल में, साला परिंदा तक पता नहीं लगा सकता कि साहब किधर मुँह मार रहा है। मेरी यह आदत हमेशा की नहीं थी, जागृति के जाने के बाद तनाव के क्षणों में बैंक के साथ ऐसा धोखा करता हूँ, वह भी स्टाफ को बताकर।

'जल्दी आ गये?? घर आते ही सरिता ने पूछा।

'हाँ मन नहीं लग रहा था।' स्कूटर को पोर्च में धकेलते हुये मैंने कहा।

मैं भीतर आ गया था।

'क्या उस लड़की की वजह से??'

'हाँ!! यार टेंशन होता है।'

'क्या नाम बताया था उसने??

'नाम? नाम तो भूल गया।'

'वो देखने मे कैसी थी? सरिता ने पूछा।

'वेल स्मार्ट, वेल लुकिंग, गोरी स्लिम, वेल हाइट, तीस साल की होगी, इंग्लिश बहुत बढ़िया बोलती है और बाल तुम्हारी तरह लंबे, नागिन की तरह बल खाते हुए।'

'अच्छा!! नाप-जोख भी हो गयी?? अब मिल ही लीजिए उससे, किसी का दिल नहीं दुखाना चाहिए।'

'तुम क्या बोलती रहती हो?? समझ नहीं आता कल न मिलने की बात कही अब मिलने को बोल रही हो, वैसे भी टेंशन में हूँ... ऊपर से तुम....।'

'मेरे बुद्धूराम सचमुच बहुत भोले हो..इसी सादगी पर तो मैं मर मिटी। आपको कहीं नहीं जाना है, मेरे साथ ज्यादा से ज्यादा समय बिताइये। चलिए फ्रेश हो जाइए तब तक अनार का जूस निकालती हूँ। आज हम लोग इवनिंग वॉक करेंगे।

मर्करी लाइट्स और सी.एफ.एल. बल्बों की रौशनी से पांच सौ से अधिक फ्लैट्स वाली कॉलोनी जगमगाने लगी थी। सुबह की तुलना में कम लोग घूमने निकले हुए थे। मन्दिर का पुजारी सुबह की तरह शाम भी हरिओम शरण के नाम कर चुका था...भक्ति रस से डूबी हरिओम शरण की आवाज दिल के सोये तारो को झंकृत कर रही थी...'अब न बनी तो फिर न बनेगी....नर तन बार-बार नहीं मिलता।' हम लोग सीधे चलते हुए मुख्य प्रवेश द्वार तक गये। तैनात सन्त्री ने सलाम ठोका.. आदतन दोनों हाथ जोड़कर मैंने जबाब दिया। चलते-फिरते आधे घण्टे बीत गये थे, अब सुस्ताने की गरज़ लेकर हम बड़े पार्क की बेंच पर आकर बैठ गये थे।

'सुबह भी मैं इसी बेंच में बैठा था।'

'और आपकी वो ऐसे सटकर बैठी थी।'

'क्या कर रही हो, कोई देखेगा तो क्या सोचेगा??'

'सोचने दीजिये न..कम से कम इसी बहाने तो लोग सोचने की कोशिश करेंगे। आजकल तो आदमी ने सोचना बंद कर दिया है...सब दूसरों की घिसी-पिटी सोच से काम चला रहे है, किसी के पास निजी सोच है ही नहीं, गांधी ने ऐसा कहा था, नेहरू ने वैसा कहा था, तुलसीदास ने रामायण में ऐसा कहा...कृष्ण ने गीता में वैसा कहा। 'ये उस समय की

परिस्थितियों पर उनके थॉट थे। मैं उनके विचारों का सम्मान करती हूँ.. .लेकिन गैर के थॉट्स से खुद का काम चलाना वैचारिक गुलामी है थॉट्स तात्कालिक, परिस्थितिजन्य होते है, कालजयी तो कह-कह हम बना दिये। कल को यदि नई पीढ़ी पुराने थॉट्स को अस्वीकार कर दे, तब बहुत मुश्किल हो जाएगा। हम लोग थॉट्स हीन है, नई पीढ़ी किसका अनुश्रवण/ अनुसरण करेगी, विचारों का अंतहीन संकट पैदा हो जायेगा।'

'तुम बहुत गहरी बात बोल गई सरिता...विचारों के बाद ही मुँह से बात निकलती है।' मैंने सरिता की कही बात का समर्थन किया।

'इतना ही नहीं... थॉट्स नहीं तो बात नही...बात नहीं तो गाली। गाली का दायरा सीमित होता है, यह जल्दी खत्म होने वाली चीज है, गाली के खत्म होते ही युद्ध।'

'सही कह रही हो, आजकल न कुछ में सर कलम हो रहे है, लोग बिनावजह आपस मे लड़-भिड़ रहे है। ये सब विचारों के कमी से हो रहा है।

सरिता ने मेरे कंधों पर अपना सर टिकाकर आँखे मूंद ली थी। इस पल को दोबारा से पाने के लिए उसने साल भर का इंतज़ार किया है। कितना-कितना दुख पहुँचाया होगा स्वयं को इसने..इसका लेखा-जोखा सम्भवतः किसी के पास नहीं है। वक्त अपनी रफ्तार में गुजर रहा था। इवनिंग वॉक के शौकीन लोग घर की तरफ मुँह उठाये हुये आहिस्ता-आहिस्ता जाने लगे थे। जो अभी तक पार्क की पूर्णता के हिस्सा थे, मेरी नज़र के केंद्र बिंदु थे, वे लाव-लश्कर सहेज कर जा रहे थे। सब अपने-आप मे मस्त किसी को जरा भी फुर्सत नहीं थी कि दो पल ठहर कर हमें भी देख ले। हमारी एक फोटो अपने मोबाइल से उतार दे। कमबख्त वो सुबह वाला लड़का भी नहीं दिख रहा है, जो उस लड़की के साथ मेरी फोटू खींचकर भागा था..नहीं तो उसी को रोक कर कहता..'एक और।'

'चलो अब, घर चलें सब लोग धीरे-धीरे जा रहे है।'

'उन्हे जाने दीजिए..उनका घर दूर होगा..मेरा घर तो मेरे साथ है। जाने की इतनी भी जल्दी क्या है?? कुछ देर और बैठिए न।'

नारी देह की छुअन, आंख की चितवन और हाथों के स्पर्श की बोली-भाषा को बखूबी समझती है, भले ही मौन साध ले। पुरुष हृदय भी प्रेम की अनबोली भाषा को समझता है। मेरी उँगलियों सरिता के खुले हुए बालों से खेलने लगी थीं। हम दोनों बाह्य वातावरण से अनभिज्ञ देर तक यूँ ही बैठे रहे, बेसुध।

12

सुबह हो गयी थी। प्राची का मजदूर, जगमगाती, तिलमिलाती, रौशनी बिखेरती हुई अनगिनत अरुणिम किरणों की गठरी सर में लादे हुये प्रतीची की यात्रा में चल पड़ा था। धरती माता ने जिस धानी चादर को बदलियों से रात्रि की नीरवता में पानी की फुहारें माँगकर धोया था, वह मैली होने लगी थी। हर जीवित प्राणी धुली-असूखी चादर को पैरों से कचरते हुये चल रहा था। हर कोई अपना निजी उद्देश्य लेकर पूरी ताकत से भागे जा रहा था, किसी को जरा भी फुर्सत नहीं थी कि दो पल ठहर ले, पेड़ पर बैठे परिंदों से, मूक चौपायों से, पूछ लें... भई!! रात कहाँ बितायी। उछल-कूद मचाते हुए बंदरो से मुस्कुराकर,'राम-राम' कह दे। यकीन करिए ये उन्हीं वानरों के वंशज है जो प्रभु राम की सेना में लंबे समय तक निष्ठा और ईमानदारी से नौकरी किये है। राम जी का नाम सुनकर बहुत खुश होंगे।

छुट्टी के दिन वाली सुबह आलस्य में डूबी हुई होती है। मैं भी कम आलसी नहीं हूँ, घर के बाहर लॉन में बैठा हुआ आकाश में बादलों की उमड़-घुमड़ के बीच जागृति को नहाते हुए देखने मे निमग्न हूँ। मेरी फिक्र में जागृति का जिस्म हवा के मानिंद उड़ने वाला हो गया है। पल भर में वह कहीं-से-कहीं आ-जा सकती है। उसे अब परिधानों की जरूरत नहीं है। काले, बलखाते लंबे गेसू ही अब उसके परिधान है, पूरे जिस्म की पर्देदारी गेसुओं के हवाले है। चांदी से भी धवल देह में जब जैसा दिल किया गुलाबों

की पंखुड़ियों से रंग लेकर भर लेती है। अधिकांशतः लाल रंग की गुलाबी पंखुड़ियों से स्वयं को सजाकर मेरे ख्वाबों में उतरती है। मुझे लाल रंग बहुत पसंद है, उसे यह मालूम है। सहसा तेज खुश्बू के एहसासात से मैं चौंक गया...क्या इतनी जल्दी जागृति नहा चुकी?? पलटकर पीछे देखा.... कुछ नहीं, सिर्फ टहनियों में खिले हाथ लहराते हुए गुलाबों के। ओह!! तुम नहाकर यहीं आने वाली हो, इसीलिए ये गुलाब खुश लग रहे है, वातायन में महकते हुये मटक रहे है। प्रिय के दीदार पाने के लिए ये फूल भी क्या-क्या स्वांग करते है?? आज मालुम हुआ। मुझे फूलों से ईर्ष्या होने लगी थी।

किसी के आने की आहट पाकर मेरे नेत्र बन्द हो गए, शायद जागृति की सुदूर से आती छाया का उन्हे भ्रम हुआ है। पग ध्वनि शनैः-शनैः पास होती गयी...'गुड मॉर्निंग सर।' सुनी हुई आवाज से मिलनातुर पीछे घूमते ही मैं चौंक गया।

'तुम??'

'जी..मैं।'

'क्या नाम बताया था, उस दिन??'

'कब?? मैं तो पहली बार आपसे मिल रही हूँ।'

'ज्यादा बनो मत....मैं पहचान गया हूँ।'

'मेरी खीझ भरी बातों का उस पर कोई असर नहीं हुआ, वह मंद-मंद मुस्कुराती हुई मुझे निहारे जा रही है, अचानक वह आगे बढ़ी और मेरे गालों में चिकोटी काटते हुए बोली...अंकिता भार्गव।'

'यहाँ क्यों आई?? मैंने गुस्से से पूछा।

'अब यहीं रहूँगी।' मुस्कुराती हुई वह बोली।

'क्या??'

'हाँ जीजू!!'

उसकी निडरता देखकर मैं बहुत भ्रमित हो गया, समझ नहीं आ रहा था कि अब इसे क्या कहूँ, ये तो रिश्ता भी गाँठ चुकी है। सामने खड़ी यह लड़की मेरे लिए किसी पहेली से कम नहीं थी।

'क्या सोचने लगे??' उसने मुस्कुराते हुए सवाल किया।

'यही तो मुश्किल है कि कुछ सोच नहीं रहा हूँ। जबकि मुझे सोचने की इस समय सख्त जरूरत है।'

'बैठने को नहीं कहेंगे??'

चलो अंदर बैठकर बातें करते है। मैं उसे ड्राइंग रूम में बैठाकर किचेन में चला गया जहाँ सरिता नाश्ता तैयार करने में जुटी थी। 'वो लड़की आयी हुई है।' मैंने सरिता के कान में यह बात कही।

'क्या??' चिली सॉस की बॉटल को वापस रखती हुई सरिता बोली।

'हाँ.. ड्राइंग रूम में बैठी है...बहुत बेशर्म लड़की है वह।'

सरिता को बताकर मैं वापस आ गया था, पीछे-पीछे सरिता भी आ गयी। एक और अवसर मेरे चौकने के इंतज़ार में था...मैंने देखा वह सरिता के चरण छू रही थी। फिर दोनों आपस मे गले मिले। मेरे आश्चर्य का कोई ठिकाना नहीं था। सरिता यह कहकर तुरन्त उठ गई कि...'अभी आई।'

'अब बोलिये जीजू!! दिमाग ठिकाने आया।' न आया हो तो बताइए?? सरिता के किचेन मे जाते ही उसने घूरकर पूछा।

दिमाग ठिकाने लगाने वाली उसकी बात मुझे बुरी लगी, लेकिन घर का लिहाज कर मैं चुप रह गया। गुस्सा तो इतना आया कि उसे जाने को बोल दूँ। सरिता पनीर के गरम-गरम पकोड़े लेकर आ गई थी।

'तो तुम थी, इनके साथ फोटो खिंचाने वाली?''

'जी दीदी!! तभी तो ये खिंचे-खिंचे हैं।

'उसने मुँह टेढ़ा कर खिंचने का जो खाका बनाया...देखकर हँसी आ गई, हम तीनों हँसने लगे थे।'

'तुम कब सुधरोगी अंकिता??' सरिता फिर मेरी ओर मुखातिब होकर बोली...'इसे आप नहीं जानते?? ये मामा की लड़की है। बहुत शरारती है इतनी बड़ी हो गयी है, लेकिन शरारत गयी नहीं। ये पुलिस इंस्पेक्टर है।

'दीदी कर्वी के लिए ट्रांसफर हुआ है। ज्वाइन करके घर चली गई थी। कल शाम को लौटी हूँ।'

'कहाँ रुकी हो?'

'पार्क के बाहर ही तो सरकारी आवास है। मॉर्निंग में दौड़ने की आदत है, कॉलोनी के पार्क से सुंदर जगह और नहीं है। इसलिए पार्क में आकर दौड़ने लगी। जीजू को देखते ही पहचान गयी, और बस...।'

'धत तेरी की मेरी तो जान निकाल ली थी। जाने क्या-क्या उल्टा-सीधा दिमाग मे चलने लगा था।'

'और वो लड़का??' मैंने पूछा।

'मैं नहीं जानती..उसे दस रुपये देकर फोटू खींचने को राजी की थी।'

'जीजू!! माफ कर दीजिए, मेरी बात का अगर बुरा लगा हो तो।'

'अरे!! माफी की क्या बात?? पुलिस से नाराज होकर कहाँ रहैगे। लेकिन जागृति को कैसे जानती हो??'

ये लो...आप लोग इलाहाबाद शादी में गये थे, जागृति भी साथ थी, प्रथम परिचय तो वहीं हुआ। फिर उसके गुमने की रिपोर्ट भी पुलिस में दर्ज है, केस हिस्ट्री मैंने पढ़ी है। मैं इस घर मे आ चुकी हूँ और दीदी से तो फोन में बात होती ही रहती है। '

'मेरी मौजूदगी में पहली दफा आयी हो।' मैंने बताया।

'जी!! यह संयोग है कि आज पकड़ में आप आ गये। इलाहाबाद की मुलाकात याद नहीं आपको??'

'नहीं...शादी में बहुत भीड़ थी।'

'अंकिता !! तुम शादी क्यों नहीं कर रही हो?? मामा मुझे बोलते है.. मैं समझाऊँ तुम्हे।'

'कर लूँगी दीदी!! बुड्ढी थोड़ी हो गयी, अभी पैंतीस की हुई हूँ।

'गजब करती हो, पैंतीस की आयु को कम बता रही हो, हम शादी से वक्त बाइस साल के थे।' सरिता बोली।

'सरिता की बातों से वह अतीत के पलों में से कुछ खंगालती सी मालुम पड़ी। दीदी!! आप जैसी तकदीर सब को नसीब हो, आप जिंदगी को सलीके से जी रहीं है, ठीक उसके विपरीत जिंदगी मुझे जी रही है।'

अंकिता के चेहरे ने मायूसी की परत चढ़ा ली थी, अनारदाने की तरह हँसी बिखेरती हुई उच्छसृंखल अंकिता अब गम्भीर हो गयी थी। जैसे उसकी बीती जिंदगी में से दुख की सियाही का लिखा पन्ना आंखों को पुनः बांचने को कह रहा हो। मैंने अंकिता को गौर से देखा...बला की खूबसूरत थी। हिरनी की तरह बड़ी-बड़ी बोलती-हँसती हुई आँखे किसी भी जवां दिल को दीवाना बना देने में सक्षम..अब फर्स की तजबीज और तहकीकात में थीं। जीन्स के पैंट ऊपर ब्राउन कलर की बिना आस्तीन वाली कुर्ती से बाहर झाँकते हुये सुडौल और मजबूत बाजू उसे जिम्नास्ट साबित कर रहे थे। सीने के दो बड़े और कसे हुये गोल उभार उसे पैंतीस की होने की सच्चाई को छिपाने में पूर्णतया सक्षम थे। वह बायें हाथ की मध्यमा में फँसी डायमंड रिंग को घुमाती हुई शांत बैठी थी।

अंकिता को लेकर जो बे-सिरपैर की चिंताएं हफ्ते भर से परेशान किये हुए थी, वह उसके घर आने से उड़न-छू हो गयी। चिंताओं की जगह मजबूत नये सहारे का एहसास होने लगा था। मनुष्य अनजाने ही किसी के बारे में राय कायम कर लेता है। स्वयम निर्मित राय की तासीर से वह

खुश, नाखुश या भयातुर, चिंतित होता रहता है, जबकि असलियत से उनका दूर-दूर तक वास्ता नहीं रखता है। हमने अंकिता के बारे में कितनी गलत राय बना रखी थी। जबकि वह मेरी रिलेटिव है। अलग विरादरी में शादी होने में यही परेशानी होती है। हम दोनों ही एक दूसरे के रिश्तेदारों से जीवन पर्यंत जुड़ नहीं पाते है।

'जीजू!! मैं आपको गिरफ्तार करने आई हूँ...आपके ऊपर इल्ज़ाम है।' उसके लबों में मुस्कुराहट लौट आई थी।

'कर लेना गिरफ्तार..पहले नाश्ता कर लो, फिर साथ मे लंच। अब शाम को जाने दूँगी।'

'ठीक है दीदी। लेकिन जीजू अब आपकी गिरफ्त में है, कस कर पकड़ना, मर्द की कौम का कोई भरोसा नहीं है, पकड़ ढीली होते ही भागने में इन्है देर नहीं लगती। मैं इन्है नहीं ले जा सकती।'

'मतलब मर्द घोड़े होते है, लगाम ढीली होते ही, जिधर भी हरी घास दिखी चल देते है।' मेरी व्याख्या पर सबको हँसी आ गयी।

वातावरण में तब्दीली आने लगी थी, कुछ देर पहले मौजूद गम्भीरता की धुंध सम्बन्धों की तरलता में घुल कर विलीन होने लग गयी थी। यही तो जीवन है, यही जिंदगी का फलसफा है। हर पल तब्दीलियों से रूबरू कराता हुआ वक्त बेआहट आगे पाँव बढ़ाता रहता है। आदमी का दायित्व बनता है कि वह भी वक्त के साथ कदमताल करता हुआ संगति मे रहै पर ये सब कहने की बातें है, किताबी बाते है, भाषण झाड़कर दूसरों पर रौब जमाने की बाते है। वक्त के साथ कौन चला है?? कौन चलेगा?? अनुत्तरित सवाल है। जिनका जबाब हर काल खंड में तलाश ने के प्रयास हुये है, लेकिन सब निष्फल।

वक्त के साथ वे भी नहीं चले है जिन्है हम भगवान मानते-पूजते है। कितना पापाचार बढ़ गया था, दानवी शक्तियाँ मानवीय शक्तियों को कच्चा निगलने लगी थी, तब वे धरती में अवतरित हुये। इसके पहले आकर कानून

व्यवस्था को अपने हाथों सम्हालते तो धर्मानुकूल आचरित मानव पूरी आयु गुजार कर जाते। लेकिन ऐसा नहीं हुआ?? उनकी चीख उनके कानो तक जरूर पहुँची होगी, लेकिन भगवान आये नहीं। क्यों न वक्त के साथ न चलने का आरोप भगवान पर तय किया जाये??

'तुम इधर पसीना बहाकर आयी होगी, बाथ रूम में जाकर नहा लो? सरिता के इस बात से मेरा चिंतन रुक गया। मेरी नजरें अंकिता पर केंद्रित हो गयीं थी। मेरी यह बहुत बड़ी कमजोरी है, या दुर्गुण है, चाहे जो कहिये.. मैं हर नारी को विशुद्ध मन से करीब जाकर देखने की कोशिश करता हूँ, नारी सौंदर्य ने मुझे हमेशा आकर्षित किया है।

'जी!! लेकिन??' उसके संकोच को सरिता समझ कर बोली 'तुम मेरी साड़ी पहन लेना।'

'दीदी! मुझे साड़ी बाँधनी नहीं आती।'

'तुम कुछ मत पहनना, वैसे भी सुंदर लगोगी।' मुझे अपनी भूल समझ में आ गयी थी, सर नीचा कर मै तुरन्त सॉरी बोल दिया।

वह अंगड़ाई लेकर उठ गयी थी। उसके शरीर के सभी अंग थोड़े बढ़ गए से लगने लगे थे। जीजू !! सॉरी मत बोला करिये, कम से कम मेरी बात पर, सॉरी से परायेपन का बोध होता है। जहाँ अपनत्व होता है वहाँ सॉरी, थैंक्स जैसे फॉर्मल शब्दों की कोई जगह नहीं बनती है। आपकी हर अदा बहुत प्यारी होती है। वह थोड़ा ठहर कर फिर सरिता से सम्बोधित होकर बोली..'दीदी!! जीजू को भी भेज दो न साथ मे, वे भी अभी नहाये न होंगे।'

'भेजने की क्या जरूरत पकड़ कर ले जाओ इन्है...मैं तो चली किचेन में, तुम लोग आपस मे तय कर लो।' हँसी बिखेरती हुई सरिता किचेन में दाखिल हो गयी थी।

'चलिए।' अंकिता आदेशात्मक लहजे में बोली।

'कहाँ??'

'मुझे नहलाने और कहाँ?? सुना नहीं दीदी क्या बोल गयीं है??'

'खुद नहा लो, तुम कोई छोटी बच्ची नहीं हो, जिसे पकड़ कर नहलाना पड़े, और सुनो मुझे इस तरह के मजाक पसन्द नहीं है। ठीक है तुम सरिता के मामा की लड़की हो, इस नाते हँसी-मजाक का रिश्ता बनता है तुम्हारा। लेकिन दायरे के भीतर।' मैं तेज स्वर में बोला था। किचेन की दूरी ड्राइंग रूम से ज्यादा नहीं थी, जाहिर है सरिता ने मेरी बात सुन ली थी। वह हाथ मे सब्ज़ी छीलने वाली छिलनी लिए बाहर निकल कर आ गयी थी। अंकिता मुझे हैरानी से देख रही थी।

'दीदी!! मेरा मन साफ है, आप तो जानती है, मेरी आदत शुरू से हँसने-हँसाने की रही है। वैसे भी हम पुलिस वाले हँसी-खुशी को तरसते है दो पल परिवार के बीच बात करने को तरसते है, हम लोग टॉयलेट में भी मोबाइल लेकर जाते है, क्या पता कब किधर को दौड़ना पड़ जाए?? वैसे भी निकट भविष्य में आत्मीय रिश्तों की मौत होनी सुनिश्चित है। माँ-बाप, चाचा, ताऊ, मामा-मौसी सब नाते राष्ट्रीयकृत बैंकों की तरह अंकल और आंटी के संवेदन शून्य रिश्तों में मर्ज हो जाएंगे। भाई-बहन, साली-साले अनुबंधित रिश्ते हो जायेंगे। जहाँ प्यार की सरगोशियां नहीं होगी..न एक दूसरे के प्रति दिलों में छटपटाहट होगी। संवेदना शून्य रिश्ते, विशुद्ध मियादी एग्रीमेंट और प्योर मतलब के रिश्ते। अपनी सुविधा और जरूरत मुताबिक जब चाहे जोड़ लो जब चाहे तोड़ लो।'

दतिया से कर्वी ट्रांसफ़र हुआ तो बहुत खुश हुई। दीदी!! मेरा निजी कोई परिवार नहीं है, सोचा था कि दीदी का घर परिवार है..उन्हीं के बीच में से दो पल की खुशी ढूंढ कर खुश हो लिया करुँगी। किन्तु जीजू!! आपको यह सब पसन्द नहीं है, नहीं आऊँगी आपके घर, नहीं करुँगी परेशान आपको।

यह कहकर अंकिता बाहर निकलने को मुड़ी ही थी कि मैं उसकी राह रोककर रास्ते में खड़ा हो गया और चेहरे में मासूमियत लाते हुए बोला 'मेरी बात सुन लो, फिर चली जाना रोकूँगा नहीं। जागृति के घर से जाने

का दुःख क्या कम लग रहा है तुम्है, जो ऐसे रूठकर जा रही हो? ठीक है गलत तो निकल ही गया मुँह से..अब वो बात वापस आने से रही...लो मुर्गा बना जाता हूँ।'

टाँगों के नीचे से हाथ निकालकर और दोनों हाथों से कान पकड़कर मैं सचमुच मुर्गा बन गया था। इसी समय उस शरारती लड़की ने तीन चार फोटू विभिन्न एंगल से मेरी खींच ली। मुझे कुछ पता नहीं चला, जब मैं सीधा हुआ तो देखा, दोनों मंद-मंद मुस्कुरा रहीं थी।

अंकिता बाथरूम में चली गयी थी मैं भी ऊपर जाकर नहाने की सोच ही रहा था कि डोर बेल बजी....'चल छइयां छइयां छैयां छैयां।' डोर बेल में ये म्यूजिक जागृति ने सेट कराया था। जब भी यह म्यूजिक बजता है, उसकी यादें छइयां-छइयां चलकर घर मे घुस आती हैं। गेट खोलकर देखा सामने खाकी वर्दी में पोस्ट मैन खड़ा था....

'आप?? छुट्टी में??'

'छुट्टी नहीं साब।' थैले से खाकी रंग का लिफाफा निकालकर मेरे साथ मे रखता हुआ बोला।

'बैठ लीजिए...चाय पानी कुछ।' मैं बोला।

'टेम नहीं साब!! बहुत डॉक है कॉलोनी की।'

मैंने उसकी हथेली में पचास का नोट रख दिया, उसने नोट को माथे से छुआकर जेब मे रख लिया और थैला साइकिल में टाँगकर आगे बढ़ गया। लिफाफा लेकर मैं भीतर आ गया, उसे खोलने ही वाला था कि लिफाफे के ऊपर लिखे एड्रेस पर नजर गयी...अक्षरों की लिखावट पहचान कर मैं जोर से चीख उठा....'सरिता आ।'

13

मेरी तेज आवाज सुनकर सरिता किचेन से तत्काल बाहर आ गयी थी। उसने मेरे हाथ में लिफाफा देखकर पूछा...'क्या है??'

'ये..ये देखो जागृति ने चिट्ठी भेजी है।' मैंने लिफाफा दिखाते हुए बताया।..

'लिफाफा खोलकर देखिए जीजू!! बाहरी पते की हैड राइटिंग से यह नहीं साबित होता है कि भीतर भी उसी का लिखा लेटर हो। यह भी हो सकता है की जागृति ने किसी जगह को पता लिखा लिफाफा भेजा हो और उस जगह से रिप्लाई आयी हो।'

मेरी तेज आवाज सुनकर अंकिता बिना नहाये ही बाथरूम से निकल कर आ गयी थी। अंतर-अंग-वस्त्रों के ऊपर कमर में लिपटी तौलिया से नहाने के पूर्व की तैयारी दिख रही थी। एक उड़ती हुई निगाह मैंने उसके गठीले और खूबसूरत जिस्म में डाली और उसके हाथ मे लिफाफा थमा दिया।

लिफाफे के अंदर जागृति के हाथ के लिखे पत्र थे। एक पत्र अंग्रेजी में था, जो बैंक की नौकरी से त्याग पत्र देने बावत था। दूसरा पत्र मेरे और सरिता के नाम पर उसने हिंदी में लिखा था। अंकिता ने पत्र पढ़ना शुरू किया...

'आदरणीय देवी और देव स्वरूप सरिता भाभी एवं आप'... आप दोनों के श्री चरणों मे जागृति नतमस्तक होकर यह चिट्ठी लिख रही है। बहुत मुमकिन है जब तक मे यह चिट्ठी आप लोगो तक जाए, बहुत कुछ तब्दीलियाँ देखने मे आ जाये, कहीं भी, किसी भी जगह के किसी कोने-छोर में, लेकिन यह सत्य है, मैं अब भी वैसे की वैसी हूँ, जैसा मुझे देखा समझा गया है। मेरी आत्मा में अभी तक किसी बदलाव ने प्रवेश नहीं किया है और न कभी करेगा ही। रूहानी नाते कभी भी अपने पन का शोर नहीं मचाते, खामोशी के साथ सोते-जागते, उठते-बैठते अपनी मौजूदगी का अहसास भर देते रहते है। मैं देख रहीं हूँ, स्वयं के वियोग की उस घर के दरो-दीवार की छटपटाहट और पीड़ा को। यकीन मानिए बहुत तकलीफ होती है, रातें साक्षी है, मेरी मूक चीत्कार और वेदना की। मैं खुलकर रो नहीं सकती। यद्धपि मुझे रोने की पूरी आजादी है। बहुत डर लगता है, भाभी!! कहीं मेरी यह छोटी सी भूल आप लोगों की रुसवाई की सबब न बन जाये। नहीं देख पाउंगी आप लोगों की आंखों में पीड़ा के आँसू।

मुझसे बहुत बड़ी गलती हुई है, मुझे आपके बिस्तर पर रात्रि शयन नहीं करना चाहिए था। वो मेरी जगह भी नहीं थी। मेरी जगह तो आप दोनों के श्री चरणों के नीचे है, यकीन जानिए अनेक जन्म गुजार सकती हूँ, उन तलवों के नीचे। मुझे एहसास भी नहीं हुआ कि मैं नींद से चलकर कब आपके बिस्तर तक आयी, सुबह जब मुझे मालुम हुआ तब अच्छा नहीं लगा था। आपके बिस्तर प्रकृति ने नापाक किये है, अचानक रात्रि मध्य से शुरू पीरियड की जानकारी सुबह नींद खुलने पर हुई। बिस्तर खराब हो सकते है, इस तरफ ध्यान ही नहीं गया।

आपकी नाराजगी जायज है, शक भी दुरुस्त है। मेरी फिक्र अनुसार कोई भी भारतीय नारी सब कुछ कुर्बान कर सकती है, सिवा अपने प्यार के। प्यार का बंटवारा कभी नहीं कर सकती है। वह अंतिम सांस तक अपने मुहब्बत की हिफाज़त करती है।

यह भी एक अनकही हकीकत है जिसे कुबूल करने में मुझे कतई

गुरेज नहीं है, रंजन जी से मुझे बे-पनाह मुहब्बत है, मेरे प्रेम ने उन्हे पति-परमेश्वर के स्वरूप में स्वीकार कर लिया है। प्यार उस मधुर एहसास का नाम है जो कभी भी किसी के लिए उत्पन्न हो सकता है। कभी-कभी कोई किसी को बहुत अच्छा लगने लगता है और जब वह इतना अच्छा लगने लगता है, कि हम उसके बिना अपने जीवन की कल्पना भी नहीं कर पाते है। निःसन्देह वह इंसान तब हमारे लिए अति महत्वपूर्ण बन जाता है।

फिर हमारी सभी इच्छाएं, सुख-दुःख और खुशियों की डोर उसके हाथों मे होती है। प्यार एक बहुत ही सुखद एहसास होता है। जब हम प्यार मे इतना आगे बढ़ जाते है। तब चाहते है हम अपने प्यार को कभी खुद से दूर न जाने दें। उसके साथ खुश रहे। उसी के साथ रहकर अपने सपनो मे रंग भरे एवं उसी के होकर ज़िन्दगी जियें।

मुझ असहाय का इस रिश्ते के ताना-बाना बुनने मे कोई योगदान नहीं है, न ही रंजन जी का इस रिश्ते की बुनियाद निर्माण में कोई प्रयास शामिल है। यह नियति के इरादे है, जिनके खिलाफ जाना किसी के बूते की बात नहीं है। वो जैसे चाहे नचाये। चाहे-अनचाहे मन से हमें नाचना ही होगा, इसलिये कुदरत की नियति में बगैर नुक्स और शक-ओ-सुबहा के क्यूँ न खुश रहा जाए??

'जिस कदर तेरी रज़ा हो, नाच तू वैसी नचा,

शुक्रिया इस कदर भी है, शुक्रिया उस कदर भी।

उसे हमारी मंजूरी या सहमति की बिल्कुल जरूरत नहीं पड़ती है। मेरा प्रेम राधा, मीरा और गोपियों की तरह पाक है....वासना के नापाक इरादों से बहुत-बहुत दूर। लेकिन किसी को यकीन दिलाना बहुत ही मुश्किल काम है। शक की दीवारें अपनी शक्ल लेकर खड़ी हों, इसके पहले ही इन्है लांघ कर उस पार चले जाना ही मुझे ठीक लगा। गुलों के महकते हुये गुलिस्ताँ में पतझड़ के मौसम देखना 'जागृति' को बर्दाश्त नहीं है। मैं आपके विशाल हृदय को आपके साथ रहकर उतना कभी नहीं समझ पाती

जितना दूर रहकर समझ सकी हूँ। पानी मे डूब मरने की मेरी कोशिशें मुझे बहाकर दूरियों के मान से भले बहुत दूर ले आयी हों, लेकिन आपके दिल के करीब तक पहुँचाने का श्रेय भी इन्हीं दूरियों को जाता है। मुझे अपनी नासमझी पर बहुत हँसी आती है...जो सरिता अपने जल से कितनों की भूख-प्यास बुझाकर युगों-युगों तक जीवित रखती है। तट पार के मैदानों पर लहलहाती फसलें जिस पवित्र जल का गुणगान करते हुए थकती नहीं है...उसी जल में मैं पगली डूब-मरने चली थी।

मैं जहाँ भी हूँ, सुरक्षित और स्वस्थ्य हूँ, आप लोग अपनी सेहत का ख्याल रखियेगा। आप लोग यह जानकर बेहद खुश होंगे कि मैं यू.पी.एस.सी. की दोनों शुरुआती इम्तहान पास कर चुकी हूँ, मंजिल अब करीब नज़र आ रही है। सच्चे दिल से निकली हुई दुआएं बहुत असरदार होती है, यह आज मालुम हुआ। नौकरी में प्रथम हाज़िरी से पहले उस भगवान के दर पर मत्था टेकने जरूर आऊँगी, जो हमारा है। उस देवी की चरण-रज का प्रसाद लेने भी जरूर आऊँगी जिसके नजरें इनायत से कामयाबी के रास्ते खुद-ब-खुद चलकर करीब आने लगे है। जी होता है, यूँ ही सबेरा होने तक लिखती रहूँ, लेकिन मजबूरी है भाभी...इस दिए में उतना तेल नहीं है, जितना सुबह तक जलने के लिए जरूरी होता है। एक और बात बताऊँ... फ़रज़ाना बहुत नेक लड़की है, मेरी दोस्त भी है, और दुश्मन भी। मुझे देर रात में पढ़ने नहीं देती। अब्बल तो चरागों में नाप-तौल कर तेल भरती है कि दस बजते-बजते बुझ जाएं... ऊपर से खिड़की से झांककर फुसफुसायेगी ....'सो जाओ आपा!! आधी रात गुजर गई है..सुबह पढ़ लेना। अब्बू देखेगें तो मुझे फ़टकार लगाएंगे।' फ़रज़ाना मेरी बॉडी गार्ड है, इसी के हुक्म पर मेरी रूटीन चलती है। बहुत प्यारी बिटिया है। हामिद चाचा भी नेक दिल इंसान है। वे मेरा उतना ही ख़याल रखते है, जितना फ़रज़ाना और ऑटो रिक्शा का। चाचा का ऑटो भी स्पेशल है, मील भर पहले से उनके आने की इत्तला कर देता है। जब भी मन की उदासी चेहरे ऊपर नमूदार होती है.. हामिद चाचा समझाते है....'खुश रहा करो बिटिया!! अल्लाह

को दुख जायेगा, उसकी निगाहै हर तरफ है, वो नहीं चाहता है कि उसकी औलाद के नजदीक से दुःख की कोई साया गुजरे।

भाभी!! कागज का छोर नहीं दिख रहा है, आँखे रौशनी की तलबगार है, चिरागों की लौ थरथरा रही है। खिड़कियां बन्द कर के बैठी हूँ। जालिम हवायें इसी फिराक में बाहर चहलकदमी कर रहीं है कि कब मैं खिड़कियां खोलूँ, और ये झपटकर.... चरागों को बुझा दें। हवाओं की बदमाशियां सदियों से चली आ रही है। आपकी जागृति इतनी कमज़ोर नहीं है कि वह डर जाए...अगली शाम फिर चिराग जलायेगी और किताबों के पन्ने पलटेगी। वो अपना काम करे, मैं अपना काम करुँगी।

'कार्य जिसको जो मिला है, पूर्ण ही करना पड़ेगा।

आंधियां चलती रहैगी, दीप को जलना पड़ेगा।

शुभ रात्रि/चरण वंदन

सदैव आपकी

'जागृति'

चिट्ठी सुनने के बाद सन्नाटा पसर गया। प्रत्यक्षतः कोई बोल नहीं रहा था, लेकिन भीतर ही भीतर हर कोई स्वयं से सम्बोधित था, मैं भी, अंकिता भी और सरिता भी।

'अंकिता!! डॉक खाने की मुहर देखो?? अचानक सरिता बोल उठी।

'दीदी!! मुहर स्पष्ट नहीं है, दूसरी जो साफ है, वह यहीं की है।'

'कुछ तो??'

'हाँ पिन कोड दिख रहे...शुरू के तीन अंक २३१ स्पष्ट है, बाकी लास्ट के अंक समझ नहीं आ रहै'

इसका मतलब ये डॉक मिर्जापुर (उत्तरप्रदेश) से डिस्पैच हुई है।

अंकिता ने इंटरनेट की मदद से सर्च कर लिया था। जागृति मिर्जापुर के किसी ऐसे गांव में है, जहाँ अभी भी बिजली नहीं है। वह हामिद नाम के ऑटोरिक्शा चालक के घर मे ठहरी हुई है। सम्भवतः यह गांव मिर्जापुर शहर से नजदीक होगा। जागृति के रहने की जगह तलाशना मुश्किल काम है, लेकिन असम्भव नहीं है, कोशिश की जानी चाहिए। मन मे सोच-विचार करता हुआ मैं ऊपर के बाथरूम में नहाने चला आया था। नीचे के बाथ में अंकिता घुस गई थी।

दोपहर का भोजन हम तीनों ने एक साथ किया। स्वादिष्ट भोजन रहा होगा, फिर अंकिता भी तो है, विशेष रुचि से सरिता ने भोजन तैयार किया होगा, फिर भी मुझे बेस्वाद लगा। अंकिता पुलिस क्वार्टर जाने को तैयार हो गयी थी, लेकिन सरिता के आग्रह पर वह शाम तक के लिए ठहर गयी।

हम तीनों बाल्कनी में कुर्सी डालकर बैठ गए थे। सामने पार्क में लगे छोटे पौधों की पत्तियों पर पानी की ठहरी हुई बूंदे मोतियों के शक्ल में चमक रहीं थी। थोड़ी देर पहले बरसात जो हुई थी। पानी से नहाई तारकोल की चौड़ी सड़क भी चमक उठी थी। कुदरत ने समस्त जड़-चेतन को अलग-अलग तरह का सौंदर्य प्रदान किया है और सबसे बड़ी बात उस सौंदर्य को भीतर तक आत्मसात करने वाली दो सुंदर आँखे दी है। बच्चों का समूह हाथ से एक दूसरे को धकियाते हुये पार्क में आ गए थे। हालांकि अभी दोपहर थी लेकिन मौसम सुहाना था, बादलों ने सूरज की तेज किरणों को अभी रोक रखा था। पानी बरसने के आसार अभी दूर-दूर तक नहीं थे। शायद इसीलिए बच्चे पार्क में आने लगे थे।

'जीजू पार्क में क्या देख रहे है?? अंकिता ने चुहल शुरू की।

'कुछ खास नहीं...वो बच्चे....।'

वह मुझे बीच मे रोककर बोली....'कभी-कभी मेरी तरफ भी देख लिया करो। अब आप जागृति की चिंता न करें। उसे पकड़ लाऊंगी अब।

वह कहाँ पर है? कुछ-कुछ मेरी समझ में आ रहा है।'

'मेरी समझ से अब उसे तलाशने का कोई फायदा नहीं है, वह दूसरी दुनिया मे रम गयी है। वहीं रहकर एग्जाम भी क्वालीफाई कर ली है। वह जगह उसके लिए मुफीद लगती है। फिर स्वयं मिलने आने की बात चिट्ठी में लिखी है, वह जिंदा है और खुश है, यही खबर अपने लिए बहुत है।' सरिता ने अपनी बात कही।

सरिता के बात से मुझे ताज्जुब हुआ। वह ऐसा क्यों कह रही है?? मेरी समझ से परे था। अंकिता को भी असहज लगा होगा, तभी तो उसने पूछ ही लिया...'ऐसा क्यों दीदी?? मुझे लगता है, चिट्ठी में उसने सब झूठ लिखा है। मैं पुलिस इंस्पेक्टर हूँ... अंदर की बात मुझसे छिपती नहीं है।'

'वो बात नहीं है, मेरी स्वयं की लज्जा है, जो ऐसा सोच रही है। मैं खुद से अनजान हूँ, इतनी बड़ी भूल मुझसे कैसे हो गयी?? मारने के लिए हॉकी का प्रहार किया। यदि ये अपने हाथ मे उस प्रहार को न रोकते तो उस दिन उसकी मृत्यु तय थी। आज मैं हत्या के जुर्म में हवालात में होती। मैं उसकी नेक नीयती को पल भर में भूल गयी....यह भी भूल गयी कि यह वही जागृति है जिसने मेरे पैर टूटने के समय दो महीने तक बैंक से छुट्टी लेकर मेरी परवरिस की। खिलाने-पिलाने-नहलाने, लैट्रिन साफ करने से लेकर कपड़े बदलने तक। नहीं..नहीं उसे मत बुलाओ, मैं उसका सामना नहीं कर पाऊंगी।' सरिता बहुत इमोशनल हो गयी थी, मुझसे भी कुछ कहते नहीं बना। वह वहाँ से उठकर नीचे चली गयी।

वातावरण जो कुछ देर पहले नयनाभिराम था, अब वह अच्छा नहीं लग रहा था, पार्क में खेलते हुए बच्चे और सड़क किनारे खड़े हुए भीगे पौधे बीमार और थके-थके से लगने लगे थे। मैं भी उठकर जाने की सोच ही रहा था कि अंकिता बोल उठी...'कम आन जीजू!! रिलेक्स..अच्छा ये बताइए मैं साड़ी में कैसी लगती हूँ?'

'मम्मी।'

वह मुझे घूरकर देखने लगी, आंखे तो प्रकृति ने बड़ी बनाई ही थी, उसने और बड़ी कर ली..उसे मेरी बात अच्छी लगी हो या न लगी हो, मेरे चेहरे में छाई मुर्दानगी की परत उतर गयी थी। मैं मंद-मंद मुस्कुराते हुये उसे देखे जा रहा था। वह उठकर जाने लगी थी। उसे खींचकर वापस बैठाते हुये मैंने कहा..'क्या गलत बोला?? शादी कर ली होती तो अब तक दो या तीन बच्चों की मम्मी तो बन ही गयी होती।

'आज मुझे आप छोड़ने चलेंगे न?' मेरी बात को अनसुनी करती हुई वह बोली।

'ओके!! चल देंगे।'

'रात आने नहीं दूँगी।'

'क्यों??'

'एक रात आप इंस्पेक्टर अंकिता भार्गव की कस्टडी में रहैगे। जरूरी पूछ-ताछ करुँगी। वैसे तो आप कुछ बताएंगे नहीं...कुछ अलग हटकर करना पड़ेगा।'

'अलग क्या?? मुझे उसकी बातों से गुदगुदी सी होने लगी थी।

'गोपनीय बात है, अभी से खुलासा नहीं कर सकती, पुलिस का यह अपना स्पेशल तरीका है।'

'सुबह तो छोड़ दोगी न...कल वर्किंग डे है।'

'ये आप पर डिपेंड करता है कि, कितना जल्दी पुलिस को संतुष्ट कर पाते है। 'मालुम नहीं वह और क्या-क्या कहती के नीचे से सरिता के आने की आहट पाकर रुक गयी। सरिता के हाथ मे वही लिफाफा था, जिसमे जागृति की चिट्ठी आयी थी।

'इसमें एक और लेटर डला था...अंकिता तुम इसे निकाली ही नहीं, लो इसे भी पढ़ो, हो सकता है इसमें अपना पता-ठिकाना लिखा हो। लिफाफा देकर खाली कुर्सी पर बैठ गयी थी, अंकिता मिनट भर कागज

उलटती-पलटती रही, जब उसे तसल्ली हो गयी कि यह लेटर भी जागृति के हाथ का लिखा हुआ है, तब वह गला साफ कर पढ़ने लगी।

हामिद चाचा आज लिफाफा ले जाना भूल गये... सोचा कि क्यों न और बात कर लूँ... सो रात लिखने बैठ गयी, मेरी दुश्मन फ़रज़ाना सो गयी है। आज मैंने चोरी- छिपे ज्यादा तेल डाल दिया है, जिससे १२ बजे तक चिराग रौशन होता रहे भाभी!! ये गज़ब की लड़की है, कहती है...'आपा!! आपको जाने नहीं दूँगी..आप भले ही कलेक्टर बन जाएं, यही रहना। मेरे गाँव को भी कलेक्टर चाहिए। कभी पूछती है..आप ढिबरी जलाये रात में क्या पढ़ती-लिखती रहती है??' जब उसे बताती हूँ कलेक्टर होने के लिए किताबे पढ़ना बहुत जरूरी है। एक दिन तो इसने गजब कर दिया, एक ऐसा सवाल कर बैठी, जिसका जबाब देने से हमेशा बचती रहती हूँ।

'आपा!! ये प्रेम क्या होता है??' बड़ी मासूमियत से उसने पूछा था। मैं हैरान रह गयी थी उसके सवाल पर, समझ नहीं आ रहा था कि उसे कैसे समझाऊँ....अचानक एक उपाय सूझ गया...'मैंने उससे एक गिलास पानी मंगाया। वह पानी ले आयी। तब मैंने उसी से सवाल किया... 'पानी क्यों पिया जाता है??' फ़रज़ाना जोर से हँसी फिर बोली...'आपा!! इतना भी नहीं जानती..'प्यास लगती है, तब पानी की तलब होती है।'

'बस यही तो मूल तत्व है...जैसे प्यास महसूस होती है, लेकिन उसका आकार नहीं होता है। उसी तरह प्रेम महसूस करने की वस्तु है, इसका भी कोई रूप रंग आकार नहीं है, सिर्फ महसूस होता है।' मैंने उसे समझाया। मुझे मालुम नहीं वह मेरी बात से सन्तुष्ट हुई या नही...लेकिन एक सवाल मुझे परेशान करने लगा...'सोलह बसंत देख चुकी यह लड़की क्या सच मे प्रेम के इशारों से अनभिज्ञ है?? मैंने पुनः उससे पूछा...'ये सब क्यों पूछ रही हो??'

'आपा!! वो ड्राइवर है न मदन, जो पापा के साथ कभी-कभी मेरे घर आया करता है...एक दिन मुझसे बोला...'मैं तुमसे प्रेम करता हूँ??'

'तुमने क्या कहा??'

'मैंने कुछ नहीं कहा। मुझे नहीं मालुम क्या कहना चाहिए?? इसीलिए तो आप से पूछ रही हूँ, प्रेम करना अच्छी बात है न??'

'अच्छी बात है, प्रेम करना... लेकिन जब प्रेम हित साधन का जरिया बन जाए तब वह प्रेम नहीं होता है, वह प्रेम को कलंकित करने वाला धोखा होता है।' वह मेरी बात से सहमत नहीं लग रही थी, कंधे उचकाती हुई वह बाहर चली गयी थी।'

भाभी!! रात्रि ज्यादा हो गयी है। दिल्ली से कोलकाता को उड़ने वाला हवाई जहाज अभी-अभी इधर से गया है। यहाँ के लोग कहते है कि रात के बारह बजे वह इस गाँव से होकर गुजरता है। आज नींद नहीं आयेगी... बहुत बातें बची है आपसे कहने को। कैसे कहूँ?? जी छटपटाता है। फिर भी उम्मीद कायम है..

बची बात होगी तो फिर बात होगी।

सुबह शाम होगी ढली रात होगी।

बुरे दौर आते और जाते रहैगे,

अगर जिन्दगी है मुलाकात होगी।

बस इंतज़ार है, इसी शुभ घड़ी का। आप लोग परस्पर एक दूसरे का ख्याल रखियेगा। भाभी !! कभी-कभी स्वयं से सवाल करती हूँ कि आखिर मुझे आप लोगों से इतना लगाव क्यूँ है? हकीकत तो यह है कि मै खुद भी नहीं जानती। जिस्म को स्पर्श करती हुई मादक हवाओं के झोंको से कभी भी मेरा मन नहीं बहल पाता है। मुझे आकर्षित नहीं कर पाती है, किसी खूबसूरत लबों से निःसृत मीठी-मीठी बातें। लेकिन आप लोगों की हमेशा के लिए मेरे जेहेन में उतरी हुई तस्वीरें मुझे अवश्य दुलरा जाती है। लगता है, किसी अपनत्व की आंखे मुझे निहारती है, जब मैं आँखे मूँदकर सोने का नाटक करती हूँ। निःशब्द हूँ भाभी! कुछ कहते नहीं बनता। उन आंखों मे मुझे मां की ममता ..बहन का प्यार और सहृदय मित्र की झलक...और भी

न जाने क्या-क्या दिखता है..तभी तो मै आँखे खोलती ही नहीं। निःसन्देह वो आँखे आप लोगों की है। एक साथ इतना सब कुछ मुझे कहाँ मिलेगा?? मेरे मानस पटल पर आप दोनों के नाम का हस्ताक्षर शीर्ष पर है।

कभी-कभी एक अनचीन्ही, अनदेखी तस्वीर स्वप्नों में उतर कर कहती है...सोचती क्या है जागृति!! ...जाओ उसी घर मे ..तुम्हारे हिस्से का प्यार उस घर मे अब भी सुरक्षित है। ये तस्वीर किसकी होगी?? क्या भगवान की तस्वीर होगी?? हाँ यह मेरे भगवान की ही तस्वीर है, जो चेहरा बदल कर मुझसे सम्वाद करती है। आज मैं सम्पूर्ण अधिकार से कह सकती हूँ कि मुझे आपसे और रंजन जी से इश्क है।'

चरण-स्पर्श

आपकी.. जागृति

बस इतना ही लिखा था, पत्र में। पत्र को तह करके लिफाफे में अंकिता ने रख दिया था। हम तीनों खामोश थे, बात शुरू करने का छोर हम सभी तलाशने में लगे हुए थे, वह छोर किसी को मिल नहीं रहा था, वरना कोई अब तक चुप कैसे रहता??

'दीदी !! मुझे जाना चाहिए, सोचती हूँ कुछ देर के लिए जाकर ऑफिस देख लूँ।' साड़ी का पल्लू सम्हालती हुई अंकिता बोली। उसकी साड़ी पहनने की आदत नहीं है। जबकि साड़ी में वह बेहतर लुक में दिखती है। मेरी नजर में जीन्स, टी-शर्ट या अन्य आधुनिक परिधानों से नारी में वह लुक नहीं आता है, जो साड़ी में आता है।

'देख बहुत दिनों में आई है, थाने जाना जरूरी लगता हो तो चली जाओ, लेकिन रात में यही लौट कर आना। जागृति के जाने के बाद साल बीत गये है, तब से इस घर में मायूसी बनी हुई है। तुम्हारे आने से बहुत बदलाव महसूस कर रही हूँ।'

'ठीक है दीदी कहीं नहीं जाती...फोन से ही पूछे लेती हूँ। लेकिन जीजू!! को मेरे साथ क्वार्टर तक भेज दीजिये। कपड़े चेंज कर आऊँगी और

नाईट यूज के लिए भी कुछ लेती आऊँगी।' वह मेरी तरफ घूरकर देखी फिर मुस्कुरा उठी।

कुछ देर बाद मैं स्कूटर में अंकिता को बैठाकर पुलिस ऑफिसर्स क्वाटर की तरफ चल पड़ा था।

14

'प्रेमालय' कॉलोनी का मेन गेट पास करते ही सड़क के उस पार कतार में सिविल ऑफिसर्स क्वाटर है। जो क्वाटर अंकिता के लिए अलॉट हुआ था, वह बाहर से घास-चारे से भरा था। भीतर के कमरे जरूर साफ-सुथरे थे। एक हॉल फिर दो बेड रूम, किचेन के लगा आँगन और टॉयलेट। जागृति को इतने की भी जरूरत नहीं लग रही थी। एक रूम में पलंग और उसके नीचे रखे दो वी.आई.पी. के सूटकेस, बिस्तर पर पड़े कुछ कपड़े, बरामदे में उतारी दो जोड़ी चप्पल...किचेन में एक गैस सिलिंडर के साथ जरूरी कुछ स्टील के बर्तन और क्रॉकरी...बस इतनी ही सम्पत्ति।

'तुम अकेली कैसे रह लोगी?? घर अकेले के हिसाब से बहुत बड़ा है।' पूरे क्वार्टर का अल्प निरीक्षण उपरांत मैंने कहा।

'जीजू!! जिसकी तकदीर में अकेलापन लिखा हो, उसके साथ कौन रहने आयेगा?' जमाने भर की पीड़ा उसकी आँखों में झलक आयी थी। मैंने महसूस किया कि हँसती-हँसाती, मुस्कुराती अंकिता के अतल में कुछ गहरी पीड़ाये छिपी है, जिन्है झुठलाने की कोशिश में वह हरदम मुस्कुराती रहती है।

'अकेले डर नहीं लगेगा?? मैंने अगला प्रश्न किया।

'डर??' ..हुँह...जिसकी मौत आएगी वही मेरी तरफ गलत इरादे से देखेगा। दो-चार के लिए तो मेरे हाथ बहुत है। ज्यादा हुये तो पिस्टल

से अचूक निशाना साधना भी मुझे आता है और वो ख़ंजर...पच्चीस-तीस फुट दूर से फेंका गया भी अपना टारगेट नहीं चूक सकता। खूँटी से टँगी हुई कटारी को उँगली के संकेत से दिखाती हुई वह बोली।

'अगर कोई नेक इरादे से देखे तब??'

'बहुत प्यार दूँगी उसे, बशर्ते वो निगाहै यार की हों।' वह मेरी तरफ रहस्यमयी मुस्कान देती हुई बोली।

'कमाल की बात है, जो गलत इरादे से देखेगा उसे मौत और जो नेक इरादे से देखेगा उसे जिंदगी??।'

'हाँ जी! ऐसी तो थी नही, हालात ने बना दिये। कुछ अपनों ने, कुछ बेगानो ने, कुछ पुलिस की नौकरी ने...क्या करें? स्वयं को जिंदा साबित करने के लिए यह भी बहुत जरूरी है अन्यथा लड़की का मांस नोचने को बहुत से कौव्वे चोंच खोले हुये चार-सू तैयार खड़े है ।

'मेरी सलाह मानो तो अब शादी कर लो...कहो तो....।' उसने हाथ के संकेत से मुझे बोलने से रोक दिया था। उसके चेहरे के हाव-भाव और आंखों की चितवन से मुझे लगा कि मैंने कुछ गलत पूछ लिया है। यह बात मुझे नहीं पूछनी चाहिए थी।

'जीजू!! कपड़े चेंज कर लूँ, फिर चलती हूँ।' मेरी बात अनसुनी करती हुई वह बोली।

इशारा समझकर कर मैं बाहर बरामदे में आकर खड़ा हो गया था। बरसाती पौधों ने क्वार्टर के बाहरी हिस्से को हरा-भरा बना रखा था। कुछ गेंदा-गेंदी की प्रजातियां भी उगी थी, सफेद और लाल रंग के गुलाब के पौधे भी कतारों में अब भी स्वयं को किसी तरह से जीवित किये हुए थे। एक पेड़ पर लाल रंग का एक नन्हा फूल जाने कैसे खिला होगा, मेरे लिए फिक्र का विषय था। बहरहाल बेतरतीब उगे खर-पतवारों के बीच में से एक फूल देने में काँटो से लदी उस गुलाब की नाजुक डाली को बहुत जोर लगाना पड़ा होगा। कोने में अधेड़ वय के सीमेंट के दो गमले विश्राम की

मुद्रा में लुढ़के पड़े थे, जिनकी मिट्टी से मजबूत पकड़ जमाये हुये तुलसी के दो-एक पेड़ जमीन सूंघते हुये पसरे आराम फरमा रहे थे। तभी तितली का एक जोड़ा आया और फूल के ऊपर से मंड़राकर लौट गया। शायद उसे मेरी मौजूदगी अच्छी नहीं लगी या इकलौते फूल की रंगत पसन्द न आयी हो। एक कोने में बिही का पेड़ था, जो सबसे बड़ा पेड़ कहा जायेगा, उसकी शाखों के लिपटी पीत वर्ण की लताएं उसे जकड़े हुई थी। वह शक्तिशाली पेड़ भी उन लताओं की गिरफ्त से आजाद होना चाह रहा था। गौर से देखा जाए तो यहाँ भी हर कमजोर अपने से ताकतवर की गिरफ्त में था, वह ताकतवर पौधा छोटे पेड़ को अपनी पहुँच के दायरे में पनपने नहीं दे रहा था। कुछ नया नहीं, वही पुरानी बात 'बड़ी मछली छोटी मछली को निगल रही थी।' मानव समुदाय भी इस नियम के अनुसरण में चल रहा जो जितना ताकतवर है अपने से कमज़ोर का गला दबाये हुये हुकूमत कर रहा है। सहसा पीछे से एक खुशबू का झोंका नथुनों में महसूस हुआ, पलट कर देखा, सामने अंकिता खड़ी मुस्कुरा रही थी।

'ये कल माली आकर ठीक कर जाएगा।' अप्रयत्क्ष रूप से उसका इशारा लॉन की तरह था। जी चलिये अब...क्या घूरकर देख रहे है?? कभी कोई लड़की नहीं देखी क्या??'

वह ब्राउन-ब्लू कलर में निःसन्देह अद्वतीय खूबसूरत थी, सुंदर शरीर का सौंदर्य शालीन कपड़ो में निखर कर जब आँखों के कैमरे के सामने होता है, तब वह कैमरा बिना बताए तस्वीर उतार ही लेता है। मैं बिना कुछ कहे सड़क में खड़ी स्कूटर की तरफ बढ़ गया। साफ-सुथरी सड़के देखकर अच्छा लगा। बहुधा यह दृश्य बहुत कम देखने को मिलता है। घर के ड्राइंग रूम से लेकर संडास तक भले ही साफ रहे, बाहर की सड़क और नालियाँ कभी साफ नहीं मिलेंगी क्योंकि ये आम निस्तार की चीजें सरकार की होती है। पब्लिक का काम है सरकारी चीजों को अपनी तरह से इस्तेमाल करे, रौंदे-खौदे। इनकी देखभाल और साफ-सफाई का जिम्मा सरकार के मूड़े।

दस मिनट के लिए ऑफिस होकर घर चलिए न, विजिट हो जायेगी

और मेरी हाज़िरी भी लग जायेगी। क्वार्टर में ताला लगाती हुई अंकिता ने कहा।

'ठीक है।' नजदीक ही थाना कर्वी था। पाँच मिनट में हम पहुँच गये। उसने हर स्टाफ से मेरा परिचय कराया। फिर थाना इंचार्ज के कक्ष में आकर हम बैठ गये। वह थाना प्रभारी कालीचरण शर्मा से बात करने लगी। जागृति के केस पर थाना इंचार्ज ने बताया कि ..'उसे क्लोज करने की सोच रहे है।'

'नहीं शर्मा जी!! उसे क्लोज करने से पहले मुझे एक प्रयास और करने दीजिए। वह फाइल मुझे आने दीजिये।'

'और रेप केस के आरोपी?? वे जल्दी ही पुलिस कस्टडी में होना चाहिए।

'जी मैम!! दो पकड़ में आ गये है, लाकप में है, तीसरे की तलाश की जा रही है, दोनों को सुबह स्टेशन से अरेस्ट किया गया है। कल चालान किया जायेगा।'

'गुड न्यूज शर्मा जी!! मजबूत केस डायरी तैयार कराइये उनकी, किसी सूरत में बचना नहीं चाहिए।'

'अब अंकिता लॉकप की तरफ बढ़ चली थी, अनुसरण में थाना प्रभारी शर्मा और मैं साथ हो लिये। लोहे की मजबूत सलाखों के पीछे वे दोनों युवक फर्श में बैठे आपस मे बातें कर रहे थे। वे हमारी आहट पाकर उठ खड़े हुए। वे लड़के बीस-बाइस साल की वय के थे और पहनावे और बनावट से किसी भले घर के मालुम होते थे। अंकिता उन्हे दो मिनट तक घूरती रही फिर अचानक एक झन्नाटेदार थप्पड़ एक के गाल में मारा, वह जमीन में लोटने लगा। मुँह से खून बहने लगा था। अंकिता का यह रौद्र रूप मैं पहली बार देख रहा था। उसने चेहरे का रंग और आवाज सब कुछ बदल चुका था। वह दूसरे आरोपी को भद्दी गाली देती हुई बोली...'देख क्या रहा है, उठा इसे।' वह उसे उठाने के लिए जैसे ही नीचे झुका, लात

का प्रहार उसकी कमर में किया, वह भी सरकारी इमारत के नवनिर्मित दीवाल की तरह भरभराकर फर्स में लोटने लगा।

'शर्मा जी!! इन दरिंदो को कपड़े पहनने का हक नहीं है। उतरवा दीजिये दोनों के कपड़े, ये रात भर निर्वस्त्र रहै।'

वह बाहर जाने को मुड़ी ही थी कि पहले मार खाने वाला लड़का बायीं हथेलियों से मुँह में बह आये खून को साफ करता हुआ विनम्रतापूर्वक बोला.... मैम! रेप की बात झूठी है।

'मतलब रिपोर्ट झूठी है?? यही कहना चाहते हो न??' अंकिता पलट कर बोली।

'प्लीज मैम मेरी बात सुन लीजिए।'

'बोलो।'

गहरी साँस लेकर उसने बताया..'मैम। हम लोग इंदौर के एक प्राइवेट इंजीनियरिंग कालेज में साथ ही पढ़ते है। हमारा मिलना जुलना लगभग दो साल से है। इस दौरान मेरे और उसके बीच कई दफे आपसी सहमति से शारीरिक सम्बन्ध बने हैं। मैं उसकी हर जरूरतें पूरी करने की हमेशा कोशिश की। विगत दो-तीन माह से उसकी जरूरतें अचानक बढ़ गई, वह मुझसे हमेशा ही पैसे की डिमांड करती रही एक सीमा तक मैंने उसे पैसे भी दिए। जब मुझे लगा कि वह मुझे ब्लेक मेल कर रही है, तब से मैं पैसे देना, मिलना-जुलना और बातचीत बन्द कर दिया।'

'और ये??'

'इसका कसूर सिर्फ इतना है कि उसके अन्य ब्यॉय फ्रेंड्स की जानकारी इसे है, पहचानता भी है। इसने मुझे सब बताया है।'.

'और तीसरा?'

'तीसरा कोई नहीं मैम! रेप की बात बिल्कुल मनगढ़ंत है। उसने मुझे धोखा दिया है। मैं तो उससे शादी करने की सोच रहा था।'

'अब भी ऐसा सोचते हो?' गर्दन में कोण निर्मित करती हुई अंकिता बोली।

'वो स्वयं आकर सच बता दे तो अब भी मैं अपना विचार बदला नहीं हूँ। मुझे यह नहीं मालुम कि किसके कहने पर उसने रिपोर्ट की है, वह अब क्या चाहती है??'

'ठीक है तुम्हारी बात माने लेते हैं। लेकिन मुझसे झूठ बोलने की कोशिश भूल कर भी मत करना, वरना शक्ल बिगाड़ के रख दूँगी। अंकिता फिर थाना इंचार्ज शर्मा जी के तरफ घूम कर बोली....'इनके कपड़े मत उतरवाइयेगा, मॉर्निंग में दोनों के गार्जियन्स को बुलाकर समझौता कराने का प्रयास करें। शायद बात बन जाये। मैं भी आ जाऊंगी।

हम लोग लॉकप से बाहर आ गए थे। अब अंकिता स्टाफ के बीच में खड़ी होकर उनसे सम्बोधित थी...'देखिए हाइवे पर रात खड़े होकर ट्रक ड्राइवरों से उगाही बिल्कुल बन्द करें। शर्मा सर आप फॉलो करें...प्लीज! इससे पुलिस की बदनामी होती है। कोई भी जरूरत मंद स्टाफ मुझसे पैसे ले सकता है। जरूरी खर्च के पाँच हजार बचाकर सब उसे दे दूँगी।'

'मैडम हम सल्यूट करते हैं, आपको। आप जैसा कोई अफसर आज तक यहाँ नहीं आया।'

'जी इसकी जरूरत नहीं, तजुर्बे और वय के लिहाज से मैं सबसे छोटी हूँ। सल्यूट अपने माँ-बाप और बुजुर्गों को करिये। मुझे बस ईमानदारी से अपनी दिक्कतें बताइए, उन्हे सॉल्व करने की मेरी हर सम्भव कोशिश रहेगी।'

'मैम!' 'एक नई पोस्टेड लड़की कुछ कहने की गरज से आगे आकर बोली।

'यस !! बोलो...क्या कहना है??'

'मुझे दो हफ्ते की छुट्टी दे दीजिए।'

'क्यों??'

'दरअसल मैडम!! इसकी इसी साल जून में शादी हुई है और ये घूमने के उद्देश्य से अर्न लीव चाहती है। मैं सिर्फ चार दिन की कैजुअल लीव दे सकता हूँ। अर्न लीव का पॉवर आपको है। इसलिए ये आपसे...।' थाना प्रभारी शर्मा ने बात स्पष्ट की।

'कहाँ जाने का प्रोग्राम है?' अंकिता ने मुसकुराकर पूछा।

जबाब में वह कुछ नहीं बोली, हल्का सा सिर नीचा कर लिया था। बड़ो के आगे हनीमून की बात करने में शायद उसे शर्म लग रही थी।

'कोई बात नहीं, मत बताओ।'

'इसे जाने दीजिए सर! अभी-अभी शादी हुई है, घूम फिर आयेगी। जिंदगी में ऐसे मौके बार-बार नहीं आते। एप्लीकेशन मुझे फारवर्ड कर दीजिएगा। मेरी तरफ से इसकी छुट्टी स्वीकृत मानी जाये।'

'थैंक्स मैम।' वह बहुत धीरे से बोली थी, पता नहीं अंकिता ने सुना या नहीं सुना, मुझे तो साफ सुनाई दिया था।

मैं अंकिता को स्कूटर में बैठाकर कॉलोनी की तरफ चल पड़ा था। चलते-चलते सोच रहा था कि दुनिया के रंगमंच में कितनी तरह के किरदारों को जीना पड़ता है। अंकिता जो अब तक चुलबुली और हँसोड़ लड़की लग रही थी, वह इतनी जिम्मेदार, सहृदय और गम्भीर भी होगी, सोचा ही नहीं था।

'आए एम वेरी सॉरी, जीजू!! उन दोनों की शक्ल देखकर मैं शिष्टता भूल गयी थी, आपकी मौजूदगी भूल गयी थी।'

'मैं सब समझ रहा हूँ। तुम निहायत नेक दिल की लड़की हो, हर विषम परिस्थियों का मुँह अपनी ओर मोड़ने का माद्दा तुम्हारे पास है। ऐसा हुनर हर किसी को कुदरत अता नहीं करती। लेकिन एक बात बताओ... 'इतनी गंदी गाली का प्रयोग तुम लोग मतलब पुलिस क्यों करती है??'

'एक्चुअली जीजू! धरती का पानी, पवन, अन्न सब दूषित है, इसलिए आदमी की भाषा दूषित है, अचार-विचार दूषित है। ऐसे में दुष्टजनों के साथ उन्हीं की भाषा में बात करना पुलिस की मजबूरी है। उन लड़कों को देखकर मुझे इतनी जोर से गुस्सा आ गया था की आपकी और बुजुर्ग शर्मा सर की उपस्थिति भूल गयी थी। सॉरी जीजू।'

'नहीं! तुम्हारी शिकायत तुम्हारी दीदी के करुँगा, उसे बताऊँगा की अंकिता गाली का प्रयोग करती है।'

'ओके! बता देना, वो जानती है, पुलिस की भाषा।'

'एक चीज पूछूँ जीजू' आपसे। कसम से सच-सच बताना क्या जागृति यकीनन बहुत खूबसूरत है??'

'ऐसा नहीं... वाह्य तौर पर वह उतनी ही सुंदर है, जितनी तुम हो या तुम्हारी वय की और लड़कियां है। सुंदरता की काव्यात्मक विवेचना जो कवियों ने की है, झूठ के सिवा कुछ नहीं है, कोरा गप्प है। मछली या मृग की तरह आंखे, सुराही दार गर्दन, दाड़िम से सख्त उन्नत उरोज, बल खाती हुई पतली कमर, महकता हुआ बदन, सितार के तार सी झंकृत वाणी, झरने के कल-कल निनाद सी हँसी, पूनम की चाँद सा मुँह, कटारीदार चितवन, कश्मीरी सेब की तरह रुखसार, स्याह बदलियों के रंगत के गेसू... सब कवियों की कोरी कल्पनायें है। ये पागल लोग है, घर मे कोई पूछ-परख होती नहीं तो मनगढ़ंत बातें करते रहते है। मेरा बस चले तो इन कपोल कल्पित बातों से समाज में भ्रम फैलाने वाले कवि/शायरों को पचास कोड़े की सजा ठोंक दूँ। अस्ल की सुंदरता तो भीतर की है, जिसकी इमेज चेहरे और आंखों पर उतरती है। इस लिहाज से यह सच है कि जागृति खूबसूरत लड़की है।'

'शाबास जीजू!! सौंदर्य की व्याख्या आपकी निराली है, इस लिहाज से मुझे क्या मानेंगे??'

'मुझे नहीं पता, अपनी दीदी से सवाल करना।'

'नहीं आप बताओ?? वह छोटी बच्ची की तरह मचलकर बोली।

'ठीक है बताता हूँ, पहले जरा ठीक से बैठो...बार-बार स्कूटर डगमगा देती हो। 'तुम भी खूबसूरत हो।' उससे पीछा छुड़ाने की गरज से मैंने कह दिया।

वह खुश हो गयी थी, स्कूटर के बैक मिरर से उसका चेहरा देखकर मैने यही अनुमान लगाया। हम घर के पास पहुँच गये थे, शाम का हल्का धुंधलका सड़को, गलियों में उतरने लगा था, दृश्यता कम होने लगी थी, लेकिन इतनी भी नहीं, के द्वार पर खड़ा बाबा बालकदास पहचान में न आये। वह गेट पर लगी नाम पट्टिका को पढ़ रहा था।

'ओए रंजन!! बहुत लबरा है यार, उस दिन शाम को मिलने को बोला था, आया नहीं वह मुझे दूर से देखते ही बोला??'

'बाबा!! गया था, तुम मिले नहीं तो लौट आया।'

'मैनेजर!! बाबा से झूठ नहीं बोलना।' चिमटा तान कर वह बोला था।

हम लोगो की आहट पाकर सरिता दरवाजा खोल चुकी थी, सरिता को देखते ही बाबा दूर से ही चिमटा बायीं हथेली में ठोंककर चिल्लाया.. 'जय महाकाल भाभी सा।'

'जय महाकाल, आइये!! भीतर चलकर बैठिए। अहोभाग्य जो गौधूली बेला में किसी महात्मा के चरण इस कुटीर में पड़े। घर पवित्र हुआ बाबा! आपके चरण रज से।'

बाबा को लेकर मैं ड्राइंग रूम में आ गया। अंकिता कमरे में चली गयी थी। बाबा कमरे के कोने-कोने में नज़रें दौड़ाकर एक-एक चीज का मुआयना करने लगा था। सोफे, दीवान, सेंटर टेबल, शो-केस में सजाकर रखी तस्वीरें, गुलदस्ते, अलमारी में रखी किताबों को वह किसी अजूबे की तरह आँखे फाड़कर देख रहा था। जैसे वह ऐसी चीजें पहले कभी न देखी हो। फिर वह अपनी जगह से उठा और शो-केश का ग्लास

खिसकाकर मेरी और सरिता की साथ खिंची तस्वीर उठा लाया। मैं अचरज से बाबा की हरकतें देखे जा रहा था, मैं उसके बोलने के इंतज़ार में था कि सुने....'बाबा!! क्या कहता है??

बाबा कुछ बोल नहीं रहा था और मुझे उसके बोलने का बेसब्री से इंतज़ार था। दोनों ही अपनी-अपनी ज़िद में थे। वह वापस तस्वीर रख आया और मेरे नजदीक आकर पुनः बैठ गया। पूजा कक्ष से 'ओम जय जगदीश हरे'

'ओम जय शिव ओंकारा' की सुमधुर, सस्वर आरती गायन की ध्वनि मन मे भक्ति भाव जगाने लगी थी। चिमटा को दूसरी हथेली में पटक-पटक कर बुलंद स्वर में बाबा भी आरती गाकर नाचने लगा, उसकी मस्ती देखकर मैं समझ गया कि यह पहले से ही भाँग की चार गोली गटक कर आया है। आरती पश्चात सरिता 'प्रसाद' लेकर आयी हुई थी। सरिता को देखकर बाबा ने कहा....भाभी!! मेरे लिए खाना मत बनाइयेग, बस थोड़ी देर बैठ लीजिए, फिर मुझे जाना भी है।

'अब रात में कहाँ जाएंगे, यही रुक जाइये, खाना जो कहेंगे बना दूँगी।'

'आज नहीं।'

'वो लड़की नहीं दिख रही??' ठहर कर बाबा ने पूछा।

मैं समझ गया के वह अंकिता को पूछ रहा है, सरिता से मैंने कहा कि अंकिता को बुला लो। अंकिता को बुला लिया गया था।

'ये मेरी ममेरी बहन अंकिता है। पुलिस इंस्पेक्टर है, और कर्वी थाना में पदस्थ है।' सरिता ने बिना पूछे ही सभी संभावित प्रश्नों के उत्तर दे दिए।

'बाबा!! एक बात बताओ पहले मिलते थे तो जय श्री सीताराम या जय कामता नाथ की कहते थे, लेकिन इस बार तुम 'जय महाकाल' कह कर मिले??'

'सीधी सी बात है, मैं तुम्हे मैनेजर कभी रंजन कभी बच्चा बोल देता हूँ, तुम बदल तो नहीं जाते। ये सब एक ही चीज के नाम है, जब जैसा मन हुआ बोल देता हूँ।'

बाबा का जबाब कुछ नया नहीं था, सभी तो ऐसा बोलते है। वह अब फिर से इधर-उधर ताकने लगा था, कभी छत के सीलिंग फैन को कभी फर्स की रंगीन टाइल्स को। अचानक वह अपनी जगह से उठा और हाल का एक चक्कर मार कर सरिता के सामने खड़ा होकर बोला...'भाभी!! आप झूठ नहीं बोल सकती?'

'आप कहना क्या चाहते है?' सरिता ने पूछा।

'भगवान राम के पावन धाम चित्रकूट की भूमि में खड़ी पाँच सौ घरों की आवासीय कालोनी 'प्रेमालय' में भगवान राम, परम पूज्य स्नेही भ्राता लक्ष्मण और माता जानकी के दिये हुए संस्कार यहाँ रहने वालों के दिलो में क्यों नहीं दिख रहे है??'

'क्या हुआ बाबा!! हमसे कोई भूल हुई?'

'नहीं भाभी सा.!! आप की बात नहीं कर रहा हूँ, दरअसल जब मैं आपका घर ढूढ़ रहा था, तब मुझे कई ऐसे चेहरे मिले, जिनकी आँखे संवेदना शून्य, हृदय में प्रेम, सद्भाव, परोपकार की जगह रागद्वेष, ईर्ष्या देखी।

'यह तो युग का प्रभाव है, बाबा!! क्या करेंगे, अपराध का ग्राफ इसीलिए टॉप पर है।' बहुत देर से चुप बैठी अंकिता बोली।

'कल मिलोगे न??' बाबा का प्रश्न मुझसे था।

'मिल लेगें, कल कुछ खास है क्या??'

'हाँ!! तुम्है बताना भूल गया, मैं बाबा भोलेनाथ की नगरी काशी गया हुआ था, आज ही आया हूँ, भोलेनाथ की तरफ से मुझे कुछ संकेत मिले है।'

'बताओ न क्या संकेत दिए है भोलेनाथ ने??' उत्सुकतावश मैंने पूछा।

'कल से मैं सायं तीन बजे से रामघाट में लोगों को भोलेनाथ का संदेश सुनाया करूँगा। कल समय निकाल के आ जाना, भाभी सा आप लोग भी यदि आ सकें तो बहुत अच्छा लगेगा।'

'जी जरूर आने की कोशिश करुँगी।' सरिता ने संक्षिप्त जबाब दिया। कल मैं आऊँगी दीदी को साथ में लेकर मुझे आपके विचार सुनने की जिज्ञासा है।' अंकिता ने यह कहकर जाने का प्रोग्राम पक्का कर दिया।

चिमटा और थैला उठाकर बाबा बालकदास अचानक चलने को उद्यत हो गया। बार-बार मेरे और सरिता के रोकने के बावजूद भी बाबा बालकदास रुकने को तैयार नहीं हुआ, तब उसे रामघाट तक छोड़ने के लिए मैं स्कूटर स्टार्ट कर चल पड़ा था।

15

बैंक में आज सामान्य से ज्यादा लोग आये हुये थे। साप्ताहिक अवकाश के बाद का प्रथम दिन वैसे भी भीड़ वाला दिन होता है। इनके अलावा वे लोग भी आये हुए थे जिन्होंने इंदिरा आवास योजना के लिए ऋण आवेदन तैयार करवाये थे। उन लोगो को यह समझाकर मैंने लौटा दिया था कि...'दो तीन दिन के भीतर सबके आवेदन पत्र प्रथमतया चेक करूँगा, फिर जो पता आप लोगों ने आवेदन पत्र में लिखाया होगा, उस पते की तस्दीक के लिए सबके घर आना है। इसके बाद ही ऋण की प्रक्रिया चालू होगी।'

वे लोग संतुष्ट मन से चले गये थे, सिवा उसके जो उन सब को साथ लेकर आया हुआ था, उसकी बात-चीत से मुझे लगा कि वह दलाली-पेशा आदमी है। जानबूझकर मैंने उसको कतई तरजीह नहीं दी। ताकि उन जरूरतमंद लोगों को अपने मसीहा की औकात का पता चल जाये।

'कब तक में हो जायेगा साब??' जाते-जाते वह पूछ गया था।

'शीघ्र करेंगे....मुझे आपसे ज्यादा फिक्र है।' जाहिर है वह मेरे उत्तर से प्रसन्न नहीं हुआ होगा। अब शांत चित्त से सोचता हूँ तो लगता है, सबकी निजी जरूरतें है। जरूरतें जब तक खुद के प्रयासों से पूरी होती

रहै, तब तक सब ठीक है, अन्यान्य आश्रित होने पर जरूरत समस्या का रूप धारण कर लेती है। अनेक बे-सिर-पैर के सवाल जेहन में उतार कर आदमी की दिनचर्या प्रभावित कर देते है। आदमी को बीमार बना देती है। जीवन में शांति जरूरतों की सीमा तय करने में निहित है, विस्तार से अशांति का आना निश्चित है। उस व्यक्ति ने अपनी जरूरतों के लिए दलाली का पेशा चुना है और वे लोग जो इसे साथ लेकर आये हुए थे, इसके आश्रित है। उनकी जरूरतें इसी व्यक्ति के माध्यम के पूरी हो सकती है। इस तरह के वातावरण के निर्माण में सरकारी सिस्टम का बहुत बड़ा योगदान है। इस तरह से आज के परिवेश में दलाली करना प्राइवेट जॉब के रूप में चिन्हित है। भ्रष्ट सरकारी तंत्र से जनता को जोड़ने वाला दलाल महत्वपूर्ण व्यक्ति होता है। इसकी मौजूदगी पंचायत से लेकर संसद तक है। आज की तारीख में यह महत्वपूर्ण, प्रतिष्ठित सामाजिक कार्यकर्ता भी है। इसकी दखलंदाजी वगैर कोई भी काम होना कठिन सा हो गया है। चाहे वह काम कचहरी-तहसील का हो, बैंक, बीमा, डाकघर या थाना-पुलिस का हो, सब जगह दलाल की जरूरत है। इस लिहाज से दलाल व्यक्ति का पारिश्रमिक तो बनता ही है। मेरी समझ मे अब दलाली गलत नहीं है। मैंने भी अब तय कर लिया है कि जब भी वह आएगा, उसको तरजीह जरूर दूँगा। आधी कप चाय और उसके नमस्ते का आंख मिलाकर जबाब देने भर से वह खुश हो जाने वाला जीव है। मेरी भी मदद हो जाएगी और उसकी आर्थिक इमदाद हो जाएगी। अन्यथा मुझे न तो लल्लू का घर मिलेगा न जगधर का। बदले में जो पारिश्रमिक उनके बीच तय हुआ होगा लेता रहेगा। मुझे क्या?? मुझे तो तनखाह से अलग कुछ नहीं चाहिए, फिर दूसरे की थाली में परोसी दाल अड़ाने से क्या फायदा?? मेरी समस्या का हल मिल गया था। मैंने आवेदनों को गिना तो पच्चीस की संख्या आई, लाभार्थी दो या तीन गाँवो से थे। अगले हफ्ते इन सबका निराकरण हो आयेगा। कुर्सी में बैठे-बैठे दो घण्टे से ज्यादा समय बीत गया था। किरण अपने काम मे मुस्तैद थी। लगभग सभी कर्स्टमर काम से फारिग होकर चले गये थे। वह शायद अकाउंट मिलाने में मश्गूल थी। मैंने बात करने की गरज़ से उसे

आवाज़ दी...'कुछ जरूरी काम में लगी हो क्या??'

'कुछ काम नहीं, वैसे ही सर्कुलर रीड कर रही थी।' तभी परिसर में आकर एक मोटर साइकिल रुकी। सवार युवक तेजी के साथ काला बैग उठाये भीतर प्रवेश किया और मुझे नमस्ते कहकर मेरे सामने बैठ गया।

'सर! दस और एप्लीकेशन आवास योजना के लाया हूँ।'

'आप??'

'मेरे सवाल पर वह गड़बड़ाया फिर संयत होकर बोला...'सॉरी सर, मेरा नाम जगवीर सिंह है। अम बइसे रतलाम जिले से आता है, वट मेरे पादर बाँदा में सेटल्ड है। अम इदर कलेक्ट्रेट में बाबू है।'

बातचीत के तौर-तरीके और शक्ल-ओ-सूरत की मैचिंग से मुझे उसके किरण की विरादरी का होने का अनुमान हुआ। मैं उसे लेकर बहुत कुछ जोड़ने घटाने लगा। मुझसे आवेदनो की पावती लेकर वह गेट से बाहर निकल चुका था। वह मोटर साइकिल स्टार्ट कर ही रहा था कि मैं भी पहुँच गया।

'कुछ बात करनी थी आपसे??'

'जी सर।'

'शादी हो गई आपकी??' सीधे मुद्दे पर बात करना मुझे ठीक लगा। वह युवक पहले शरमाया फिर बड़े अदब से बोला...'नई जी।'

'आदिवासी है आप।'

'जी।'

'माफ करिएगा, मेरी बात अटपटी लगी होगी आपको, लेकिन क्या करें, समय की तुलना में बात ज्यादा होती है, इसलिए सीधे-सीधे बोलने की आदत सी पड़ गई है। दरअसल वो मैडम है, अभी अनमैरिड है, बहुत दिनों से उनकी विरादरी का मैच तलाश रहा हूँ। इत्तफ़ाकन आपसे मुलाकात हो गयी। सो बोल दिया।'

'वो मेरी कॉस्ट का है??'

'हाँ।' आप ही की कॉस्ट की मैडम है आप पसन्द करते हों तो जिक्र चलाया जाए।' उसकी आँखों में झांककर मैंने कहा।

'वो मैडम अमे अच्छा लगता है, वट ओ बैंक मैनेजर है, अम छोटे से क्लर्क से मैरिज करेगा?'

उसकी बातों से मुझे अपना लक्ष्य स्पष्ट दिखने लगा था। मैं उसे दोबारा बैंक के भीतर ले आया। सुना था कि प्रेम की गली पेट से होकर आगे बढ़ती है, इसलिए उसका समोसा, चटनी चाय से स्वागत भी किया, इस बीच वह किरण को भी देखता रहा। मैंने दोनों का आपस मे परिचय भी करा दिया। वह अब जाने को तैयार था, मैं उसे बाहर तक छोड़ने आया। तब उसने कहा...सर!! आप मैडम से पूछ लो, मुझे वो पसंद है। अगर मैडम ओके करता है, तो बाँदा से पेरेंट को अम बुला लेगा। मैरिज हो जाएगा सर। मेरी तरफ से ओक्के समझो आप।'

मुझे एक बड़ी खुशी देकर जगवीर सिंह चला गया था। किरण की शादी से यकीनन मुझे बहुत खुशी मिलेगी। कम्प्यूटर से नजर हटाकर मैंने किरण को देखा, वह भी मुझे देख रही थी, निगाहै चार होते ही वह झेंप गई।

'जगवीर कैसा लगा??' दूर से ही मैंने किरण से पूछा।

'कौन जगवीर??' वह निकट आकर पूछी।

'अभी जो आवास योजना के पेपर देकर गया है। वही जगवीर है। वो तुम्हारी विरादरी का है, तुम्है बहुत लाइक कहता है। मैरिज करोगी उससे??'

'तभी वो अमे गूरकर देख रहा था।' शर्माकर किरण बोली। उसकी आँखों की भाषा मैंने पढ़ ली थी। किरण की तरफ से हाँ के बिम्ब घूमती हुई भूरी पुतलियों में स्थिर थे।

'कुछ बताओ मुझे।' मैंने उससे फिर पूछा।

'टीक है सर..वो गुड नेचर लगता है, वट आप मेरा गार्जियन है, फाइनल डिसीजन आपका होगा।'

किरण को अब तक की सारी बातें मैंने बता दी थी। उसकी तरफ से मुझे पूरा समर्थन मिल गया था। एक बात उसकी जरूर दिल को छू गई... जब उसने यह कहा कि मेरी मैरिज से दउआ (पिता) बहुत कुश होगा, जब उसे पता लगेगा कि किरण किसी गैर विरादरी के लरके से शादी नहीं बना रही है। वो बोलेगा...'बेटी ने पगरी की लाज रख ली, वो जात विरादरी में सीना तान कर कहेगा... अमारी बिटिया विरादरी के बड़े घर मे जोड़ा की है।'

शाम के पाँच का समय हो चला था। मुझे याद आया की बाबा बालकदास राम घाट तिराहे पर आज सायं-काल प्रवचन करने को बोला है। यद्यपि मेरी रुचि प्रवचन, भाषण से समाप्तप्राय सी है। आज जो सवालात है, उनके जबाब पण्डित, पुरोहितों के पास नहीं है, न धर्मशास्त्रों के पास है। वे सब रटी-रटायी बातें जानते है। लेकिन बाबा को सुनने की जरूर उत्सुकता थी। देखें वह परम्परा से हटकर कौन सा नया संदेश सुनाने जा रहा है। वैसे मुझे बाबा के वाक-चातुर्य और ज्ञान पर रत्ती भर संदेह नहीं है। किरण को बताकर मैं राम घाट तरफ आ गया। तिराहे पर भीड़ थी, बहुत से लोग बाबा को सुनने जमा हो गए थे। मैं भी एक खाली जगह लेकर खड़ा हो गया।

बाबा बालक दास खड़े-खड़े ही बोल रहा था, किसी कृपालु ने माइक का इंतज़ाम जरूर करा दिया था। बाबा की गुरु-गम्भीर ओजमयी वाणी सुदूर तक प्रचारित हो रही थी। बहुत से लोग घर की छतों में बैठकर बाबा को सुन रहे थे। उसकी भाल पर आज रामानन्दी चंदन की जगह त्रिपुंड की तीन रेखाएं शोभायमान हो रहीं थी। बाबा की जादुई आवाज हर किसी के कान के रास्ते दिलों तक उतर रही थी। वह कह रहा था.... मुझे सख्त अफ़सोस है, लोगों की समझ और अधकचरे ज्ञान पर। कल मैं महाकाल की नगरी उज्जयनी से लौटा हूँ। वहाँ मैंने एक दर्शनार्थी से पूछा, जो मध्यप्रदेश

से चलकर सपरिवार पहुँचे थे...'किसका दर्शन किया आपने??

वे चिढ़कर बोले...'महाकाल भगवान का, और किसका।'

'महाकाल शिव तो वहाँ थे नहीं। उनके हाथ-पाँव है, भाल में चंद्रमा और नील ग्रीवा में नाग देव विराजमान है, प्रत्यक्ष सामने नन्दी है, ऐसा तो कुछ वहाँ है नहीं?? फिर किसका दर्शन किया आपने??'

उन्होंने कोई जबाब नहीं दिया, वे आँखे तरेरते हुये भीड़ में गुम हो गये। वे जबाब भी क्या देते?? उनके पास जबाब था ही नहीं। वे दर्शन तो कर आये लेकिन कभी शिवलिंग को समझने की चेष्टा तो। किये ही नहीं।'

बाबा तनिक ठहरा फिर गला साफ करते हुये आगे बोला....'बड़े खेद का विषय है, जब हम पढ़े लिखे और समझदार लोग भी यथार्थ से अनभिज्ञ होते है। संस्कृत सब भाषाओं की जननी है। इसके अनुसार लिंग का आशय चिन्ह या प्रतीक है। शिवलिग अर्थात शिव का प्रतीक। शून्य, गगन, ब्रह्मांड और निराकार परम पुरुष का प्रतीक होने की वजह से इसे शिवलिंग कहा गया। स्कन्दपुराण के अनुसार आकाश स्वयं लिंग है। शिवलिंग का अर्थ अनन्त भी है, जिसका कोई न तो अंत है, न शुरुआत है।

शिवलिंग के अर्थ का अनर्थ भाषा रूपांतरकारों, भ्रमित लोगों और अंग्रेजों द्वारा की गई गलत व्याख्या से हुआ है। ब्रह्माण्ड में दो ही चीजें गोचर है...ऊर्जा और पदार्थ। इसलिए शिव पदार्थ और शक्ति ऊर्जा प्रतीक बनकर शिवलिंग कहे जाते है। शिवलिंग भगवान शिव और देवी शक्ति माता पार्वती का आदि-अनादि एकल रूप है।

बाबा बालकदास की जादुई आवाज को हर कोई मंत्र मुग्ध होकर सुन रहा था। वे मेरे आने के पहले से बोल रहे थे। कण्ठ शुष्क को चला था, इशारा पाकर किसी ने उन्हे गिलास में पानी दिया, वे पानी पीकर आगे कहे...' बहुत सी बातें हमारे बीच में यथार्थरूपेण व्याख्यायित न हो पाने के कारण संशय की स्थिति में है। यदि आप लोग जानने-समझने की इच्छा रखते है, तो जो भी गुणीजनों से मुझे प्राप्त हुआ है, उसे बाँटने में मुझे

बहुत खुशी होगी।

एक अन्य महत्वपूर्ण विषय पर जिक्र करने की मुझे जरूरत लगती है। वह है सुंदरता। आधुनिक समाज में खासकर सुंदरता को लेकर हमारी युवा पीढ़ी कुछ अधिक ही भ्रमित है। हर कोई सुंदर दिखने-दिखाने की होड़ में शामिल है। अरब-खरब रुपयों का व्यापार केवल सुंदर बनाने में चल रहा है। वह जरूरी वक्त जो भविष्य तैयार करने के काम मे आना चाहिए, वह चेहरे को सुंदर बनाने में बीता जा रहा है। तरह-तरह के क्रीम, पाउडर, परफ्यूम, साबुन और भी न जाने क्या-क्या बाजार परोस रहे है। और हमारे युवा उस बाजार के महत्वपूर्ण उपभोक्ता है। कभी इत्र का जोर था, पूरा कन्नौज शहर इत्र की खुशबू से महकता था। गांव, मुहल्लों में इत्र वाले के आने की आहट हवायें देती थी। आज फूलों का वह विशुद्ध कारोबार लुप्तप्राय है।

बाबा का गला शुष्क होने चला था। किसी ने फिर से एक गिलास पानी की व्यवस्था कर दी थी, पानी पीने से बाबा का स्वर यंत्र फिर से काम करने लगा।

देखिए मैं किसी को क्रीम, पाउडर, साबुन और केमिकल मिश्रित महकते तेल के इस्तेमाल से रोक नहीं रहा हूँ। आप स्व विवेक से उचित-अनुचित को स्वयं तय करिये। यह मेरी चर्चा का विषय भी नहीं है। मैं तो सुंदरता को परिभाषित करना चाहता हूँ...प्रश्न उठता है कि सुंदरता क्या है?? मेरी नजर में सुंदरता वह है जो आँखों के चित्र उतारते ही मन को अपनी तरफ खींच ले। सुंदरता की कारक कोई भी वस्तु हो सकती है, यथा पुष्प, स्थान, नदी झरना या कोई भी जड़ चेतन। सौंदर्य को दो खण्डों में बाँटकर देखिए। एक बाह्य और दूसरा आंतरिक। बाह्य सुंदरता सहज ही गोचर और प्रकृति प्रदत्त है, समय गुजरने के साथ या यूँ कहिये आयु बढ़ने के साथ-साथ बाह्य सौंदर्य में ह्रास या परिवर्तन होता है। इसमें किसी का कोई जोर नहीं चलता है। प्रकृति के कड़े नियमों के ख़िलाफ़ जाने की किसी की औकात नहीं है। इसलिए इसे बहुत सजाने-संवारने की जरूरत

नहीं है, चेहरे पर केमिकल की परत चढ़ा लेने से, कोई सुंदर नहीं हो सकता है। बालों में सियाह रंग चढ़ा देने भर से किसी की नौजवानी नहीं लौटती। आजतक साइंस ऐसा कोई नुस्खा नहीं बना पाया है जो उम्र की रफ्तार रोक सके, फिर आदमी केमिकल्स निर्मित रंग-रोगन का इस्तेमाल करके क्यों अपनी बॉडी को क्षति पहुँचा रहा है?? 'कृपया इनसे बचिये, ये नुकसान पहुँचाने के अलावा किसी फायदे के नहीं है।

दूसरी सुंदरता हमारे भीतर की है। यह हमारे चाल-चलन और भावनाओं और विचारों में समादृत है। इस तरह से बाहर-भीतर दोनों तरफ से हम सुंदर है। यदि हमारी वाणी में कोमलता है, विचारों में पवित्रता है, हमारे बोलने, चलने का ढंग सलीके का है, हमारी भीतर पराए हिस्से की पीड़ा को महसूसने का भाव है। जरूरतमंद की मदद का जज्बा है, विपरीत परिस्थियों में विवेक से काम लेने का हुनर है, तो निःसन्देह हम खूबसूरत है।

सुंदरता का आशय मानव के सारे आंतरिक विचारों और बाह्य बनावट से है। मानव की सुंदरता जिम्मेदारियों के निर्वहन से भी तय होती है। यदि आप अपने घर-परिवार, मित्रों, और समाज के हर तबके से आने वाले लोगो के प्रति अपनी जिम्मेवारी तय करते है, हर धर्म के प्रति सद्भाव रखते है तो यकीनन आप सुंदर हैं। सार रूप से अगर कहे तो आपने भले ही वेद-पुराण नहीं पड़े है, आम बोलचाल के अलावा किसी अन्य भाषा के जानकार नहीं है, लेकिन यदि आपमें ईमानदारी, जिम्मेदारी, मेहनत और सत्य भाषण के गुण है, तो निश्चित ही आप अति सुंदर है। सुंदरता में आपका कोई मुकाबला नहीं है। शारीरिक सौष्ठव के बावजूद यदि किसी में भीतरी सुंदरता नहीं है, तो निश्चय ही उससे बड़ा कुरूप कोई नहीं आ। सुंदरता के साथ ही एक और गुण का जिक्र बनता है। वह है 'प्रेम' का। आज समयाभाव की वजह से सिर्फ इतना कहूँगा 'प्रेम ही वह पाथेय है जिसके सहारे जीवन यात्रा सुगमता से तय कर सकते है।' यह वृहद सब्जेक्ट है, इस पर चर्चा अगले दिन करूँगा। प्रेम निराकार है, संरचना विहीन है।

प्रेम महसूस करने का भाव है, परिभाषित करने का विषय नहीं है। हमारे धर्म ग्रन्थ, किताबें और साधु-संत सदैव से उस प्रेम को महसूसने की बात करते आ रहे है।

लेकिन महसूस कैसे करें?? कौन से वे सुगम तरीके है जो दिलों के बीच की दूरियों को खत्म करके प्रेम की अनुभूति करा सकते है। दुर्भाग्य देखिए आज हमें किताबों के पन्नो में दर्ज प्रेम की भाषा को किसी ने हमारी बोल-चाल की भाषा में समझाने की कोशिश नहीं की। अज्ञानतावश हम उन किताबों के जिल्द की पूजा करने लगे, उन स्वनामधन्य उपदेशक पण्डितों की चरण बंदना करने लग गए जो उन किताबों के लिखे प्रेम के मर्म को हमें समझा नहीं सके, उनकी गलत व्याख्या से हम असत्य को सत्य समझ लिए, सत्य जहाँ का तहां धरा का धरा रह गया। बहुत से योग्य और जानकर भी है, लेकिन उनकी काबिलियत किस काम की, जब वे कुछ बोलते ही नही। शायद वे नहीं चाहते है कि यथार्थ का वितरण जन-जन तक पहुँच पाये। कदाचित उन्हे डर है कि कहीं और लोग भी मेरे लेबल के ज्ञाता हो गए तो मुझे कौन पूछेगा??'

मुझे ताज्जुब होता है...क्या ऐसा कोई नहीं है ओ आगे आकर आकर सवाल उठाए...'कौन सा वह तत्व है जो सारे भुवन में व्याप्त है?' कौन सा वह प्रतिदान है, जो बदले में कुछ नहीं चाहता?? कौन सी वह शक्ति है जो अपार पीड़ा के मुश्किल क्षणों में भी सम्बल देती है?? प्रत्युत्तर में कोई चीख-चीख कहे...'वह सिर्फ और सिर्फ प्रेम है।'

आज के लिए बस इतना ही। कल विस्तार से चर्चा की जाएगी। प्रेम, जो महसूस करने की चीज कही गयी है, उसे प्रथमतः जानने-समझने की कोशिश होनी चाहिए महसूस होना या न होना व्यक्ति की प्रकृति पर और उस विषय पर उस व्यक्ति की आंतरिक संलिप्तता पर निर्भर करता है।

भीड़ बहुत हो गयी थी, उम्मीद से अधिक लोग बाबा को सुनने के लिए राह चलते हुए ठहर गये थे। यातायात बाधित होने लगा था, व्यवस्था के लिए पुलिस आ गयी थी। बाबा को मजबूरन प्रेम प्रसंग को कल तक

के लिए स्थगित करना पड़ा। मैंने स्कूटर सड़क किनारे ही खड़ी की थी, इसलिए निकालने में कोई असुविधा नहीं हुई। मन में मलाल जरूर रहा कि बाबा से मुलाकात किये बिना ही मैं घर आ गया था।

सरिता सांध्य आरती में निमग्न थी। उसे मेरे घर पहुँचने का आभास नहीं हुआ। कमरे में जाकर मैंने वस्त्र बदले और सोफे में आकर बैठ गया।

'अरे!! आप आ गये??'

'हाँ। तुम आरती कर रही थी।'

'बाबा का व्याख्यान सुनने नहीं गयी??'

'कैसे जाती...अंकिता को साथ में चलना था। तीन बजे उसका फोन आ गया....' दीदी!! दो-चार रोज के लिए मैं बाहर जा रही हूँ। आज ही निकलना है।'

'कहाँ गयी है?'

'बताया नहीं।'

'बाबा बहुत धांसू बोलता है।'

मेरी बात पर सरिता ने शायद ध्यान नहीं दिया, वह किचेन में चली गयी थी। मेरे वास्ते पानी लेने। जब वह पानी लेकर लौटी तब मैंने उसे बैठने को कहा। 'कुछ कहना है क्या?' वह बैठते हुये बोली।

'नहीं कहना कुछ नहीं है, देखना भर है।'

'क्या??'

'तुम्हारी सुंदरता।' मुस्कुराते हुये मैने कहा।

'यदि किसी का तन और मन दोनों सुंदर हो, तो उसे क्या कहेंगे??' उसके उत्तर की प्रतीक्षा किये बिना ही पुनः प्रश्न कर दिया।

'मेरी सुंदरता और मेरा अस्तित्व आपके साथ है, आपके बिना सरिता के जल में रवानी नहीं रहेगी। अदृश्य में नीरवता बुनती शून्यता के अशांत

ठहराव के अलावा कुछ भी नहीं बचेगा।'

'ज्यादा इल्म तो मुझे नहीं है, लेकिन यह सच है 'पुरुष नारी बिना अधूरा है।'

पुरुष सिर्फ जड़ तत्व है, प्राण तत्व नारी में निहित है।'

'अच्छा अब समझ गयी...दोनों तत्वों के नियोग से जीवन की व्युत्पत्ति होती है। सरिता मेरे सन्निकट आ गयी थी, उसकी साँसों की हरारत से समूचे जिस्म में आंच सी महसूस होने लगी थी। उसकी आँखें शरीर का पूरा वजन मुझे सौंपने को तत्पर लग रहीं थी। मेरे बाजूओं ने भी उसके आमंत्रण को सहर्ष स्वीकार कर लिया था।

'और क्या कहा बाबा ने??' तप्त ओठों की छुअन देती हुई वह बोली।

'सौंदर्य को परिभाषित किया आज बाबा ने।' मैंने बताया।

'इसीलिए आप मुझमें सौंदर्य तलाश रहे थे।'

मैं जबाब देता कि डोर बेल पूरे लय से गा उठी...'चल छैयां-छैयां-छैयां-छैयां।'

16

मैंने द्वार खोलकर देखा, बाजू के फ्लैट में रहने वाले दत्ता साहब लुंगी और बनियान में खड़े थे। 'आइये सर??' मैंने सादर कहा।

'बैठना नहीं है...'क्या आपने सुना नहीं??' वे साश्चर्य बोले।

'क्या??'

'अरे!! रंजन बाबू!! दायें-बायें आंख-कान घुमाकर चला करो। आपको पता नहीं है, रामचेला का मर्डर हो गया। बॉडी घर आयी हुई है। कॉलोनी की बात है जी!! चलिए उनके घर तक हो आया जाये।'

'ये कब और कैसे हुआ??'

'मुझे ज्यादा पता नहीं है, चलो चलते है, वहीं कैफ़ियत मिल जायेगी। दत्ता साहब मुझे इतना बताकर आपके घर की तरफ मुड़ गये थे।

सरिता को बताकर दत्ता साहब के साथ मैं उनके घर आ गया था। रामचेला का फ्लेट दूसरी लेन पर था। मुझे उनके बारे में ज्यादा जानकारी तो नहीं थी, लेकिन ऐसा सुना था कि रामचेला का पिछला रिकॉर्ड आपराधिक गतिविधियों से जुड़ा था। अब वे प्रॉपर्टी डीलिंग का कारोबार देखते थे। सफेद धोती के ऊपर अर्द्ध आस्तीन का कुर्ता और बड़ी-बड़ी अधपकी मूंछें, चेहरे में जख्मों के निशान की वजह से उनकी अलग पहचान

थी। घर के बाहर उनकी बॉडी रखी गयी थी। कॉलोनी से और बाहर से लोग उनके अंतिम दर्शन को आये हुए थे। एक तरह से लोगों के बीच खामोशी पसरी थी। लोग दहशत में थे या दुःख में समझ नहीं आ रहा था। सिर्फ इतना मालुम हुआ कि कल रात से वह घर नहीं आये थे, फोन भी उनका बंद रहा। आज उनकी डेड बॉडी मझगवां के जंगल से पुलिस ले आयी थी। उन्हे गोली मार कर फेंक दिया गया था।

औपचारिकता पूरी कर हम लौट चले थे। रास्ते में मैंने रामचेला के मर्डर की वजह दत्ता जी से पूछी। वे तनिक बौखलाकर बोले थे...'यार!! बहुत से कारण हो सकते है, प्रॉपर्टी डीलर था, रहा होगा कोई बीच का लेन-देन। सो हिसाब-किताब बराबर कर लिए होंगे उसी के गोतियो ने।'

'सुना है रामचेला के कई औरतों से नाज़ायज सम्बन्ध थे।' दत्ता जी तनिक ठहर कर बोले।

'हो सकता है।' मैंने कहा।

थोड़ी दूर और चलने पर बड़ा चौराहा आ गया। दूधिया रोशनी में नहाया हुआ बड़ा पार्क आज खाली था। चौराहे पर भी आड़े-तिरछे खड़े हुये लोग एक दूसरे का कान फूँकते हुये शाम को अक्सर दिख जाया करते थे। आज ये लोग भी घर से नहीं निकले थे। यहाँ भी सन्नाटा पसरा हुआ था। चलते हुये दत्ता साहब रुककर मुझसे बोले...रंजन बाबू!! 'चलो गेट के बाहर की दूकान से एक-एक सिगरेट फूँक कर आएं।'

'मैं सिगरेट नहीं पीता।' मैंने कहा।

'ज्यादा बनो नहीं...हम बैंक वाले है एक दूसरे की आदत जानते है। ठीक है मत पीना, चलो तो सही रोड तक।'

'नहीं। मुझे मत ले जाइए, वाइफ घर मे अकेली है। मुझे घर जाना चाहिए।'

'हिमांशु दत्ता भी बैंक इम्प्लाई है। यहाँ से लगभग बीस किलोमीटर दूर भारतीय स्टेट बैंक की शाखा शिवरामपुर में शाखा प्रबंधक है। वह मेरे

सबसे सन्निकट के पड़ोसी है। लेकिन अपने ताल्लुकात बहुत सीमित है। खास मौकों को छोड़कर हमारी मुलाकात नहीं होती है।

'रंजन बाबू!! आप पत्नी से क्यों इतना डरते है? वे आपका मुँह थोड़ी सूंघने आएंगी।'

'मैं सिगरेट नहीं पीता हूँ, यह आपको बता चुका हूँ। फिर क्यों जोर दे रहे है।' मैं झुंझलाकर बोला।

'अरे यार!! नाहक गरम हो रहे हो भाई। अच्छा एक बात बताओ??' अपने सर के घुँघराले बालों में उँगली फेरते हुये वे बोले।

'जी कहिये।'

'जागृति क्या सच में प्रेग्नेंट थी??' कुटिल मुस्कान के साथ वे बोले।

दत्ता के प्रश्न से मुझे बहुत जोर का गुस्सा आया, जी में आया उसके मुँह में थूक दूँ, लेकिन हालात के मद्देनजर खामोश रह गया।

दत्ता को उसी जगह छोड़कर मैं तेज कदमों से घर की तरफ बढ़ चला था। सरिता मेरा इंतज़ार कर रही थी। मैं उससे बिना बोले हुये कमरे में जाकर कपड़े बदलने लगा। पीछे से सरिता भी आ गयी थी। आते ही उसने रामचेला की मृत्यु के विषय में जानना चाहा, मैंने वो सब बता दिया जो कमोवेश उसके यहाँ से मुझे मालुम हुआ था। भीतर का गुस्सा मेरे चेहरे पर अभाषित था, जिसे सरिता ने पढ़ लिया। उसने पूछ ही लिया... 'परेशान लग रहे है, क्या बात है??'

'बात कुछ नहीं है। ये दत्ता बहुत घृणित सोच का आदमी है। ये मुझे गेट से बाहर चलकर सिगरेट पीने को बोल रहा था। मैंने उसे बताया कि मैं सिगरेट नहीं पीता, तब उसने मुझसे पूछा...'क्या जागृति प्रेग्नेंट थी??'

'तो आपके गुस्से की वजह दत्ता है। आप कुछ न बोले होंगे?'

'कुछ नहीं कहा मैंने, उसे चौराहे में छोड़कर आ गया हूँ।'

'जानती हूँ न...आपने ठीक किया। इन लोगो की गन्दी सोच का कोई

इलाज नहीं है। इन्है अपनी फूटी आँख नहीं दिखती है। वह यह भूल गया की उसकी बेटी गये साल पन्द्रह दिन तक घर से लापता रही थी। लेकिन अपने से क्या मतलब?? सबकी अपनी निजी जिंदगी है, अपनी तरह से जीने को हर कोई स्वतंत्र है। आप कतई टेंशन न लें, फ्रेश हो आइये। मैं रोटी सेंकने जा रही हूँ।

'आज लान में बैठकर खाएंगे।'

'ठीक है।' संक्षित उत्तर देकर सरिता किचेन में चली गयी।

लान में बैठकर खाना अच्छा लग रहा था। मुझे अच्छी तरह याद है, मुझे खिलाने के बाद ही सरिता सदैव भोजन करती है। आज वह पहली बार मेरे आग्रह पर साथ में बैठकर भोजन कर रही थी। सड़क में जल रही ट्यूब लाइट का दूधिया मद्धिम प्रकाश आंखों को बहुत भला लग रहा था। लॉन में लगे पौधे हवाओं का साथ पाकर पत्ते हिला रहे थे। लॉन के कोने में तीन साल पहले रोपा गया रातरानी का पौधा अब बड़ा होकर झाड़ीनुमा शक्ल अख्तियार कर चुका था। मेन गेट से आजू-बाजू लगे अशोक के पेड़ भी अब ड्रेसिंग की माँग करने लगे थे। गुलाब के पेड़ सूरत और शक्ल बदल चुके थे। लॉन को मुख्तलिफ सजाने का श्रेय जागृति को जाता है। उसी का सब किया धरा है। उसे इस घर की दरो-दीवार, आबो-हवा सबसे बेइंतहा मुहब्बत थी। यहाँ तक कि इस घर से होकर गुजरने वाली धूप और चाँदनी तक से। न मालुम वो कहाँ और किस हाल में है? घर छोड़ने से पहले कम-से-कम इन बेजुबाँ कोमल पौधों से तो मिल कर जाती। जागृति!! तुम्हारे पास सन्नाटों से भी बात करने का इल्म है...इनकी सुनो...कुम्हलाए हुये गुलाब के फूल तुम्है आवाज दे रहे है। प्लीज लौट आओ, हमारे लिए न सही इन बेजुबाँ पेड़ पौधों के लिए ही...लौट आओ।

'अरे!! सब्जी नहीं है, लीजिए न..पता नहीं कहाँ खो जाते है??' 'बेकार की बातें मत सोचा करिये....छोड़िए, दत्ता की बातों पर ध्यान मत दीजिये। फ्री होकर भोजन कीजिये।' प्लेट में सब्ज़ी परोसती हुई सरिता बोली।

'वो बात नहीं है, आज तुम्हारे साथ मे बैठकर भोजन करना बहुत अच्छा लग रहा है, तुम्हारे साथ बैठने से खाने का स्वाद बढ़ गया है। कल से हम रात का भोजन साथ बैठकर किया करेंगे।' मन के भीतर चल रहे संवादों को छिपाकर मैंने कहा।

'ठीक है।' सरिता के चेहरे पर प्यार मिश्रित खुशी के भाव दिखने लगे थे।

खाना समाप्त करके हम लोग भीतर आये ही थे, कि बिजली गुल हो गयी। इन्वर्टर भी काम नहीं कर रहा है, उसकी बैट्री चेंज होनी है। अब कल ही एजेंसी को बोलकर बैट्री चेंज करा देना है। यहाँ तो आये दिन बिजली की आंख-मिचौनी चलती रहती है। सरिता बहुत किफायती है, उसका कहना है महीना खत्म हो जाने दीजिये फिर बैट्री चेंज कराइयेगा। घर रुपयों से कभी खाली नहीं करना चाहिए। क्या पता कब कैसी जरूरत आ पड़े। वह ठीक ही कहती है, उसे आज महीने भर से खाँसी आ रही है, ठीक होने का नाम ही नहीं लेती। मैं उसकी इच्छा के विपरीत 'आरोग्य धाम' चेकअप के लिए ले गया था, जांच-पड़ताल और दवाओं के मिलाकर चार हजार लग गये। कोई विशेष फायदा भी नहीं दिख रहा है।

'तुम्हारी खाँसी में कुछ राहत है??' मैंने सरिता से पूछा। मोबाइल की तेज टॉर्च रोशनी में भी सरिता का चेहरा स्पष्ट नहीं था, क्योंकि वह किचेन में थी। मेरी बात का उसने कोई जबाब नहीं दिया तब मैंने तेज आवाज में कहा..

'यार बैठ जाओ, लाइट आ जाने दो, तब किचेन का काम देख लेना।'

वह हाथ धोकर आ गयी थी। सामने के सोफे पर बैठती हुई वह बोली....'क्या पूछ रहे थे?? बर्तनों के खड़र-खड़र में ठीक से सुन नहीं पायी।'

'खाँसी को पूछे थे।' मैंने कहा।

'कुछ राहत है।' वैसी भी डॉक्टर कह रहा था कि, आयुर्वेदिक दवाई है, थोड़ी देर से असर देगी।'

'तबियत दुरुस्त न लगती हो तो चलो प्रयागराज चलकर चेकअप करा दें।'

'ऐसी बात नहीं है, खाँसी ही तो है, ठीक हो जायेगी।'

मोबाइल की बैटरी भी जबाब दे गयी, सप्लाई की लाइट अभी तक नहीं आयी थी। बाहर निकल कर मैंने तज़वीज़ किया...दूर-दूर तक अंधियारा पसरा था। आते-जाते दोपहिया और चार पहिया वाहनों की हेड लाइट से क्षणिक सड़क में उजाला दिख जाता था। पार्क के पेड़ो से लिपटे हुये जुगनू अपनी पूरी क्षमता से जगमगाने की कोशिश में जल्दी-जल्दी इस पेड़ से उस पेड़ में जगमगाते हुये उड़ रहे थे। मैंने सरिता को आवाज देकर लॉन में बुला लिया और कहा...'चलो पार्क में चलकर बैठते है, देखो न यत्र-तत्र उड़ते हुये जुगनू कितने प्यारे लग रहे है।'

'आपको जुगनुओं के अलावा और कुछ नहीं दिख रहा क्या??'

'और क्या है?? बैंक वालों की नजर चश्मे की मोहताज़ होती है। वह तो टेबल में छोड़ आया था। दूर की बारीकियां कैसे समझ मे आतीं।

'वो देखिए पार्क की कोने वाली बेंच पर क्या चल रहा है??'

'चलो चलकर देखते है।'

'पागल हुये है आप?? भीतर चलिए मैं बताती हूँ क्या चल रहा है।'

'अंदाज़ से ही मेन गेट में ताला जड़कर हम भीतर आ गये।

सरिता ने अब अपने मोबाइल की टॉर्च ऑन कर ली थी। हम बिस्तर में आ गए थे। नवम्बर का प्रथम सप्ताह था, फिर भी ठण्ड ने अभी तक आमद दर्ज नहीं कराई थी। अगले ही सप्ताह दीपावली है। पुराने समय मे पितरों के आगवन के साथ ही गुलाबी ठण्ड भी दस्तक देती थी। दशहरे से तो रजाई-कम्बल ओढ़ने पड़ते थे। मौसम में बहुत बदलाव आया है,

वजह अब जंगल बचे नहीं है, सड़क चौड़ीकरण के नाम पर लाखों की तादाद में दरख्त काट दिए गए है। कभी जंगल और पहाड़ियों के पर्याय चित्रकूट में आज केवल पत्थर बचे है। यही वजह है की अब मानक स्तर की बरसात नहीं होती, ठण्ड की अवधि पहले की तुलना में कम हुई है। गर्मी की अवधि जरूर दीर्घ हुई है। भगवान राम, माता जानकी और अनुज लक्ष्मण के साथ अकारण ही साढ़े ग्यारह साल चित्रकूट में नहीं बिताये होंगे। यहाँ घना जंगल था, जो राक्षसों और डाकुओं के छिपने की मुफीद जगह होती है। अब भी डाकुओं की मौजूदगी चित्रकूट और मझगवां के जंगलों में है। मेरी नजर में डाकू और राक्षस, दैत्य, दानव सब एक ही विरादरी के लोग है। इनका खात्मा करने में ही भगवान राम को साढ़े ग्यारह साल का समय चित्रकूट में बिताना पड़ा होगा। फिर सबसे अधिक ऋषि-मुनि भी तो यहीं थे। उनकी रक्षा का दायित्व बोध भी रहा होगा। इसी पावन धरा में अत्रि मुनि, वाल्मीकि, और थोड़ी दूर पर अगस्त मुनि रहते थे। आज भी ऋषि-मुनियों के रहने के साक्ष्य यहाँ के मंदिरों में देखा जा सकता है। जगत जननी माता जानकी और प्रभु राम के चरण चिन्ह यहाँ के पहाड़ो में मौजूद है। वो जगह अभी भी अपने पुराने स्वरूप में विद्यमान है, जिसे 'सीता रसोई' कहते है।

यक-ब-यक घर के कमरे रौशनी से जगमगा उठे थे, मंदिरों में घण्टियों ने शोर उठाना शुरू कर दिया था। मैंने सरिता को अपनी ओर खींचते हुए पूछा...'हाँ! अब बताओ....अँधेरे में पार्क में क्या देखा??'

'जरा सब्र करिये..पूरे कमरों में लाइट जल रही है, स्विच ऑफ करके आती हूँ, बिना बताये ही सब समझ जायेंगे।' वह मुस्कुराती हुई बरामदे से लगे कमरों की लाइट बुझाने चली गई थी।

बरामदे में जल रहा नाइट लैम्प घर के भीतर नीले रंग की मद्धिम रोशनी बाँट रहा था। ऊपर के कमरों को जोड़ने वाली सीढियां और घर के खिड़की दरवाजे और सफेद कलर से पुती दीवारें सब नीले रंग से रँगी प्रतीत हो रही थी। कॉलोनी में आज सन्नाटा पसरा था। रामचेला जैसे दबंग

आदमी की हत्या से हर कोई दहशत में था। अभी समय ज्यादा नहीं हुआ था, दस बजे थे। कॉलोनी के लोग दरवाजे-खिड़की बन्द कर के भीतर हो लिए थे। सरिता मुझसे सटकर लेटी थी, जिस्मों के स्पर्श से एक नवीन ऊर्जा का संचरण रगों में होने लगा था। सांसों की गर्माहट से पूरा कमरा गर्म होने लगा था। मैंने हाथ बढ़ाकर सीलिंग फैन का स्विच ऑन कर दिया। वह धीरे-धीरे गोल-गोल चक्कर मारता हुआ शीतल वायु उगलने लगा।

सहृदय नारी से कुछ भी अनकहा नहीं रह सकता है, वह पुरुष हृदय में उठे हर झंझावत को पहचान सकती है। प्यार की गंध को बहुत दूर से सूंघ सकती है। नफरत और अविश्वास के हर बोल के मर्म को समझने की शक्ति उसे कुदरत से मिली हुई है। वह जिसे प्यार करती है, उसके प्रति मोम है, अन्यथा नारी के हृदय से कठोर इस्पात भी नहीं होता है।

'क्या बात है, सो क्यों नहीं रहे है??' सरिता ने पूछा।

'सो तो रहा हूँ।'

'सोते-हुए कब से बोलने लगे?'

'तुम भी तो नहीं सोयी।' करवट बदल कर मैंने कहा।

'देखो जी!! मैं आपकी अर्धांगनी हूँ। आप ही बताइए जब शरीर का आधा हिस्सा जाग रहा हो तब शरीर का आधा हिस्सा कैसे सो जाए? ऐसा कभी हुआ है।

'सरिता!! मैं उस हरामी सुअर की औलाद दत्ता की बात नहीं भूल पा रहा हूँ। उसने सवाल की आड़ में मुझ पर गंदा आरोप लगाया है। तुम मुझे मुक्त कर दो, इसी वक्त उसकी गंदी जुबान में मूत कर आता हूँ।'

'प्लीज शांत हो जाइये। मेरे और जागृति दोनों के हित के लिए... आपके ऐसा करने से कुछ हासिल नहीं होने वाला है। आप कितने लोगों की जुबान पर ऐसा करेंगे? यह संसार सागर है। यहाँ देवी-देवताओं तक को इल्जाम से मुक्त नहीं रखा गया है। हम तो साधारण से मनुष्य है। इसलिए शांत चित्त रहने की जरूरत है। जो शांत रहकर सब को माफ कर देते है,

वक्त उनकी तरफ से जबाब देता है।'

'एक बात और.....मैं पूरे अधिकार के साथ कहना चाहती हूँ।' वह मेरे और करीब आती हुई बोली।

'कहो...मुक्त हृदय से बोलो। सारे अधिकार तुम्हारे पास है, मुझसे इजाजत लेने की जरूरत नहीं है।'

'हम दोनों निर्वस्त्र पड़े हुये है, इस हालत में क्या अन्य किसी के लिए हम गाली के कारण बन सकते है??'

'बिल्कुल नहीं, बशर्ते हमारे इस कृत्य से किसी की निजता का हनन न हो या समाज के बनाये हुए नियमों का उल्लंघन न होता हो।' मैंने कहा।

'तब क्यों समाज के सभ्य कहे जाने वाले लोग वस्त्र पहनकर वस्त्रहीन गालियाँ देते है। गालियों के प्रयोग वगैर भी तो बातों में पूर्णता लायी जा सकती है।'

सरिता के तर्क के आगे मैं निरुत्तर था। मुझे अपनी भूल समझ में आ चुकी थी। इसलिए सरिता से मैंने वायदा किया कि मेरे मुँह से अब कभी गाली नहीं निकलेगी। सरिता मेरे स्वभाव को जानती थी, उसे पक्का यकीन हो गया था कि, कितना भी गुस्सा क्यों न आये, मैं अब कभी गाली का प्रयोग नहीं करूँगा।

'ठीक है, अब सोने की कोशिश करिये। मुझे आपके मुँह से अपशब्द सुनकर दुख हुआ, इसलिए बोल दी हूँ।'

'मुझे लगता है दुनिया में शायद ही ऐसा कोई इंसान हो जिसने गाली न दी हो।' मैंने जिज्ञासा व्यक्त की।

'आप ठीक कहते है, हम लोग गली चलते हुये रोज ही लोगों के मुँह से ऐसी-ऐसी गालियां सुनते है, जिन्है बताने में शर्म महसूस होती है। गालियों का इतिहास पुराना है। हर युग मे गालियों का प्रयोग हुआ है। चाहे वह द्वापरयुग की बात रही हो, या त्रेता की बात हो। गंदी मानसिकता के

लोग हर समय मौजूद रहे है। वाणी सरस्वती की देन है, इसका सम्मान करना चाहिए, हर परिस्थियों में, चाहे वह मौखिक संवाद में नाराजगी या गुस्सा प्रकट करने की बात आये या क्रोध जनित पात्रों के साहित्य में संवाद लेखन हो। वाणी अमर्यादित नहीं होनी चाहिए। अन्यथा सरस्वती माता नाराज होकर अगले जन्म में गूंगा बना देंगी या बेजुबाँ पशु-पक्षी, जंगम या स्थावर।

'मुझे भी ??'

'सचमुच आप बच्चे बन जाते है। सौ बार तक की गाली में माफी का वचन तो भगवान कृष्ण ने शिशुपाल को दिया है। वह अब नियम बन गया है। आपकी तो पहली गाली है। इतनी सी गाली तो सुनी ही नहीं जाएगी।

17

आज का दिन मेरे लिए बड़ी खुशी का दिन था। यह दो जिस्म, दो जान के परस्पर मिलन की शाम थी। जगवीर और किरण के विवाह के पवित्र सूत्र में बंधने की रात थी। दोनों को आपस में मिलाने का कार्य तो जग नियंता का है, किन्तु निमित्त बनने की खुशी भी मेरे लिए कम नहीं थी। चित्रकूट का 'कामदगिरि विवाह घर' पूरे रंग में नजर आ रहा था। रंग-विरंगी जलती-बुझती बिजली की झालरें आकाशीय दृश्य उपस्थित कर रहीं थी, यूँ लगता था स्वयं आकाश के राजा चाँद-तारों की बारात लेकर आये हों। फोर ट्रेक साउंड बॉक्स से गूँजती हुई मद्धिम-मद्धिम फिल्मी धुन..

'आज मेरे यार की शादी है, यार की शादी है, मेरे दिलदार की शादी है' के बोल कानों में पड़ते ही हर किसी को अपने विवाह की याद ताज़ा करा रहे थे। इस महोत्सव को यादगार बनाने के लिए नगर की कई शख्सियत तशरीफ़ लायीं थी। बैंक के अध्यक्ष और महाप्रबंधक के अलावा सहृदय बैंक स्टाफ की मौजूदगी से किरण और जगवीर का परिणय सूत्र बंधन ख़ास होने जा रहा था। मेरे साथ सरिता और अंकिता भी आयी थी। किरण के घर से आये हुये लोगो के लिए यह आयोजन खुशी के साथ आश्चर्य में डालने वाला भी था। नीमच से किरण के माता-पिता और चंद रिश्तेदार आये हुये थे। जो बेहद खुश लग रहे थे। वे अपने पारंपरिक

लिबास से सज्जित इधर-उधर घूमकर हर चीजों को समझने की कोशिश में कभी नकली फूलों से सजे हुये मंडप के फूलों को छूकर देखते, कभी फौवारे के पास खड़े होकर उड़ते रंगीन पानी को। पूरा माहौल उनके लिए किसी अजूबे से कम नहीं था। आदिवासी बाहुल्य नीमच (मध्यप्रदेश) के गाँव से आये हुए इन लोगों ने कभी गांव-देहात से आगे की दुनिया देखी नहीं थी।

बहुत बड़ी जिम्मेदारी का बोझ मेरे सर से आज उतर रहा था, मेरी तबियत हल्की लग रही थी। कामतानाथ स्वामी की यह असीम कृपा रही कि मेरी मेहनत सफल हुई, उनकी कृपा हर जगह देखने को मिली। जब किरण को देखने उसके पेरेंट्स बाँदा से चित्रकूट आये थे, तब शंकालु मन मे थोड़ी उथल-पुथल जरूर हुई थी। लेकिन जगवीर ने किरण का चुनाव पत्नी के रूप में बहुत पहले ही कर लिया था। इसलिए थोड़ी ना-नुकुर के बाद सब ठीक हो गया। किरण और जगवीर एक दूसरे को पहले ही पसन्द कर चुके थे, अब दोनों तरफ से परिजनों की सहमति भी मिल गयी थी। जब विधाता दायें बाजू खड़ा होता है, तब सारी मुश्किलें स्वयमेव बायें की ओर जगह तलाशने लगती है। किरण के पिता जी जिन्है किरण दउआ कहती है, बड़े सलीके और अदब के साथ शादी में शामिल होने आए हर किसी से झुक-झुक कर सलाम करते हुए मिल रहे थे। मुझसे तो वे परिचित ही थे। सगाई की रस्म के दौरान पहले ही मुलाकात हो गयी थी। मैंने जब अंकिता और सरिता से परिचय कराया तो वे अंकिता को देखते ही रह गये। शहरों के आधुनिक फैशन से अनभिज्ञ जींस और बिना आस्तीन की टी-शर्ट पहनी हुई अंकिता को उनकी बुजुर्ग आंखें, पुलिस अधिकारी मानने से इंकार करती प्रतीत हो रही थी। उन्हे पशोपेश में पड़ा देख मुझे मजाक सुझा... चाचा जी!! यह बिना लगाम की घोड़ी है, पुलिस अफ़सर भले हो गयी है। अभी इसके लिए भी दूल्हा तलाशना है। वे बेचारे ..हँसते हुए. .'ठीक है..ठीक है' कहते हुए दूसरे आगन्तुको के खैर-मकदम में मश्गूल हो गये।

अंकिता मुझे कहाँ छोड़ने वाली थी, मुझे भी अपनी भूल का अहसास

हो गया था, अनजाने ही मैंने बर्रे के छत्ते पर उँगली फिरा दी थी। वह सरिता को मेरे सामने करती हुई बोली...जीजू!! मुझे घोड़ी बिना लगाम की बोले, अब इनसे कह दीजिये मेरे लिए घोड़ा बनकर डीजे पर डांस करें, अन्यथा...उसकी अन्यथा को मैं समझ गया था, इसलिए मैंने फौरन हामी भरते हुए कहा..'बारात आ जाने तो हम तुम्हारे साथ डांस जरूर करेंगे।'

'सिर्फ डांस??' शरारत भरी आँखे तरेरती हुई वह बोली।

'और क्या??' मैंने पूछा।

'ये मैं बताऊँगी, दीदी!! आज आप अपने दूल्हे की तरफदारी मत करना, इन्है आज बताऊँगी साली क्या बला होती है।'

'दोनों जीजा-साली आपस में निबटो, हमें क्या पड़ी है, कि तुम दोनों के बीच में उलझें।'

'अच्छा!!। अब तुम भी बहन की तरफ हो गयी, समझ रहा हूँ सब, लेकिन स्टाफ के सामने मेरा तमाशा मत बनाना, घर पहुँचकर जो ठीक लगे कर लेना।'

'जी ठीक है। आपकी दया याचिका पर गम्भीरता पूर्वक विचार करती हुई इंस्पेक्टर अंकिता भार्गव अपनी समस्त कार्यवाही घर पहुँचने तक स्थगित करती है। लेकिन स्टेज पर उसके साथ डांस करने की सजा बरकरार रहेगी।'

'बेहद शुक्रिया मैडम जी!! पर मुझे नाचना नहीं आता।'

'जी ठीक है, घबराइए नहीं, नाचना आ जायेगा।' सरिता हँस पड़ी थी, अंकिता के कहने की स्टाइल से, मेरी भी हँसी छूट गयी, अंकिता कैसे पीछे रहती वह भी हँसी में शरीक हो गई। शादी का खुशनमा माहौल और खुशनुमा हो गया।

शहरी और ग्रामीण संस्कृति और सभ्यता से मिश्रित बारात धूम-धड़ाम का शोर मचाती, नाचती, कूदती हुई द्वार में लग चुकी थी। डीजे और

पटाखों की कनफोड़ू शोर को गाँव से आये हुये किरण के परिजन कान में उँगली डालकर किसी तरह से बर्दाशस्त कर रहे थे। कुछ देर के शोर-शराबे के बाद वातावरण में शांति आ गयी। ग्यारह का टाइम होते-होते वर-वधू पक्ष के स्थानीय लोग खा-पीकर रुखसत हो गये। किरण के विशेष अनुरोध पर हमें रात भर रुकना था। वह न भी कहती, तब भी हम लोग रात भर ठहरते, ऐसी अपनी प्री- प्लानिंग थी। बारह बजे के बाद से विवाह का कार्यक्रम पण्डित जी शुरू कराया, जो चार बजे भोर तक मे सम्पन्न हो गया। दुल्हन बनी किरण बीच-बीच में कृतज्ञ नजरों से हमें देख भी लेती थी। सुबह के पाँच बजे थे हम लोग चलने के लिए तैयार ही हुये थे कि एक अप्रत्याशित घटना हो गयी।

हुआ कुछ यूँ कि किन्नरों की टोली गाती-बजाती हुई पूर्व दिशि से प्रकट हो गयी। वे शगुन के लिए आते ही है, इधर का रिवाज़ सा है। टोली की जो हेड थी, वह ताली बजाती हुई किरण के दउआ के पास जाकर बोली...' दो नेग के इक्यावन सौ रुपये। 'ऐसी ही माँग बारातियों से भी की गयी। बारात तरफ से उन्हे पाँच सौ का नोट दिया गया। लेकिन नोट को वे हाथ नहीं लगाए। वे पांच हजार से कम लेने को किसी कीमत पर राजी नहीं हुए, अब वे ऊधम करने लगे थे। उनकी माँग मुझे अनुचित लगी, मैंने कह दिया कि...'जो दे रहे है, खुशी-खुशी लो और आशीर्वाद देकर यहाँ से जाओ।

मेरी बात उन्हे बुरी लगी, किन्नरों का मुखिया तुनगकर कर मुझसे बोली..'भई!! तुम्हारी क्यों चटक रही है, तुम चुप करो, मेरे धंधे में टाँग मत अड़ाओ...समझे।'

'अंकिता उसकी बात बर्दाश्त नहीं कर सकी, वह अपनी जगह से उठी और उस किन्नर की गर्दन अपनी तरफ घुमाकर बोली...एक लफ्ज़ भी अब इनके लिए मुँह से निकाली तो चेहरे की हुलिया बिगाड़ के रख दूँगी, एक थप्पड़ में पूरी बत्तीसी हाथ मे आ जायेगी।'

तभी दूसरे किन्नर ने उसके कान में फुसफुसाकर कहा..'अरे किससे

उलझ रही हो, ये पुलिस वाली मैडम है, सुना है बहुत ख़तरनाक ढंग से हाथ घुमाती है।' कान में फूँक पड़ते ही वह मोम सी हो गयी और अंकिता से माफी माँगने लगी।

'मुझसे नहीं...जीजू!! से माफी माँगो और सुनो...किसी की बारात या शुभ काम में जब भी किसी के घर जाना तो बदतमीजी, गुंडागर्दी से पैसे वसूलने की कोशिश मत करना..अन्यथा समझ लेना फिर...।'

किन्नरों की टोली पांच-पाँच सौ रुपये का शगुन दोनों तरफ से लेकर चली गयी थी। अब हम लोग भी किरण और जगवीर को बताकर घर के लिए चल पड़े थे। चलते समय दोनों की नम आंखों में खुशी के साथ कृतज्ञता की झलक देखकर मेरी खुशी का ठिकाना नहीं रहा। मैंने मूक हृदय से इस पुनीत कार्य की सम्पन्नता के लिए कामतानाथ स्वामी का कोटिशः धन्यवाद किया।

कुछ दिन पहले अंकिता ने अपने पापा को उनके जन्म दिन पर नयी कार गिफ्ट की थी और उनकी पुरानी कार कर्बी ले आयी थी। आज हम लोग उसी कार से आये हुए थे। सीतापुर से वेणी पुलिया के मार्ग चौड़ा किया जा रहा था। उस मार्ग में धूल बहुत थी, इसलिए शिवरामपुर के रास्ते हम लोग कर्बी के लिए लौट रहे थे। शिवरामपुर थाना से तकरीबन फर्लांग भर पहले नाले की पुलिया के ऊपर चार की तादाद में युवक बैठे हुए सिगरेट पी रहे थे। युवकों को देखकर अंकिता ने कार रोक दी और उनसे पूछा...'तुम लोग इधर क्या कर रहे हो??'

'हाय!! रनिया तुम्हरा ही इंतज़ार कर रये थे।'

'नीचे उतरो न, अबी अँधियारो है, पुलिया के नीचे ...दूसरा युवक वाक्य पूरा भी नहीं कर पाया था कि अंकिता का झन्नाटेदार थप्पड़ ख़ाकर ज़मीन सूंघने लगा, मौके की नजाकत भाँप उसके तीनो साथी पुलिया के नीचे कूद गये। वह उसे खींचकर अपनी बाजू के सीट में बैठा ली और कार को गियर में डाल दी।

ठीक दो मिनट बाद हम शिवरामपुर थाने के परिसर में थी। देखते ही दो सिपाही नजदीक आये और अंकिता को परम्परानुसार सलाम किये। उस युवक को सिपाहियों के हवाले करती हुई अंकिता बोली...'इसके तीन साथी भाग गये है। आप लोग रात गश्त नहीं मारते, यही वजह है कि बदमाश अब हाइवे की पुलियों में बैठने लगे है। परसो एक औरत के गले से चैन खींची गयी है.. इससे कड़ाई से पूछ-तांछ करिये। हो सकता है कुछ सुराग मिले।'

युवक को सिपाहियों की सुपुर्दगी में देकर हम आगे बढ़ चले थे। वातावरण बोझिल हो गया था, अतः हल्का करने की गरज से मैंने अंकिता से मजाक में कहा....'देख लिया आज पुलिस का डर..हम बैंक वालों से तो गली का कुत्ता भी नहीं डरता।'

'किसी को किसी से डरने की जरूरत नहीं है, जो गलत करेगा उसे ठीक करने के लिए पुलिस है। आपकी तरफ जो भी गलत इरादे से देखने की कोशिश करेगा, उसकी आंख निकाल कर हथेली में रख दूँगी।'

'तुम गुस्से में भी बहुत अच्छी लगती हो।'

'झूठी तारीफ नहीं जीजू!! गुस्सा बुरी चीज है, गुस्से में आदमी का स्वरूप विकृत लगता है। लेकिन किया क्या जाए...गुस्सा करना पुलिस के लिए जरूरी है। अन्यथा चोर-उचक्के बदमाश उससे कैसे खौफ खायेंगे??'

'वो तुम्हे कितने प्यार से पुलिया के नीचे चलने को बोल रहा था, बेचारे का नाहक में दाँत तोड़ दिया तुमने।'

'इसी बात की तो भगवान से शिकायत है मेरी..जिसे प्यार से देखना चाहिए था उसने उस नजर से मुझे देखा ही नहीं, जिसे नहीं देखना चाहिए वो मुझे देखकर लार टपका रहा है।' दीर्घ सांस निःसृत करती हुई अंकिता बोली।

वातावरण में तल्खी आ गयी थी, इसलिए चुप रहना मैंने ठीक समझा। अंकिता धीरे-धीरे कार ड्राइव कर रही है। हल्के कोहरे की परत

धरती के ऊपर जम गयी थी। अभी नवम्बर का महीना चल रहा था, हल्की सुबह-शाम की ठंडक और ये कोहरा...मौसम में बहुत तब्दीलियां हो रही है। जो पर्यावरण के हिसाब से ठीक नहीं है।

जीजू!! एक दिन आप मुझसे पूछ रहे थे कि 'मैं शादी क्यों नहीं कर लेती?' ये आप दीदी से पूछ लीजिएगा, वे मेरे बारे में सब जानतीं है। दीदी मेरी बड़ी बहन के साथ-साथ सच्ची दोस्त भी है, इनसे कुछ छिपा नहीं है। मैं जानती हूँ आप मेरे बारे में फिक्र करते है। जीजू!! मैं कोरी तारीफ नहीं करती आप जैसे इंसान चिराग लेकर ढूढ़ने से भी नहीं मिलेगा। सरिता दीदी लकी है, जो आप उनके पति है। 'अंकिता के हर लफ़्ज़ों से अंतस पीड़ा साफ झलक रही थी।

हम लोग घर पहुँच गये थे। अंकिता घर के बाहर ही हमें छोड़कर लौट जाना चाहती थी लेकिन सरिता ने उसे यह कहकर उसे रोक लिया था कि नाश्ते के बाद चली जाना। वह ठहर गयी थी। कार बाहर रोड में खड़ी कर हम अंदर आ गए थे। मुझे पेट में मरोड़ हो रही थी। रात्रि जागरण जब भी करता हूँ, प्रायः ऐसी तकलीफ हो जाया करती है। मैं बगैर कपड़े चेंज किये हुए ही टॉयलेट में दाखिल हो गया। जब फ्रेश होकर बाहर निकला तो नाराजगी व्यक्त करती हुई सरिता बोली...कपड़े तो चेंज कर लेते, अब जाइये सब कपड़े वाश मशीन में डालकर आइये। दोपहर धो दूँगी।'

मैं पुनः वाश रूम में जाकर कपड़े उतारा और कमर में तौलिया लपेट कर बाहर आ गया। बरामदे में सरिता और अंकिता परस्पर वार्तालाप में मश्गूल थी। मैंने उनसे कहा कि 'तुम लोग भी फ्रेश हो लो।'

'जीजू मुझे दीदी जबरदस्ती रोक लेती है, मेरे पास चेंज करने को कपड़े नहीं है।' मेरी बात का जबाब देती हुई अंकिता बोली।

'कोई बात नहीं वॉशरूम में एक टॉवेल और है।'

'धत !! जीजू अब बिगड़ रहे है। दीदी आप इन्है समझाती क्यों नही??'

'ये बच्चे थोड़े है कि हर बात समझाई जाए, अब देखो न बगैर कपड़े चेंज किये टॉयलेट में घुस गये। मेरे लिए काम बढ़ाते रहते है।' सरिता नाराजगी से बोली।

'कोई बात नहीं, कपड़े मैं अभी धोए देती हूँ।' अंकिता की बात सुनकर मैं भी तपाक से बोला..'और मैं नाश्ता तैयार किए देता हूँ..अब तो खुश।' मेरी बात सुनकर सरिता मुस्कुराहट बिखेरती हुई बाथ में दाखिल हो गयी थी।

नाश्ता करने के बाद अंकिता चली गयी थी। मैं भी टिफिन लेकर बैंक आ गया था। रात का देर से किया हुआ भोजन पूर्णतया पच नहीं पाया था। दूसरी समस्या, रात भर जागरण के कारण आंखे आलस्य से भरीं थी। किसी तरह से आँख-मुँह में पानी के छींटे मारकर काम करता रहा। येन-केन-प्रकारेण पांच का समय होते ही घर आ गया।

डोर बेल की आवाज सुनकर सरिता ने फौरन द्वार खोल दिया। वह सम्भवतः अभी अभी सोकर उठी थी, बाल खुले, बिखरे कपड़े अस्त-व्यस्त, आंखों में सूजन से यही लगता था। मैंने पूछ भी लिया...'सो रही थी क्या??' नहीं!! उठ गयी थी।

'ठीक किया। मुझे तो दिन भर झपकी आयी।'

'फिर??'

'फिर क्या?? आँखे धो-धोकर समय व्यतीत किये।

आज रात्रि का भोजन जल्दी कर लिए थे। नौ बजे के आसपास बेड-रूम में आ गए थे। सरिता मेरे बदन पर तेल मालिश करती हुई बातें कर रही थी। मेरी परेशानी यह थी कि नींद के कारण उसकी पूरी बात समझ में नहीं आ रही थी, वह तो दिन में सो चुकी थी। अब वह बातें करने के फुल मूड में थी।

'मामा का फोन आया था।'

'किसका फोन?'

'मामा का.. वे बता रहे थे बहू को कल लड़की हुई है। स्वस्थ्य और सुंदर है।'

'बेहद खुशी की बात हुई। हमे भी जाना होगा न??'

'हाँ!! वे डेट बतायेंगे।'

'अंकिता को नहीं मालुम रहा??'

'आज तीन बजे दिन को तो हुई है। उसे भी बतायें ही होंगे।'

मेरी नींद चली गयी थी, सरिता से कहा कि मामा को फोन मिलाओ, उन्हे बधाई देनी है। फोन से मामी से बात हुई थी। मामा बाहर गए हुए थे। फिर मैंने अंकिता को फोन मिलाया उसका फोन कवरेज एरिया से बाहर होने की सूचना दे रहा था।

'ये लड़की कैसा फोन रखती है? जरूरत में कभी बात नहीं हो सकती। झुंझलाहट के साथ मैंने कहा।

'मामा जी अंकिता को लेकर फिक्रमंद है।'

'क्या कह रहे थे?' मैंने पूछा।

'उनकी बहुत इच्छा है कि अंकिता शादी कर ले। मुझे बोल रहे थे कि तुम लोग समझाओ उसे।' सरिता ने कहा।

अंकिता को समझाना बहुत कठिन काम है, लगता है, उसने एकाकी रहने का संकल्प ले लिया था। पता नहीं उसके साथ अतीत में ऐसा क्या हुआ जो उसे शादी करने से रोक रहा है। बात बड़ी होगी। सरिता को मालुम होना चाहिए, उसने कहा भी है कि..'दीदी को सब पता है।' मैंने सरिता से पूछा कि 'अंकिता के साथ अतीत मे ऐसा क्या घटा है कि वह अब शादी नहीं करना चाहती??'

'देखिए जरा-जरा सी बात को लेकर आप टेंशन में आ जाते है,

इसलिए सब नहीं बताती हूँ। अंकिता की पहली पोस्टिंग लखनऊ की है, वहीं पर यह किसी ठाकुर जाति के लड़के के सम्पर्क में आयी। वह किसी मल्टीनेशनल कम्पनी में इंजीनियर था। दोनों में दोस्ती हुई, जो प्यार में तब्दील हो गयी। वह चार-बाग रेलवे-स्टेशन के पास किराये से फ्लेट में रहता था। अंकिता भी उसी के साथ रहने लगी। वे दो साल तक दोनों आपसी रिश्ते में रहै इस बीच अंकिता ने उससे शादी कर लेने को कहा, लेकिन वह शादी के लिए टालमटोल करता रहा। बस इसी बात को लेकर रिश्ते में दरार आने लग गयी।'

'ये बात घर वालो को नहीं मालुम थी?' मैंने पूछा।

'था मालुम, मामा भी उस लड़के से मिले थे। वे उस लड़के के घर कानपुर गये थे। लेकिन किसी ने उनकी बात नहीं सुनी, उल्टे उन्हे उसके घर से अपमानित होकर लौटना पड़ा।'

'लेकिन वो लड़का ऐसा क्यों कर रहा था?' मैंने पूछा।

'वह उसी की कम्पनी में काम करने वाली लड़की के साथ भी सम्बंध बनाये हुये था। जब यह बात अंकिता को पता चली तब उसने लड़के से पूछा। पहले तो वह बात छिपाता रहा, पर जब अंकिता ने सख्ती से पूछा तब, उसने अन्य लड़की के साथ सम्बंध होना स्वीकार किया। यही नहीं, उसने अंकिता को भी सलाह दी कि वह भी पार्टनर बदल सकती है। अंकिता यह बर्दाश्त नहीं कर पायी। हद की सीमा तो उसने उस रोज पार कर दी जब वह उस लड़की को साथ लेकर फ्लेट में आया। फ्लेट में ही शराब पीकर उस लड़की से सम्भोग करने लगा। अंकिता का गुस्सा बर्दाश्त के बाहर हो गया था, उसने उस लड़के की जमकर धुनाई कर दी। लड़की तो किसी तरह जान बचाकर भाग गई लेकिन लड़के को बहुत मार पड़ी। चूंकि वह पुलिस में थी इसलिए मामला रफा-दफा हो गया था, अन्यथा नौकरी जा सकती थी। अंकिता ने उसे बुरी तरह से पीटा था। महीने भर उसका हॉस्पिटल में इलाज चला था।'

'बड़ा बेशर्म लड़का था।'

'हाँ, वो लड़की भी कम निर्लज्ज नहीं थी। अंकिता के सामने कैसे कपड़े उतार कर ये सब किये होंगे?' जमीन तरफ देखती हुई सरिता बोली।

'शराब जो भी कराए सब कम है।' सरिता!! हम बहुत बुरे दौर से गुजर रहे है, न जाने आगे चलकर क्या होने वाला है।'

'हाँ!! मुझे भी बहुत फिक्र होती है, जब फ्यूचर पर नजर डालती हूँ।'

'ये सब अपने खान-पान और परवरिश के दोष है। एक और दूसरी बात विदेशी सभ्यता से ऋषि-मुनियों द्वारा संस्थापित हमारी प्राचीन संस्कृति सभ्यता प्रभावित हो रही है। यदि समय रहते इस पर रोक नहीं लगायी गयी तो हर इंसान जानवर से भी बदतर स्वभाव वाला हो जायेगा। रिश्ते मर जायेगें, आत्मा मर जाएगी, शरीर काम, मद, लोभ, मात्सर्य के ताप से अल्पायु में जल जाएगा।'

'आप सच कह रहै' मेरी बात का सरिता ने समर्थन किया।

'अंकिता यदि शादी को हाँ कहे तो मेरी नजर में बैंक में एक सजातीय लड़का है, उसकी भी अभी शादी नहीं हुई है। मैं कोशिश कर सकता हूँ। तुम समझाओ उसे, उम्मीद है, तुम्हारी बात का लिहाज़ जरूर करेगी। उसे समझाओ कि जिंदगी का मुश्किल सफर अकेले दम पर तय नहीं होता है। आदमी हो या पौधा, हर किसी को किसी न किसी के साथ की जरूरत होती है।'

'जी! कोशिश कर के देखती हूँ। 'आप भी उसे समझाना।'

'समझाऊँगा।'

रात्रि गहराने लगी थी, सुबह की आस लेकर हमने शरीर को ढीला छोड़ दिया और पलकों के पट गिरा दिये।

18

पुरी एक्सप्रेस जब मिर्जापुर जंक्शन के प्लेटफार्म नम्बर चार में आकर रुकी, तब शाम होने वाली थी। प्लेटफार्म में जलती हुई ट्यूब लाइट्स वैसे भी दिन ढलने से पहले ही पूरी रात के लिए जल उठती है। वह स्लीपर क्लास के एस-०६ में बैठकर आयी थी। यह लंबी दूरी की यात्री ट्रेन थी। जम्बू तवी से चलकर उत्तरप्रदेश, बिहार, पश्चिमी बंगाल की यात्रा कराती हुई तीसरे दिन जगन्नाथ पुरी पहुंचती थी। रेल नियमों से अनभिज्ञ या सामान्य श्रेणी में घुस सकने में असफल बिहार, ओडिशा, और कोलकाता के कामगार आरक्षित शयनयान में चढ़ आये थे। टीटी की नजर में यह अक्षम्य अपराध था, उसके अनुसार इस जुर्म में पकड़े जाने पर पाँच हजार रुपये का जुर्माना बनता है। जुर्माना अदा न कर पाने की स्थिति में साल भर की कैद का प्रावधान है। एक समझदार मजदूर ने समझदारी दिखाते हुये मामले को प्रति पैसेंजर सौ रुपये में रफा-दफा करा दिया। उगाही के रुपयों को काली कोट की उधड़ी परत में रखता हुआ टीटी जाते-जाते चेतावनी भी दे गया था कि..'मिर्जापुर में डिब्बा बदल लेना।' इसलिए प्लेटफार्म में गाड़ी रुकते ही सर में गठरी लादे हुये मजदूर नीचे कूदने लगे थे। धक्कम-धक्का के बीच किसी तरह से अंकिता नीचे उतरी। कलाई में

बंधी घड़ी पर उसने नज़र फेरी..शाम के चार का वक्त हुआ था। वह किनारे जाकर कंक्रीट की नक्काशीदार बेंच पर बैठ गयी। पीठ में लदा हुआ थैला एक किनारे रख दिया था। अब उसके सामने पापा, मां, प्रज्ञान भाई, छोटी भाभी और सुकोमल नन्हीं परी, जो एक रोज पहले इस दुनिया में आयी है, के चित्र मुखरित हो उठे थे।

कर्वी से प्रयागराज तक का सफर उसने ऑन रोड कार से तय किया था। रास्ते में ही पापा ने फोन से बता दिया था कि छोटी बहू को लड़की हुई है, वह अभी 'कौटिल्य नर्सिंग हमेशा में भर्ती ही थी। अंकिता उससे मिलने सीधे नर्सिंग होम पहुँच गयी थी। उसे देखती ही मां बोली थी... 'लम्बी उम्र तेरी, अभी जिक्र चल ही रहा था की तू आ गयी। बुआ बन गई है। लो पहले मुँह मीठा कर ले।'

'मुँह मीठा तो किये लेती हूँ, लेकिन बुआ का नेग बनता है मां।'

'ठीक है, छोटी भाभी से लेना। अभी तो ये खा ले। अंकिता की माता श्री उसके मुँह में लड्डू ठूंसती हुई बोली थी। लड्डू खाने के बाद सीधे प्राइवेट वार्ड में घुस गई थी अंकिता। छोटी भाभी आँखे बंद किये हुये पड़ी थी, उनसे चिपकी हुई नन्हीं बिटिया। 'बहुत सुंदर है यह गुड़िया रानी'। उसके मुँह से निकले शब्दों को पहचानकर सुचिता आँखे खोलती हुई बोली..'बुआ बनने की बधाई, इस बार तो मैं नेग लेकर रहूँगी।'

'अए-हए क्या बात है, भाभी रानी? नेगवा तो ननदिया का बनत बा।'

'वो मिलेगा, जो कहोगी। पर मेरा नेग भी चाहिए नन्द रानी।'

'चलो दिया।'

'मुकरना नहीं।'

'अंकिता भार्गव वायदा निभाना जानती है। आप बोल कर तो देखो।'

'समय आने पर माँग लूँगी।'

'महारानी कैकेयी की तरह डिमांड को गोपनीय मत रखिये। दिल खोल कर बोलिये अभी।' सिरहाने रखी हुई तिपाई पर बैठती हुई अंकिता बोली थी।

'आप शादी के लिए हाँ बोल दो।'

'क्या??? आप सब जानती है फिर भी।' तनिक तेज आवाज में अंकिता ने कहा था। वार्ड में अंकिता के पिता और माता और भाई प्रज्ञान भी आकर खड़े हो गए थे।

'तो क्या मुझे निराश होना चाहिए?'

'नहीं भाभी सा आपको निराश होने की जरूरत नहीं है। मैं वचन दे चुकी हूँ, दिए हुए वचन से मुकरना अंकिता भार्गव के लहू में नहीं है। शादी के लिए अब मेरी सहमति मानिए।

मेरी बात सुनकर पापा अपनी खुशी सम्हाल नहीं पाये थे, वे नम हुई आंखों को रुमाल से छिपाते हुये वार्ड से बाहर निकल गए थे। मां भी उन्हीं के पीछे-पीछे निकल गईं थी। सुचिता भाभी का कहना ही क्या?? उसने तो अकेले दम पर ही जंग फतह कर ली थी। वीरता का इनाम पाने की हकदार तो अब वही है। दोनों भाई उससे बड़े थे। शादी के पाँच साल बाद छोटी भाभी को बेटी हुई है। चलते-चलते पापा ने मुझसे कहा था...'बहुत बड़ा फ़ंक्शन होगा दिल खोलकर खर्च करूँगा इस बार। घर मे बेटी के रूप में साक्षात सरस्वती अवतरित हुई है, कम से कम एक हफ्ते की छुट्टी लेना, मैं अभी से कहे देता हूँ।'

कार की चाभी पापा के हाथ में देकर मैं चली आयी थी, उनसे बिना कुछ कहे हुये। कहती भी क्या कहती? कहने लायक कुछ बचा भी नहीं है। उन्हे मैंने दुःख और बदनामी के अलावा दिया ही क्या है?? मेरे जन्म में भी उन्होंने जश्न मनाया होगा, टोला-पड़ोस, नातेदारी, जान-पहचान से कहे होंगे कि मेरे घर लक्ष्मी आयी है। इसीलिए शायद इस बार उन्होंने 'सरस्वती' अवतरित हुयी है, कहा है। 'लक्ष्मी' पर से पापा का भरोसा उठ

गया सा लगता है।

अंकिता की आँखें छलक उठी थी, अब तक उतरे सभी चित्र धूमिल हो गए थे। वह रोने लग गयी थी, स्टेशन का कोलाहल उसकी हिचकियों के आगे कमजोर पड़ गया था। तभी कोई सुकोमल नारी स्वर उसे सुनाई दिया, स्पष्ट शब्दों में वह कह रही थी..'रोना नहीं बेटी!! तुम मेरी जांबाज़ बहादुर बेटी हो। तुम्हारी आँखों में खारे जल का श्रृंगार अच्छा नहीं लगता है। मैंने तुम्है बड़ी जिम्मेदारी सौंपी है, आँसू पोछो, उठो और अपने मिशन में निकलो। 'आँखे पोंछकर उसने इधर-उधर नजर दौड़ाई, पास कोई नही..सिवा प्लेटफार्म की तरफ समान उठाये कुलियों और पूरी ताकत से भागते हुये मुसाफिरों के। फिर ये किसके संदेश थे?? क्या भारत माता ने कुछ कहा है??'

तभी सुदूर से फिर क्षीण आवाज सुनाई दी...हाँ मैं भारत मां हूँ, मेरी छाती में रेंगने वाले हर जीव-जंतुओं, पेड़-पौधे, पर्वतों-पहाड़ियों, नदिया, ताल झरनों, महासागरों को पोषित करने वाली भारत माँ हूँ। बेटी!! निर्भय होकर अपनी ड्यूटी निभाना, तुझे हर पल मेरी बाहों का सम्बल मिलेगा।

अंकिता वर्तमान में लौट आयी थी...अब उसे चाय..चाय..कॉफी.. कॉफी बोलकर चाय-कॉफी बेचते हुये लड़कों की आवाज और उद्घोषिका की घोषणा 'यात्री गण ध्यान दें....' सुनाई पड़ने लगी थी। उसे भूख का अहसास हो आया था। सुबह सरिता दीदी के यहाँ से नाश्ता कर के चली थी। प्रयागराज मे मां ने केवल दो लड्डू खिलाये थे। वह बाहर निकल आयी थी। सामने रेलवे की केन्टीन थी। वहाँ बन रहे नाश्तों से उड़ती महक ने उसकी भूख तेज कर दी थी। वह सीधे केन्टीन में दाखिल हो गयी और बेटर से डोसा-चटनी लाने को कहकर एक खाली सीट में बैठ गयी। भरपेट नाश्ता करने के बाद पेमेंट करने के लिए वह काउन्टर में आयी। जब उसने पैंट की जेब में हाथ डाला, उसके पैरों के नीचे से जमीन खिसक गयी। दिल की धड़कने तेज हो गयी, किसी ने पर्स निकाल लिया था।

'मैडम को क्या-क्या दिया?? होटल के मालिक ने बेटर से पूछा।

'चार डोसा लिए मैडम ने और प्लेट भर जलेबी, एक चाय, और...बस्स।'

'एक सौ पच्चीस हुआ आपका।'

'लेकिन मेरे पास पेमेंट को पैसे नहीं है। ट्रेन में किसी ने पर्स निकाल लिया है।' धीमी आवाज में अंकिता ने कहा।

'अच्छा!! जेब मे पैसे नहीं है?? क्या खूब बहाना किया। 'यह तो होटल में घुसने के पहले मालुम होना चाहिए था।' होटल मालिक ने कहा।

'जी!! आप सही कह रहे है, यदि मुझे पहले से मालुम चल गया होता कि मेरा पर्स किसी ने चुरा लिया तो होटल में आकर कभी न बैठती, मैं सच कह रही हूं, मेरा यकीन कीजिये, मैं शाम तक हर हालत में बिल का पेमेंट कर दूँगी।'

'ठेंगा, बिल पेमेंट करोगी, तुम जैसी लड़कियों को मैं खूब समझता हूँ, कोई फँसा न होगा आज। होटल मालिक यह कहता हुआ अंकिता के बहुत नजदीक आ गया और फुसफुसाकर बोला...कोई बात नही, तुम चाहो तो इस नाश्ते के साथ तीन रात का पूरा होटल ख़र्च उठा सकता हूँ।'

'मुझे क्या करना होगा??' अनजान बनती हुई अंकिता ने पूछा।

जाल में मछली फँसती देख होटल मालिक कुटिलता से मुस्कुराया और फुसफुसाकर बोला...'यहीं पास में होटल है, अभी रूम बुक किये देता हूँ, जो जी में आये खाना-पीना 'सब फ्री मे।'

'वो तो ठीक है, लेकिन इससे बिल कैसे चुकता होगा। मेरे ऊपर तो इस तरह से कर्ज़ का बोझ और बढ़ जाएगा।' चेहरे में मासूमियत लाती हुई अंकिता बोली।

'मतलब तुम चालू नहीं हो, तब तो और मजा आएगा।'

अब अंकिता का सब्र जबाब दे गया, होटल मालिक के गाल पर उसने चांटा रसीद कर दिया...चटाक। वह सम्हल भी पाता कि दूसरे गाल में

भी। होटल में हड़कंप मच गया। कस्टमर समोसा-जलेबी की प्लेट्स छोड़कर नजदीक आ गए। इसी दरमियान किसी ने जी.आर.पी. को खबर कर दी। रेलवे पुलिस अंकिता को अपने साथ ले गयी थी।

वह रेल अधीक्षक का कक्ष था, जहाँ अंकिता को लाया गया था। वहाँ पहुँचकर अंकिता ने अधीक्षक को अपना परिचय दिया और पूरा वाकया कह सुनाया। तभी उद्घोषणा हुई कि..'किसी अंकिता भार्गव का पर्स प्लेटफॉर्म नम्बर चार से मिला है, वे उद्घोषणा कक्ष से अपनी पहचान बताकर पर्स ले जायें। 'अधीक्षक महोदय ने काउंटर से पर्स अपने पास मंगा लिया और अंकिता को सुपर्द करते हुए बोले..'चेक कर लीजिए।'

'सब मौजूद है सर! आज के समय में भी ईमानदार लोग है, यह बहुत बड़ी बात है। फिर वह पर्स से वह एक सौ बीस रुपये निकाल कर सिपाहियों से बोली...प्लीज! यह मेरे बिल का पेमेंट है। उसे बुलाकर दिलवा दें।'

'आप मानेंगी नहीं..इसलिए ये रुपये हम उसे भिजवाए देते है। उसे यहाँ बुलाने की जरूरत नहीं है। वे एक सिपाही को इशारा कर के बोले.. 'ये तुम उसे देकर आओ और पुलिस की भाषा में उसे समझा भी देना, के दोबारा से यदि ऐसी शिकायत मिली तो उसका होटल रेलवे परिसर से हटा दिया जाएगा।' रेल अधीक्षक ने तल्ख लहजे में कहा।

वह रेल अधीक्षक का धन्यवाद कर उस ओर आ गयी थी, जहाँ टैक्सियाँ खड़ी होती है, जिस किसी टैक्सी या ऑटो रिक्शा में कुछ ऐसे संकेत लिखे मिलते, जिनसे कि मालिक या चालक के मुस्लिम होने का अनुमान मिलता था, वह उन टैक्सी/ऑटो वाले से पूछ-ताछ करती रही। यहाँ हामिद को कोई नहीं जानता था। वह टैक्सी स्टैंड से निकल कर चौराहे में आ गयी थी, वहाँ भी चार-दस ऑटो रिक्शा खड़े थे, वे लोग भी हामिद को नहीं जानते थे। चौराहे के उस पार कतार से दो-तीन होटल नजर आ रहे थे। उसने निर्णय लिया कि चलकर वहीं रात बितायी जाए, सुबह से तलाशी का काम शुरू किया जाना ठीक रहेगा। वह होटल 'नीलगिरि'

में एक रूम लेकर ठहर गयी। होटल का नौकर लड़का रूम तक उसे छोड़ कर चला गया था।

वह पहने हुए कपड़े उतार कर आलमारी में रख दी थी। लोवर और कुर्ती में वह भरपूर आराम महसूस कर रही थी। आज सुबह से लेकर अब तक जो घटित हुआ है, वह किसी फिल्मी दृश्य से कम नहीं था। पापा का इमोशनल होने से लेकर पर्स का चोरी जाना फिर मिल जाना, कुल मिलाकर आज दिन भर के सूत्र-तंतुओं को यदि आपस में जोड़ दिया जाए तो किसी चल चित्र की सम्पूर्ण रील तैयार हो सकती है। उसने गर्दन में एक जोरदार झटका लगाया। गालों की सरजमीं पर काबिज गेसुओं को पीछे धकेल कर पलंग पर लेट गयी। लेटे-लेटे ही उसने सरिता का नम्बर मिलाया...'हलो!! यह रंजन की आवाज थी। आवाज पहचानकर वह चहकते हुये बोली..' थैंक गॉड!! जीजू आपने फोन उठाया, जल्दी रखना नहीं, ढेर सारी बाते आपसे करनी है। पहले मैं आप को बता दूँ मैं मिर्जापुर आयी हुई हूँ। पापा-मम्मी, भैया-भाभी और नन्हीं परी से मिलते हुये अभी शाम को यहाँ पहुँची हूँ। होटल से हमारी बात हो रही है।' वह एक साँस में सब बता गयी।

'तुम उधर जागृति की तलाश में गयी हो?' उधर से रंजन ने पूछा।

'जी हाँ!! और भी कुछ ऑफिशियल वर्क।'

'दीदी किधर है?'

'वे सहेलियों के साथ मन्दिर गयी हुई है।'

'मैं शादी को तैयार हूं जीजू!! सुचिता भाभी ने मुझे नेग के बहाने में फँसा लिया, मैं वचन हार चुकी हूँ।' इधर से अंकिता बोली।

'सच बतायें, तुम्हारे इस निर्णय से मैं बहुत खुश हुआ हूँ अब आगे का काम हमारा है। लेकिन तुम किसी को पसन्द करती हो प्यार करती हो तो मुझे बताओ, तुम्हारी मर्जी से शादी होगी। 'उधर से रंजन की आवाज आयी।'

'मेरी पसन्द का अब कोई अर्थ नहीं रह गया जीजू!! आपसे कुछ

छिपा नहीं है, दीदी ने सब बताया होगा। यह बड़ी बिड़म्बना है, मैंने जिसे सब कुछ सौंप दिया, जिसे देवता मानकर पूजा की, उसी ने मेरी जिंदगी तबाह कर दी। अब मेरे पास शरीर का खोखा बचा है, आत्मा मर गयी है। अब यदि आपको, दीदी को, भैया-भाभी, पापा-मम्मी को मेरे विवाह कर लेने से खुशी मिलती है तो मैं न तैयार हूँ। मैं आज तक किसी को दुःख और जिल्लत के सिवा कुछ दे नहीं पायी हो, बस एक आखिरी अर्ज आप से जरूर है मेरी...' आप जैसे देव-पुरुष के साथ शादी से पूर्व शारीरिक सम्बन्ध बनाना चाहती हूँ। बहुत सम्भव है कि इस सुनियोग से मेरी आत्मा एक बार पुनः पुनर्जीवित हो उठे। इस बारे में मैं सरिता भाभी से भी बात करुँगी।'

'ये कैसे सम्भव है?? क्या हमसे ऐसा हो पायेगा?? यह कृत्य समाजिक और धार्मिक दृष्टि से क्या उचित होगा? क्या सरिता अपनी सहमति देगी??'

'नहीं जानती ये सब। लेकिन मृतप्राय आत्मा के साथ अश्पृश्य शरीर क्या विवाह जैसे वैदिक अनुष्ठानों के लिए उपयुक्त होगा?? मेरी मृत आत्मा अग्नि को साक्षी मानकर जो वचन देगी या लेगी वह क्या धोखा नहीं होगा?? 'जीजू!! मैंने स्वयं के साथ अपने घर वालों से छल-कपट किया है, उनकी अनुमति वगैर मानव तन धारी पशुतर जीव से सम्बंध स्थापित कर कुल को कलंकित किया है, यह मेरा अक्षम्य अपराध है।'

'तुमने कोई अपराध नहीं किया है। जो कुछ हुआ परिस्थितिजन्य था, इसमें तुम्हारा कोई दोष नहीं है। देखो तुम अभी अपने काम पर ध्यान दो। बाकी बातें तुम्हारे लौटने पर हो सकती है। इतना जरूर वायदा करता हूँ तुम्हारे हर वाज़िब फैसले पर हम साथ खड़े मिलेंगे।'

बातों में सम्पूर्णता आने से पहले ठहराव आ चुका था। फोन डिस्कनेक्ट हो गया था। सम्पूर्णता जिंदगी में किसी चीज की कभी नहीं मिलती है। अंतः पछतावा लेकर जिंदगी से रुखसत होना पड़ता है। हर किसी को अपने तरीके से जिंदगी जीने का हक है, लेकिन बहुत कम लोग ऐसे होते है जो इतना बड़ा जोखिम उठाने की हिम्मत जुटा पाते है। हर

इंसान के दिलों में फीलिंग होती है, लेकिन फीलिंग का इजहार करने की हिम्मत बहुत कम लोगो में होती है। लोक-लाज, मान-मर्यादा के भय से आदमी अपनी फीलिंग को व्यक्त नहीं कर पाता है। वह दूसरों के बनाये नियमो, और फीलिंग्स की अग्नि में स्वयं को स्वाहा कर देता है। अंकिता ने कम-से-कम हिम्मत तो दिखायी, अपनी फीलिंग को अभिषेक रंजन (जीजू) से शेयर कर ली है। कम से कम उसे तसल्ली तो है कि अपनी बात कह चुकी, न कहने का अपराध बोध तो उसे नहीं रहेगा। इसमें यह जरूरी नहीं की सम्बंधित पार्टनर भी कुछ इसी तरह की सोच रखता हो। विचारों में भिन्नता सम्भाव्य है। फिर भी कह देने में सूकुन तो मिलता ही है।

होटल का लड़का दाल, सब्जी-रोटी दे गया था। भोजन के बाद के आलस्य और दिन भर की यात्रा की थकान के मिश्रित असर से उसे जल्दी नींद आ गयी।

19

अंकिता के साथ फोन में हुई में बातचीत से मैं बहुत विचलित हो गया था। मुझे किरण की बात अभी भूली नहीं थी। ये तो बेहतर हुआ कि उसकी शादी सम्पन्न हो गयी। नहीं तो क्या मैं उसे सन्तान सुख देने की उसकी इच्छा पूरी कर सकता था?? अब अंकिता जो कुछ चाह रही है, वह भी कुछ अलग नहीं है। जागृति से मेरा दिली लगाव जरूर है, लेकिन शारीरिक सम्बन्ध बनाने की न मेरे मन में कभी बात आयी न उसके मन में। दुनिया भले ही मुझे व्यभिचारी कहे या बलात्कारी कहे, यह उसकी समझ है। मैं अपनी और पत्नी की नजर से अभी गिरा नहीं हूँ। मुझे सरिता से इस विषय मे मश्वरा करना चाहिए। कोई न कोई मार्ग वह जरूर तलाश लेगी। मैं कोई वस्तु नहीं हूँ, कि जो जैसा चाहे इस्तेमाल करे, मैं हाड़-मांस से निर्मित जिंदा इंसान हूँ। मेरे पास भी धड़कता हुआ दिल है, कोमल मन की मर्यादित चाहतें है, मेरी भी खुद की समझ-सोच है। मैं सामाजिक मूल्यों, मान्यतों में यकीन करने वाला आदमी हूँ। सरिता मेरी पत्नी है। वैदिक रीति-रिवाज के साथ उससे विवाह हुआ है। पवित्र अग्नि को साक्षी मानकर हमने सात वचन निभाने की कसमें खायी है। हिंदू विवाह पद्धति सनातन धर्म की पद्धति है। दो दिलों को जीवन पर्यंत एक दूसरे से मजबूत सूत्र में बंधे रहने की वकालत करती है। न..न.. ये सब मुझसे नहीं हो

पायेगा। अंकिता और कुछ मुझसे माँग सकती है, कभी इंकार नहीं करूँगा। वैसे भी सरिता को मैंने जागृति के घर छोड़ने के बाद से बहुत मानसिक पीड़ाएँ दी है। उस बेचारी ने कभी उफ तक नहीं की, अपनी समस्त निजी जरूरतें मेरी खुशी के लिए स्थगित रखी।

मन्दिर से सरिता लौट आयी थी। आते ही कपड़े चेंज करने वह कमरे में चली गयी थी। गुलाबी ठण्ड के असर से बचने के लिए मैंने पतली सॉल ओढ़ रखी थी। किचेन से बर्तनो की आवाज सुनकर मैं भी किचेन में चला गया। सरिता को सब्जी छीलते हुये देखकर मैंने शिकायत भरे लहजे में कहा...'तुम्है और कोई काम नहीं है। जब देखो किचेन में खड़ी रहती हो।'

'चाय रख दी हूँ गैस में....सोचा कि तब तक सब्जी ही छील लें। चलिए मैं आती हूँ चाय लेकर।'

वह चाय लेकर सामने बैठ गयी थी, एक कप मुझे दिया और दूसरी खुद पीने लगी। 'गेट के बाहर एक नयी रेडीमेड की दूकान खुली है, बहुत अच्छे-अच्छे आयटम है, उसके पास, वहीं चली गयी थी। इसलिए लौटने में देर हुई। सरिता ने बताया।

'कुछ लिया??' मैंने पूछा।

'लड़की के लिए बेबी सूट ले आयी हूँ, देखने तो जाना ही पड़ेगा।'

'चलो कल चलते है। अभी वह हॉस्पिटल में ही है और संयोग से शनिवार-इतवार दो दिन की छुट्टी भी है।

'क्या नाम बताया था हॉस्पिटल का??

'कौटिल्य नर्सिंग होम' बताया तो था, आप भूलते बहुत है। वह मुस्कुराती हुई बोली।

'सिविल लाइन्स' में है न?'

'हाँ।'

'अंकिता का फोन आया था।'

'अच्छा! क्या बता रही थी??

'ठीक है, वो मिर्जापुर गयी हुई है। कुछ ऑफिशियल काम भी है, और जागृति की तलाश भी करेगी।'

'क्या तलाश पाएगी?? कोई सूत्र हाथ मे तो है नहीं, इतनी बड़ी दुनिया है, 'क्या पता वह कहाँ होगी??'

'बहुत मिस करती हो उसे?'

'एक बार चाहती हूँ कि वह मिल जाये। उससे अपनी भूल की क्षमा माँग लूँ। फिर उसकी दुनिया है, जहाँ चाहे, जैसा चाहे रहे, उसकी अपनी जिंदगी है, अपनी तरह से गुजारे। मैंने तो उसे पारिवारिक सदस्यता दे दी है। अब स्वीकार करना या न करना उसके ऊपर है।'

'अंकिता शादी को तैयार हो गयी है। बात का रुख मोड़ते हुये मैंने कहा। मेरी बात पर सरिता ने कोई प्रतिक्रिया नहीं दी। वह झूठे कप उठाकर किचेन की तरफ चली गयी। वापसी में वह लौकी ले आयी और उसे छीलते हुयी बोली...'आपसे किसने कहा??'

'उसी ने बताया है फोन पर..थोड़ी देर पहले जब तुम मन्दिर गयी हुई थी। वह कह रही थी छोटी भाभी बहुत चतुर निकली, उसने मुझे बात-बात में फँसा लिया। मुझे सबकी खुशी के लिए हाँ कहना पड़ा।'

'और क्या बताया उसने।' सरिता ने पूछा।

'और कुछ नहीं।' जो बताना चाहता था, जिस विषय पर मश्विरा करना था, उसकी चर्चा जान-बूझकर मैंने टाल दी थी। मालुम नहीं अंकिता की इच्छा सुनकर सरिता पर क्या बीते। मैं उसका मन नहीं दुखाना चाहता था।

अगली सुबह हम लोग रोड़वेज की बस से प्रयागराज पहुँच गये। जीरो-रोड से बा-मुश्किल आधे घण्टे का सफर तय करके हम दोनों नर्सिंग

होम पहुँच गये थे। बाहर ही रिसेप्शन हॉल में बैठे हुये मामा जी मिल गये। वे हम लोगो से मिलकर अत्यंत प्रसन्न हुये। सरिता वार्ड में सुचिता भाभी के पास चली गयी थी। इधर-उधर देश दुनिया की बातें हाँकने के बाद मामा जी मुझसे बोले...'रंजन!! अंकिता शादी को बड़े मुश्किल से तैयार हुई है। कोई रिश्ता देखते रहना, मैं उसके जल्दी विवाह के पक्ष में हूँ। मुझसे तो बहुत बोलती नहीं है। सरिता और तुमसे मिलती रहती है। उसे समझाना..'पिछला क्या बीता, कैसे बीता उसे भूलकर नयी शुरुआत करने की वह कोशिश करे। उससे यह जरूर कहना कि तुम्हारी खुशहाली देखकर तुम्हारे मां-बाप की आयु दस साल और बढ़ जायेगी।'

'जी जरूर कहूँगा।'

'कोई मैच तुम्हारी नजर में है??' मामा जी ने पूछा।

'जी एक है, वो एस.बी.आई में ऑफिसर है। मेरी थोड़ी-बहुत उससे जान पहचान भी है। वो अनमैरिड है। ऐज भी लगभग बराबर की होगी।'

'बात चलाओ न..मेरी जब जरूरत लगे बुला लेना।' वे बड़ी आत्मीयता से मेरे कंधे पर हाथ रखते हुए बोले।

''श्योर..मुझे भी कम फिक्र नहीं है।'

शाम की बस से हम लोग कर्वी लौट आये थे। थकान भी हो आयी थी। खाने की बहुत इच्छा नहीं थी। दोपहर का खाना मामा जी ने होटल से बुलवा लिया था। बे-टाइम का खाना, ऊपर से होटल का बना हुआ। नौ बजते-बजते हम बिस्तर में पहुँच गये थे। आज सरिता रोमांटिक मूड में लग रही थी। रात्रि शयन के लिए उसने जो वस्त्र चुना था, उसे पहनना या न पहनना मेरे हिसाब से सब बराबर था। वह पारदर्शी धागों के ताने-बाने से निर्मित फैशनेबल नाइट गाउन था। सरिता से मैंने उसकी कीमत पूछी..उसने बताया डेढ़ हजार के दो पड़े है।

'दो?' विस्मय से मैंने कहा।

'हाँ!! लेकिन मेरे पैसे नहीं लगे है अंकिता ने मुझे एक गाउन गिफ्ट

किया है।'

'और क्या गिफ्ट किया उसने??'

'ब्रा और पैंटी।'

'ये अंकिता भी कम नहीं..आने दो उसे।'

'अब क्या हुआ??' वह सहम कर बोली।

'हुआ कुछ नहीं। मेरी राय में कुछ न पहनना इससे बेहतर होगा। यही पैसे किसी और काम आ जाएंगे। तुम लेडीज लोग यह नहीं समझ रही हो, लेडीज फैशन और लेडीज-वियर, लेडीज अंडरगार्मेंट के नाम पर कितनी बड़ी ठगी मार्किट कर रही है। पांच सेंटीमीटर में तैयार होने वाली ब्रा और पैंटी हजार रुपये की कैसे हो गयी?? प्रयुक्त धागे सोने के तो नहीं लगे है?? यह सोचने का समय किसी के पास नहीं है।'

'आप ठीक कहते है, मैं भी समझती हूँ इस बात को, लेकिन यदि इतने से ही किसी को कुछ खुशी मिल सकती है, तब यह मंहगा नहीं हुआ।' 'किसी को??'

'मैं आपकी बात नहीं कर रही हूँ। आज का पुरुष वर्ग खासकर नौजवान लोग महिलाओं को ऐसे ही वस्त्रों में देखना पसन्द कर रहे है। ज्यादातर कमाते तो वही है। महिलाएँ खर्च की श्रोत है। इस तरह से यह व्यापार फल-फूल रहा है।'

मैं कभी भी अनुपयोगी व्यय का पक्षधर नहीं रहा हूँ। मेरा मानना है जहाँ पर व्यय कम किया जा सकता है, वहाँ कम करना चाहिए ताकि यह बचाया हुआ अंश अन्य जरूरी व्यय या आपात व्यय की प्रतिपूर्ति बन सके।

बड़ी चतुराई के साथ सरिता ने बातों की सुई मेरी तरफ फेर दी थी। अब मैं निरुत्तर था। कहता भी तो क्या कहता, मैं भी तो पुरूष वर्ग का प्रतिनिधित्व करता हूँ, अब आत्म समर्पण के अलावा मेरे पास कोई चारा नहीं था। मैं दीवान में बैठे-बैठे नाइट बल्व ऑन कर लेट गया।

20

नवम्बर माह की गुलाबी शीत से जागा हुआ एक खुशनुमा बिहान। रात की शीत से ठिठुरे हुये तारक-गण सूरज से याचना करते है...'देव!! किरणों की तीव्रता जरा और तेज कीजिये, देखिए ठण्ड के मारे हम कांप रहे है। धरती को दिए गए वचन अनुसार सारी रात निर्वस्त्र होकर हमें टिमटिमाना पड़ता है। यहाँ, दैत्य गुरु शुक्राचार्य, देव गुरु बृहस्पति, और सप्त ऋषि है। ये सामर्थ्यवान, तपस्वी है, इन्है शीत और गर्मी का असर नहीं होता है। चंद्रदेव के प्रति कोई टीका टिप्पणी करने की अपनी हैसियत नहीं है, वे चौसठ कलाओं के स्वामी है।'

सूर्य देव ने तारों की विनती सुन ली, अपने विशाल मुख से अनगिनत अरुणाभ किरणों को आकाश और धरती के शीतल वातावरण को गर्म करने के लिए भेज दिए। तारक गण खुश होकर अपने-अपने अवस्थानो मे जाने लगे। आकाश अब एक छोटे बच्चे के नीलाभ नयनों की भांति भोला और नटखट लगने लगा था। होटल परिसर की क्यारियों में लगे गुलाब के फूलों से शबनमी स्वेटर उतरने लगा था। गंगा तट पर अर्द्ध-निशा में चोरी-छिपे बिछाई गयी कोहरे की चादर को प्रकृति अब समेटनी लगी थी। आगे बढ़कर अंकिता ने खिड़कियों के झालरदार रेशमी परदों को किनारे सरका दिया। चंचल सर्द हवाओ का एक झोंका रोशनदान के रास्ते आया और अंकिता के रक्ताभ कपोलों को चूमकर खुली खिड़कियों

के रास्ते लौट गया।

उसने खिड़की से झाँककर बाहर निगाह डाली। धूप अभी छोटे मकानों तक नहीं पहुँच पायी थी। धूप का अधिकांश हिस्सा बड़े और ऊंचे उठे हुए मकानों की बाल्कनियों, छतों की पीठ सेंकने के काम में लगा हुआ था। पंख फड़फड़ाते हुये घुमक्कड़ परिंदे स्वभावानुसार इस घर से उस घर की मुडेंरों को स्पर्श करते हुए इधर-उधर चोंच मटका रहे थे। अंकिता ने खिड़की के पर्दे फैला दिए, पारदर्शी शीशे अपारदर्शी हो गये, उस तरफ के बाहरी दृश्य दिखने बन्द हो गए। अब वह दूसरी खिड़की के पर्दे खिसका कर खड़ी हो गयी थी। यहाँ से चौराहे और रेलवे स्टेशन का मुख्य प्रवेश द्वार भी साफ दिख रहा था। अपने गंतव्य की तरफ भागते हुये मुसाफ़िर होटल के द्वतीय तल की उस खुली खिड़की से साफ-साफ दिखाई पड़ रहे थे। सड़क पार कर एक नव-विवाहित जोड़े को, हाथ से ट्राली बैग घसीटते हुये होटल की तरफ बढ़ते देखकर उसे अपना बीता हुआ कल याद आ गया।

ऐसी ही खुशनुमा सुबह थी जब वह अंकित के साथ देहरादून के एक थ्री-स्टार होटल में रूम बुक करने पहुँची थी। रिसेप्शन में बैठी लड़की हमारे नाम सुनकर मुस्कुराती हुयी बोली थी...'क्या बात है?? अंकित और अंकिता जी, शादी मुबारक हो, इतना सुंदर कपल बहुत कम नजर आता है। जबाब में हम भी एक दूसरे को देख मुस्कुरा उठे थे।

'इधर को हनीमून में आएं है सर?? अंकित को लक्ष्य करके उसने पूछा था।

'जी।'

'वेरी गुड डिसीजन सर..हम आपकी सेवा को हर समय तैयार है। रूम नम्बर फोर्टी आपको दिया जा रहा। किसी भी जरूरत के लिए किसी भी समय रिसेप्शन को कॉल कर सकते है।

क्या नहीं था मेरे पास, जमाने की सारी खुशियाँ, दुनिया के सारी दौलत मेरे पास थी। कभी खत्म न होने वाले स्वप्नों का ताना-बाना हमारी

आंखों ने बुन लिया था। पर सब कुछ खत्म हो गया था एक झटके में। अपनी ही कम्पनी में कार्यरत किसी लड़की के प्रेम-जाल में फँसकर अंकित ने मुझे कहीं का नहीं छोड़ा। उफ मेरी ही नजरों के सामने शराब पीकर निर्लज्जता का इतना घिनोना प्रदर्शन...मैं कैसे बर्दाश्त कर सकती थी। ये तो अच्छा ही हुआ कि मैं खुद ही बेहोश हो गयी, अन्यथा अंकित की मौत होना मेरे हाथों तय था, और वह निर्लज्ज लड़की कम्बख्त नारी जाति के ऊपर कलंक है। निर्वस्त्र ही जान बचाकर भाग गई थी।

ये रही 'लिव इन रिलेशन' की नंगी हकीकत। मैं भी उसके प्यार में अंधी थी। मां-बाप की बात अनसुनी की, उनका मन तात किया। मैं इसी सज़ा की काबिल थी।

डोर बेल की आवाज़ सुनकर अतीत के यादों के तंतु टूट गए.. उसके बढ़कर गेट खोल दिया सामने नीली सफेद यूनिफॉर्म में बैरा खड़ा था।

'क्या है??'

'मैडम!! नाश्ते में क्या लेंगी। यही पूछने आया था।

'फोन से बताती न।'

'हर रूम से डिमांड आ गयी थी, आपके रूम को छोड़कर, साब बोले जाकर पता कर लो, कहीं फोन काम न कर रहा हो। इसलिए चला आया।'

'ठीक है।'

'आधे घण्टे से परांठे, सब्ज़ी और दही भेज देना।'

ऑर्डर लेकर लड़का चला गया था। अंकिता बाथ रूम में दाखिल हो गयी थी। नहाने के बाद वह वह तरोताज़ा हो गयी थी, वह आदमकद आईने के सामने खड़ी होकर खुद को निहारते हुये वह सोचने लगी...'अगर आईना न होता तो क्या होता?? धन्यवाद है इस शीशे के शरीर धारी दोस्त का जो खुद से रूबरू कराता है। अन्यथा अपनी शक्ल कैसी है?? जानने के लिए दूसरों के मोहताज़ होना पड़ता।

नौ बजे के लगभग वह होटल छोड़ चुकी थी। सड़क में इधर-उधर नज़र दौड़ाती हुई अंकिता चौराहे में आ गयी। चौराहे से ऑटो-रिक्शा पकड़कर वह सिटी कोतवाली पहुँच गयी। वहाँ पदस्थ इंस्पेक्टर ने समस्त कैफ़ियत समझ कर थाने से बोलेरी जीप के साथ दो कॉन्स्टेबल अंकिता के साथ में कर दिए। वह उन सिपाहियों को लेकर विद्युत विभाग गयी जहां से यह पता नहीं चल पाया कि जिले में ऐसा भी कोई गांव है, जहां बिजली नहीं पहुँची है। उनके रिकॉर्ड अनुसार पूरे जिले के गाँवो में बिजली है। जागृति के तलाश करने में यह एक अहम सूत्र था। उसने चिट्ठी में लिखा था ढिबरी की रौशनी में चिट्ठी लिख रही हूँ। फिर वह आर.टी.ओ. आफिस गयी हामिद नाम के अनेक लाइसेंस होल्डर और टैक्सी, ऑटो रिक्सा मालिक मिले। जहां-जहां गांव से टैक्सियां सवारी भरकर आती-जाती थी उस मोड़ पर भी चेकिंग कर ली। हामिद नाम के बहुत ऑटो चालक मिले, लेकिन वो नदारद जिसकी तलाश में अंकिता भटक रही थी। सुबह से दोपहर हुयी फिर शाम आ गयी, उसे कोई सफलता सूत्र अब तक नजर नहीं आया था।

यह गल्ला मंडी थी जहां अंकिता अब आयी थी, साथ आये सिपाही ने कहा...मैडम! आजकल जिसका नाम-पता होता है, वह तो मिलता नहीं है। इस हामिद के मिलने की मुझे उम्मीद नहीं लगती। 'ठीक है, आप लोग जाइये, मुझे यहीं पर छोड़ दीजिए।' उस सिपाही ने समझा कि मैडम मेरी बात से नाराज हो गयी है। इसलिए जाने को कह रही है। उसने पुनः कहा... 'ऐसी बात नहीं है मैडम जी!! हमें जाने की कोई जल्दी नहीं है, हम आपके साथ रहैगे।

'नहीं ऐसी कोई बात नहीं है। अब मुझे भी भटकना बेकार लगता है, आप मुझे उत्तरप्रदेश रोडवेज में छोड़ दीजिए। वहीं से प्रयागराज की बस मिल जाएगी।'

वह बस स्टेशन के एक होटल में बैठकर चाय पीने लगी थी। कोतवाली से आये हुए सिपाही गाड़ी लेकर लौट गये थे। स्टेशन में भीड़

थी, यात्री आ रहे थे, जा रहे थे। जब भी कोई बस अन्य जगहों से चलकर स्टेशन में सवारियाँ उतारती, ऑटो वाले उनकी तरफ दौड़ पड़ते...बाबू जी कहाँ चलना है?? मैडम कहाँ चलना है? साब जी कहाँ चलना है? पूछते हुये। किसी का सौदा पट जाता, सवारी मिल जाती, किसी को निराश खाली हाथ लौटना पड़ता। वे पुनः सर झुकाये हुये ऑटो की ड्राइविंग सीट पर आकर बैठ जाते। यहाँ भी तकदीर का खेल था। बाजू की टेबल में दो पुलिस के सिपाही बैठे हुये चाय सुड़क रहे थे। उनकी आपस की बातें अंकिता सुन सकती थी। वे आपस मे कह रहे थे...'ये स्टेशन की ड्यूटी किसी काम की नहीं है। खाली हाथ आओ और खाली हाथ जाओ। साला कोई लड़ता-भिड़ता भी नहीं कि उससे ही कुछ सब्जी-भाजी का खर्च निकले। जेबकतरों से मिलता ही कितना है। वे भी कड़की में चल रहे है आजकल। अब साला जेब काटना भी आसान नहीं रहा।'

बर्मन! कुछ मिले या न मिले, मुझे तो दंगे-फसाद से डर लगता है, लड़ते-भिड़ते रहो हम तो दौड़ने वाले नहीं।'

'अरे! डरना ही था तो मास्टरी कर लेते, पुलिस में क्यों आये??

'फ्री में थोड़े आया हूँ, पूरे दो लाख कड़क नोट खरच के आया हूँ।

'और वो लड़की जाटव??'

'फ़ालतू की बातों में ध्यान मत लगाया करो। जाटव हो या रावत किसी के नीचे झाँकने की जरूरत नहीं है।

'हाँ भई!! ठीक कहते हो, उसकी चीज है, चाहे जैसे इस्तेमाल करे। 'दोनों बत्तीसी दिखाते हुए होटल से बाहर हो गये थे।

अंकिता बैठी चाय पी जरूर रही थी, लेकिन उसका पूरा ध्यान रोड से गुजरती टैक्सियों पर ही था। पता नहीं उसे अब भी हामिद के मिलने की उम्मीद थी। वह चाय का पैसा चुकता कर बाहर निकल आयी। दो यात्री बसें प्रयागराज जाने के लिए स्टेशन में खड़ी थी। एक बार उसका मन हुआ कि बस में बैठकर लौट जाय, फिर लगा कि वहाँ पहुँचने के अभी बहुत

साधन सुलभ होंगे। कम-से-कम घण्टे भर तो और ठहरा जा सकता है। उसकी उम्मीदें अभी कायम थीं। अंकिता पराजय स्वीकार करने वाली लड़की नहीं थी। गजब का आत्मविश्वास उसकी पेशानी में हमेशा झलकता है। तभी एक ऑटो-रिक्शा स्टेशन में आकर उतरा, बैठी सवारियां उतरी और बसों की तरफ बढ़ गयीं। ऑटो लौटने को मुड़ा था..तभी पीछे के नम्बर प्लेट के नीचे लिखे वाक्य..'या मौला रहमत अता कर' पढ़कर अंकिता की आँखे चमक उठी। वह दौड़ पड़ी थी ऑटो की तरफ.. चालक उसे दौड़ता हुआ देखकर रुक गया था।

'क्या नाम है तुम्हारा?? तेज चलती साँसों को अल्प विराम देते हुई अंकिता बोली।

'क्यों??' अचानक सीधे हुए सवाल से चालक घबरा गया था, वह साइड ग्लास में जमी धूल को हथेली से हटाते हुये पूछा।

अंकिता ने पर्स से अपना आई-कार्ड निकालकर उसकी आंखों के सामने कर दिया, अब उसकी घबराहट डर में बदल गयी थी।

'क्या तुम हामिद हो??'

'म..म.मैं जब्बार हूँ.. जब्बार मोहम्मद। हामिद ऑटो के मालिक का नाम है।' वह हकलाकर बोला।

'देखो डरने की जरूरत नहीं है। मुझे हामिद से काम है, मुझे उनके पास ले चलो। तुम्हारा भाड़ा जो बनेगा, मैं दूँगी।'

वह अंकिता को लेकर हामिद के पास आया तो जरूर लेकिन यह बताकर उसे दूर ही उतार दिया कि.. 'मैम!! वो टोपी वाला आदमी हामिद है। मुझे उधर मत ले जाइये...दादा! गुस्सा करेगा।'

'ठीक है।'

जब्बार बिना किराया लिए ही तेजी से ऑटो घुमाकर भाग गया था। यह मुस्लिम बाहुल्य इलाका था। सड़क के किनारे बने दो कमरों के बाहर

चार लोग प्लास्टिक की कुर्सी पर बैठे हुये थे। वे अंकिता को नजदीक आते हुये देखते रहै

'हामिद किसका नाम है?' पास पहुँचकर अंकिता ने पूछा।

'मेरा है...लेकिन??' वह हड़बड़ाकर बोला।

वह लगभग साठ पार का आदमी होगा या कम का, चेहरे पर बेतरतीव उगी सफेद दाढ़ी और शरीर की बुनावट देखकर सही उम्र का अंदाजा लगाना असम्भव तो नहीं, मुश्किल जरूर था। कमर से घुटनों के नीचे तक लपेटी चार खाने की तहमद ऊपर सफेद कुर्ता और सर में औंधी जाली दार टोपी से ऐसा लगता था जैसे वह नमाज़ पढ़कर आया हो या नमाज़ पढ़ने जाना हो।

'बाकी के लोग यहाँ से जाइये।' अंकिता वर्दी में नहीं थी फिर भी आवाज में इतना वजन था कि बाकी के तीनों उठकर चले गए। तब वह हामिद से बोली...मैं पुलिस इंस्पेक्टर अंकिता भार्गव हूँ। मुझे आपके साथ कुछ जरूरी बातें करनी थी, इसलिए उन लोगों को हटा दिया है।'

'जी हुकम करें.. लेकिन मुझसे कोई गुनाह....??'

'आप घबराइए बिल्कुल नहीं। दरअसल जो लड़की आपकी बेटी के साथ गाँव मे रहती है वो मेरी छोटी बहन है, उसी की तलाश में दर-बदर हो रही हूँ।' अँधेरे में चलाया गया तीर सही निशाने पर लगा था। अंकिता अब अपने मंजिले-मक़सूद के बहुत करीब आ गयी थी। लेकिन उसे अभी तक यह नहीं मालुम चला था कि जिस हामिद को कल से तलाश रही है, वह यही है।

'मेरा गाँव मे कुछ नहीं है। मैं किसी लड़की को नहीं जानता।' उसके लहजे में घबराहट साफ झलक रही थी। नवम्बर माह की गुलाबी ठण्ड भरी शाम में भी उसके पेशानी पर पसीने की बूंदें आना इस बात के संकेत थे कि वह झूठ बोल रहा है। अंकिता की अनुभवी आंखों ने उस झूठ को पढ़ लिया था उसे अब चतुराई से काम लेना उचित लगा, वह लहजे में नरमी

लाती हुई बोली...

'देखिए एक जवान लड़की को घर में पनाह देना कानूनन गुनाह है, आप मेरी मदद कीजिये मुझे सब कुछ सच-सच बताइए। मेरा यकीन कीजिये आपका बाल भी बांका नहीं होने दूँगी।'

हामिद कुछ पल खामोश रहा फिर ऊपर की ओर हाथ उठाकर बोला...'कसम उस नीली छतरी वाले की...मैंने किसी बेसहारा को सहारा देकर कोई गुनाह नहीं किया है। मैम! आपका कानून यदि इसे गुनाह मानता है तो मैं तैयार हूँ इस गुनाह की सज़ा भुगतने को। मेरी सज़ा मुकर्रर की जाए, अल्लाह का नेक बंदा सिर्फ उसकी नाराजगी से डरता है, उसकी मर्जी के ख़िलाफ़ जाने से डरता है। किसी सज़ा, जुर्माना से नहीं डरता है।'

'प्लीज हामिद चाचा!! मुझे अपने गाँव ले चलिए, हम तीन साल से उसको तलाश रहे है। ये..ये..फोटू देखिए...क्या यही लड़की है? पर्स से जागृति की फोटो निकाल कर हामिद के हाथ में रखती हुई अंकिता बोली।

फोटो उलट-पलट कर हामिद देखता रहा, बोला कुछ नहीं, उसकी खामोशी से अंकिता का मन व्यग्र हो उठा और वह गिड़गिड़ाकर बोली.. 'आप चुप क्यों है?? बताइए न...क्या यही लड़की है? आप निश्चिंत रहिये, आपको कुछ नहीं होने दूँगी।

'ठीक है। मुझे चाचा बोली हो, रिश्ते की अहमियत में कमी न आने देना बेटी!! ये फोटो उसी लड़की की है, और यह मेरी बेटी फ़रज़ाना के साथ गाँव में खैरियत-सुकूं से है।'

'चाचा! फौरन ले चलिए मुझे अपने गांव, अब एक-एक पल गुजारना मेरे लिए मुश्किल हो रहा है।'

'बेशक तुम्हारे जज्बातों को समझ रहा हूँ और तुम्हारे नेक ख्यालों से मुतासिर भी हूँ। थोड़ा सब्र करो...ऑटो आता होगा, तब तक हम मग़रिब की नमाज़ पढ़ लें।'

हामिद कमरे के भीतर नमाज पढ़ने चला गया था। उसी दरमियाँ

ऑटो भी आ गया। नमाज़ पढ़ चुकने के बाद वह अंकिता को ऑटो में बैठाकर गाँव की तरफ चल पड़ा। मिर्जापुर शहर से निकल कर गांव की सड़कों में अब ऑटो चल रहा था। अंधेरा घना हो गया था। सड़क के किनारे बसे गाँव अँधेरे में डूबे थे। यदा-कदा कंदील की काँपती लौ से घर होने का पता चलता था। गाँव पार होते ही घुप्प अंधेरा..ऑटो की हेड लाइट से नहाई सड़क पीछे को भाग रही थी।

'क्या इधर बिजली नहीं है चाचा??'

'बिजली है, कटौती चलती है सात से नौ तक।'

'आपके घर तरफ??'

'अब आ गयी है। नई सरकार ने इतना काम तो अच्छा किया है।'

'एक चीज पूछूँ चाचा! अन्यथा न लेना।'

'पूछो।'

'जागृति यानी वो लड़की, जो आपके यहाँ रहती है, वो आपको कहाँ मिली थी??'

'तो उसका नाम जागृति है। आज मालुम हुआ, मैं उसे बेटी कहता हूँ, फ़रज़ाना उसे आपा कहती है। बस इतना बहुत है। नाम जानने की कभी जरूरत नहीं पड़ी। वो बहुत होशियार, हुनरमंद, सलीका पसन्द है। जानती हो वो कलेक्टरी पास कर गयी है। अल्लाह उसे उमर-दराज़ करें।' हामिद अब खुलकर सब बताने लगा था।

'हाँ।'

'सम्हल कर बैठना अब अपना गाँव आने वाला है।' ऑटो का गियर डाउन करता हुआ हामिद बोला।

'गाँव में किस-किस जाति के लोग है?'

'सब है ब्राह्मण, राजपूत, भूमिहार, कायस्थ, कोल सभी है। लेकिन

हम मुसलमानों के चार-पांच घरों की बस्ती गाँव से थोड़ी हटकर है।'

'आपसी तालमेल भाई-चारा रहता है?? अंकिता ने पूछा।

'पहले जैसे बात तो अब नहीं रही, फिर भी शहर से तो बहुत बेहतर है??'

बात-बात में बहुत सी जानकारी हामिद से मिल गयी थी। उसने यह भी बताया कि उसके चार ऑटो चलते है। एक ऑटो लेकर वह शाम को रोज घर आ जाता है। सुबह फिर उसे लेकर शहर चला जाता है। यह जरूर नहीं बताया कि उसे जागृति मिली कहाँ थी?? अंकिता ने जब दोबारा से यही सवाल किया तब वह एक लंबी साँस खींचता हुआ बोला....

'बरसात का महीना था, गंगा नदी उफान पर थी, मेरे साथ और कई लोग पानी देखने को गये थे। पाँच का टेम रहा होगा, बादलों के कारण रौशनी कम थी। यह बहती हुई किनारे लगी। हम दौड़कर इसे सूखे में उठा लाये, देखा तो नब्ज़ चल रही थी, सीने में धड़कन थी। मैंने इसे पेट के बल लिटाकर पेट में भरा पानी निकाल दिया था। हमारे साथियों ने मश्वरा दिया कि पुलिस को इत्तला कर दिया जाए। मैं माना नहीं तब वे लोग मुझे छोड़कर चले गए। बेटी!!' मुझे तभी ऐसा लगा जैसे कोई कह रहा हो हामिद इसे घर ले जाकर बेटी की तरह हिफाज़त दे, परवरिश कर। 'बस अल्लाह का हुक्म मानकर घर ले आया।'

हामिद का घर आ गया था। इंजिन की आवाज़ सुनकर एक लड़की लालटेन लेकर बाहर आयी। लालटेन की लाल-धुँधली रोशनी में सलवार सूट पहनी वो सुंदर लग रही थी यद्यपि उसका चेहरा साफ नहीं दिख रहा था। अंकिता ने अनुमान लगाया कि यही हामिद की लड़की फ़रज़ाना है।

21

यक-ब-यक बिजली आ गयी। विद्युत कटौती का वक्त सम्भतः बीत गया था। सी.एफ.एल. की दूधिया रोशनी से गाँव-घर जगमगाने लगे थे। चार-पाँच घरों की बस्ती का गाँव था। यहाँ की बोली अनुसार इसे छोटा टोला कह सकते है।

'क्या अभी बिजली लगी है इधर??' अंकिता ने हामिद से पूछा।

'हाँ! बामुश्किल पन्द्रह दिन हुये है। उधर की बस्ती में तो बहुत पहले से रही। इधर हम लोगों की बस्ती में नहीं थी। ये तो विधायक जी की नवाजिशो-करम मेहरबानी हुई जो इधर की बस्ती में भी बिजली आ गयी।'

'ये बल्ब??'

'चार बल्ब फ्री के मिले है, हर घर को।' हामिद ने बताया।

'अरे! कंदील बुझा लो, तेल बचा रहेगा तो कल काम आएगा।' हामिद ने लड़की से कहा था। अंकिता का ध्यान बरबस उस लड़की की तरफ खिंच गया, दूधिया रोशनी में उसकी सुंदरता और बढ़ गयी थी। वह तीखे नयन-नक्श की पन्द्रह-सोलह साल के वय की थी, वह सवालिया निगाह से अंकिता को एक टक देख रही थी।

'अरे टुकर-टुकर क्या ताक रही है? ये तुम्हारी बड़ी आपा है..पुलिस

वाली... अफ़सर है। जाओ आपा से बता दो, ये उनसे मिलने आईं है। और ये सामान का झोला भी लेती जाना।'

हामिद की झिड़की सुनकर वह झोला उठाकर आँगन तरफ भाग गयी थी। अंकिता जिस कमरे में तख्त पर बैठी थी, उसकी दीवारें कच्ची ईंटों से चुनी गई थी। उसके बाजू में उसी तरह का एक अन्य कमरा दिख रहा था। एक बिना किवाड़ का चौड़ा द्वार जिससे आँगन साफ दिख रहा था।

'यही फ़रज़ाना है??' हामिद से अंकिता ने पूछा।

'यही है करमजली!! दूसरे निकाह के पाँच साल बाद मेरे घर आयी। जब चार साल की ये रही तब बेगम अल्लाह को प्यारी हो गयी। इसकी परवरिश मुझे मां की तरह करनी पड़ी। अब कद से यह बड़ी हो गयी है, पर कम्बख़्त के पास अक्ल नाम की चीज नहीं है। किसी का लिहाज जरा भी नहीं करती, बहुत मुँहफट है।'

'आपके दो निकाह हुये??' अंकिता ने पूछा।

'हाँ पहली का साथ कुछ ही दिनों का रहा, वो बेऔलाद जन्नतनशीं हुई, मैं तो दूसरे निकाह को बिल्कुल राजी नहीं था। पर क्या कहे खाला जान को, खुदा की मर्जी थी, उनकी चाहत में, सो हो गया।'

'न करते तो इतनी प्यारी सी बेटी कहाँ से लाते? जागृति किसके सहारे दिन काटती? थके-मांदे घर लौटने पर किसको डांट पिलाते??'

सब अल्लाह की मर्जी है बेटी!! उसकी हुक्म की तामीली सभी के लिए बहुत जरूरी है। मेरी कोई ख़्वाहिश नहीं बची है....अल्ला ताला से बस इतनी सी गुजारिश जरूर है, जिंदगी के बाकी दिन ऐसे ही नेक काम करते हुए गुजर जाएं, नीयत में कभी कोई खोट न आये।'

फ़रज़ाना फिर आकर खड़ी हो गयी थी, हामिद ने उसे किवाड़ पकड़े खड़ी देखकर पूछा..'क्यों बताया नहीं??'

'आपा तकिया में मुँह औधाये रो रही है।' कैसे बताती?'

'रहने दीजिए मैं खुद जाकर मिले आती हूँ।'

आँगन से पार दूसरे छोर पर बाहर की तरह का ही यह कमरा था। कोने में एक लकड़ी की अलमारी, जिसमें बहुत सी मोटी-मोटी किताबें रखी थी। लकड़ी की दो मजबूत खूंटियों के सहारे झूलते हुये जागृति के इस्तेमाल के कपड़े। कोना लेकर ज़मीन पर बिछा हुआ पुराना गद्दा और सिरहाने की तरफ तुड़ी-मुड़ी अवस्था मे पड़ी हुई रजाई। जागृति बिस्तर में औंधे मुँह लेटी हुई सिसक रही थी। कदमों की आहट पाकर वह उठ बैठी, आँखे खोल दी। फिर आंसुओं के सैलाब को दुपट्टे के छोर से रोककर अंकिता और बाजू में खड़े हामिद और फ़रज़ाना को आंखे बड़ी कर देखने लगी। जैसे वह सभी को पहचानने की कोशिश कर रही हो। अचानक वह अंकिता से लिपट गयी और जोर-जोर से पुनः रोने लगी।

'चुप कर बेटी अल्ला को जब्र जायेगा। तुम तो किसी मामूली लड़की की तरह आँसू बहा रही हो। अरे! तुमने कलेक्टरी पास करी है। तुम्हारे हाथ तो गैर आंखों में बहते हुये आंसुओ को पोछने के लिए है। बेटी!! कलेक्टर कोई मामूली शख्सियत नहीं होता है। दिमाग में जिसके हुनर और इल्म होती है, वही कलेक्टर होता है। रोना नहीं अल्ला को एतराज होगा, मुस्कुराते हुए अपनी बहन का इस्तकबाल करो। देखो ये तीन साल से तुम्हे तलाश रहीं थी। मुझे भी आज बहुत करार आया है। आज मुझे तुम्हारे घर का पता जो चला। तुम तो कभी बताई नहीं न हमने ही पूछने की हिम्मत की।'

हामिद की बात का अच्छा असर हुआ। जागृति खुश लगने लगी थी, वह अंकिता के साथ बिस्तर में बैठ गयी थी। हामिद बाहर के कमरे में लौट गये। फ़रज़ाना किवाड़ में हाथ फँसाये अब भी खड़ी थी। अंकिता के कहने पर वह भी बिस्तर में बैठ गयी। जरा सा पल गुजरा होगा कि हामिद हाथ मे झोला उठाये फिर कमरे में आये और जागृति के हाथ में देते हुए बोले.. 'इसे देखा नहीं, फल है, मिठाई है, शुद्ध मावे की और सब्जी। सबको मिठाई और फल बांटना, मैं बाहर के कमरे में जा रहा हूँ।

'आपा! मुझे डबल से सब चाहिए।' मिठाई के डिब्बे की ओर इशारा करती हुई फ़रज़ाना बोली।

'क्यों??'

'एक आपकी तरफ से और एक बड़ी आपा की तरफ से।'

'ठीक है..डबल मिलेगा, जा पहले रसोई से चाकू और प्लेट उठा ला।'

वह रसोई की तरफ प्लेट लाने के लिए चली गयी थी।

'ये स्कूल जाती होगी??' अंकिता ने फ़रज़ाना के बारे में पूछा।

'आठवीं फेल हो गयी है। इस गांव की लड़कियां इससे आगे की पढ़ाई नहीं करती। आठवीं फेल या पास यही इनकी फाइनल डिग्री होती है।'

'दिखती तो होशियार है?'

'हाँ, होशियार है, सुंदर है...शायरी भी इसे बहुत याद है। पता नहीं कहाँ से सीखी है? हामिद चाचा कहते है इसकी मां को शायरी का शौक था। यह मां के पेट से सीखकर आयी होगी।'

'अच्छा आने दो, सुनेंगे शायरी उससे।'

'चलो ऐसा करते है, पहले किचेन देख लेते है, हामिद चाचा भी भूखे होंगे। वैसे भी बहुत देर हुई आज।'

आधे घण्टे में रोटी सब्जी तैयार हो गयी थी। हामिद ख़ाकर सोने चले गये थे। साढ़े दस होते-होते किचेन के काम से फुर्सत मिल गयी। अंकिता को लेकर वह कमरे में आ गयी थी। फ़रज़ाना भी साथ थी, वह कहाँ छोड़ने वाली थी? जबकि उसके सोने का रूम बाजू का था। उसकी मौजूदगी में कोई बात ये दोनों नहीं करना चाहती थी।

'तुम्हारी आई.ए.एस. की एग्जाम प्रोसेस पूरी हो गयी??' बात की शुरुआत अंकिता ने इस सवाल के साथ किया।

'हाँ सखी!! पिछले हफ्ते इंटरव्यू देकर आ गयी।'

'क्या पूछते है?'

बड़े मजेदार सवाल होते है...जैसे मुझसे पूछा गया....'पूरे कपड़े कब उतारती है??'

'अरे!! ये तो गंदा सवाल हुआ। मुझसे कोई पूछ के तो देखे। मुँह न तोड़ दूँ तो फ़रज़ाना नाम नहीं।'

फ़रज़ाना की बात सुन सबको हँसी आ गयी...पूरी बात तो सुनो पहले, गंदा सवाल नहीं है, मजेदार है, जानती हो मैंने क्या जबाब दिया...'मैंने कहा जब पूरे कपड़े धूप में सूख जाते है, तब पूरे कपड़े उतारती हूँ।'

'या..डन.डना.डन. डन आपा! कमाल का जबाब दिया आपने। फ़रज़ाना जोर से हँसती हुई बोली।'

'धीरे हँस.. अब्बू जगेंगे तो गुस्सा करेंगे।' जागृति ने समझाया।

'अच्छा आपा!! मेरे एक सवाल का जबाब देना??'

'पूछो।'

'जब पेट खराब हो तब शंख क्यों नहीं बजाना चाहिये??'

सवाल सुनकर अंकिता और जागृति की हँसी बेकाबू हो गयी। फ़रज़ाना उन्हे लोटपोट हँसते हुए कुछ देर देखती रही फिर नाराज होकर बोली...'इसमे हँसने वाली कौन सी बात है??'

'ये सवाल किससे सुनी हो??' जागृति ने पूछा।

'से.. वे फोन पर किसी से ऐसा कह रहे थे।'

'ठीक है, कल उन्हीं से पूछकर उत्तर दूँगी। चल..फ़टाफ़ट बड़ी आपा को अपनी शायरी सुना दे..फिर सोना है। नींद आ रही है।'

फ़रज़ाना ने कुछ ऐसा मुँह बनाया जैसे कड़ुआ करेला खा ली हो।

तब जागृति ने उसे घूरते हुये कहा...'अब क्या हुआ..सुनाती क्यों नहीं??

'नहीं सुनाती, मुझे फटाफट की शायरी नहीं आती।'

'अच्छा!! गुस्सा हो गयी न..चल सॉरी बोल दिए। अब सुना।'

वह उँगलियों को आपस में कलात्मकता से फँसाकर अंकिता से बोली..'बड़ी आपा आपके लिए दो शेर पढ़ती हूँ...गौर फरमाएगा आपा।'

'हाँ सुनाओ।'

'अर्ज किया है...' नाव कागज की कहीं और चलाई जाए। ठहरे पानी की अभी शाख बचाई जाए।

वहहहहहवाह क्या बात है। माशाअल्लाह।'

'शुक्रिया...एक और शेर मुलाहिज़ा हो।'

'इरशाद।'

'हँसने वाले चाहे जितनी कोशिश कर देखे लेकिन, हँसने का तो मौसम यारों रोते-रोते बीत गया।'

और यह शेर ख़ासकर आपा के लिए।

'निकली हूँ हौसले से वादों को साथ लेकर, मंजिल से जा के कहिए, ठहरी नहीं हूँ मैं। वे डूबकर बतायें जिनको यकीन न हो, पर झूठ होगा कहना गहरी नहीं हूँ मैं।'

फ़रज़ाना को इस शेर पर भी भरपूर दाद दी गयी, अब वह खुश होकर अपने कमरे में सोने चली गयी थी।

बहुत बड़ी बात कह गयी फ़रज़ाना...कौन देता है इसे शायरी की सऊर?? कहीं तुम तो नहीं??'

'मैं क्या जानूँ शेर-ओ-शायरी। उसे तो शायरी गॉड गिफ्ट है। हामिद चाचा भी उसके शेर से हैरान होते है। वो वाला शेर तो कमाल का हौसला देने वाला सुनाया...' मंजिल से जा के कहिए ठहरी नहीं हूँ मैं।

'नर्म हथेलियों के दबाब से बिस्तर की सिल्बटें हटाती हुई जागृति बोली।

लाइट ऑफ करके दोनों जमीन पर पड़ रहीं थी। अंकिता को जागृति का जमीन पर सोना अटपटा लगा। उसने जागृति से जब इस बावत पूछा तो वह भावुक हो कर बोली...'सखी!! इसी लकड़ी के पलंग में सोने के कारण ही सब हुआ। सरिता भाभी को अविश्वास में लाने का कारण यही लकड़ी का पलंग है। मैंने इसे हमेशा के लिए त्याग दिया है।

'अच्छा ये बता अपने पति के साथ भी जमीन पर सोयेगी??' अंकिता उसकी गाल में चपत लगाती हुयी बोली।

'हाँ, अब जमीन में सोना अच्छा लगता है।'

'तुम चित्रकूट कब गयी थी?? सरिता भाभी और मेरे आराध्य कैसे है? सब कुशल तो है न वहाँ?? मेरी याद करते है?? उसने एक साथ अनेक सवाल कर दिए।

'जरा सब्र कर, सब बताती हूँ। गोपियों की तरह उतावली मत हो। मैं उद्धव नहीं हूँ, अंकिता हूँ। डर मत मैं उद्धव की तरह ज्ञान की बातें नहीं करुँगी। मुझमें ऐसी काबिलियत भी नहीं है। मैं सब कुछ सच-सच बताऊँगी। मेरे कहने के बाद तुम्हारे सारे सवाल स्वयंमेव खत्म हो जायेगे। बस इतना बता दे, तुमने वो घर क्यों छोड़ा?? और यहाँ तक कैसे आयी??' अंकिता ने पूछा।

'सखी! मुझे कुछ पता नहीं है। भाभी ने मुझे मारने को हाकी उठाई थी, तब रंजन जी ने हाथ से रोक लिया था। उनकी हथेली फट गयी थी, खून बहने लगा था। मैं बहुत घबरा गई थी। बस इतना भर याद है। हामिद चाचा बताते है...' मैं गंगा के किनारे बेहोश मिली थी। वे मुझे इस घर में ले आये। सच कहूँ सखी, जीने की कोई इच्छा नहीं बची थी। जीने का नया मकसद, नया हौसला, हामिद चाचा ने दिया है। वे मेरे पिता है। ये सब किताबें जो आलमारी में देख रही हो, उनकी खरीदी हुई है। सखी! मैं इस दुनिया को स्वीकार कर चुकी हूँ। लेकिन मेरे पति का घर तो चित्रकूट

में है। उसे भुलाना मेरे लिए इस जन्म में सम्भव नहीं है।'

अंकिता सारी बातें विस्तार से उसे कह सुनाई, वह साँस रोके सुनती रही। हृदय गत भाव कभी चेहरे पर तो आँखों में दिखाई देते रहै

'मैं तुम्है लेने आयी हूँ। कल सुबह मेरे साथ चलो।'

'नहीं सखी, अभी नहीं, यू.पी.एस.सी. का फाइनल रिजल्ट आने दो। मैं जरूर जाऊँगी उनके आशीर्वाद लेने।'

'तेरा रिजल्ट वहाँ जाने से रुक तो नहीं जायेगा??'

'मत ले जाओ सखी। तुम्हारे पाँव पकड़ती हूँ। जागृति फिर सुबक पड़ी थी।'

'आखिर कौन सी ऐसी मजबूरी है, जो तुम्है चित्रकूट जाने से रोक रही है??'

तुम्है पता नहीं...तुम्हारे पीछे रंजन जीजू की कितनी बदनामी हुयी। दबी जुबान लोग उन्हे बलात्कारी, चरित्रहीन और न जाने क्या-क्या कहते है? दोनों के बीच अनबन हुई अलग से। सरिता दीदी तुम्हारी किताबें, बिस्तर, मोबाइल, रेडियो, घड़ी सभी चीजें साफ कर, पोंछकर सलीके से रख दी है। जीजू तुम्हारी किताबों को कपड़ों को हर बरसात के बाद धूप दिखाते है। दीदी कमरे में ताला लगाकर रखती है। वे कहती है...'ये जागृति का रूम है।

अंकिता कहते-कहते भावुक हो गयी, उसकी आँखे गीली हो चली थीं।

'है भगवान!! मेरी तरह किसी को इतना मजबूर न करना कि उसे न रोने में करार आये न हँसने में।' जागृति के ये शब्द अंकिता के दिल मे उतर कर बैठ गये।

'अच्छा एक काम कर न तेरी बात न मेरी बात...मिलकर चली आना।'

'भगवान का मन्दिर दूषित हो जाएगा सखी!! तुम समझती क्यों नहीं? सरिता भाभी एक धर्मपरायण, पतिव्रता नारी है। वे अपने जिंदा रहते प्यार का बंटवारा नहीं कर सकती है। मैं पागल हो जाऊंगी उन्हे देखकर, नहीं सम्हाल पाऊंगी खुद को। वक्त बहुत बड़ा हकीम है आपा!!' वक्त गुजरने के साथ वे मुझे इतना तो भूल ही जाएंगे, जितने में वह घर सलामत रहेगा।'

'तुम्हारी बातें मेरी समझ में नहीं आती।'

'जल्द रिजल्ट आने वाला है। मैं सबसे पहले तुम्है बताऊँगी।' वह अंकिता का हाथ दबाती हुई बोली। 'बाय-द-बे सिलेक्शन न हुआ तो?? चित्रकूट नहीं जाओगी??

'सखी!! ऐसा नहीं हो सकता। इस बार मैं अकेले नहीं थी, सरिता भाभी, रंजन सर का आशीर्वाद मेरे साथ था। मेरे स्वामी का आशीर्वाद मेरे साथ था, मेरी सखी का प्यार मेरे साथ था। अहम बात हामिद चाचा की दुआएं बेकार नहीं जा सकती। निश्छल हृदय फ़रज़ाना की भविष्यवाणी कभी झूठी नहीं हो सकती।'

अंकिता चुप हो गयी थी, उसे यह यकीन हो गया था कि यह जिद्दी लड़की मानने वाली नहीं है। फिर भी उसे इस बात की खुशी थी कि जागृति सही-सलामत है।

'सखी!! एक बात का और वायदा कर।'

'किस बात का??'

'अपनी मुलाकात का जिक्र अभी किसी से मत करना।'

'क्यों?? अंकिता ने आश्चर्य करते हुए पूछा।

'प्रश्न नहीं सखी।' अभी जबाब नहीं दे सकूँगी। तुम्है मेरी सौगंध, किसी से कुछ मत बताना। मैं बहुत शीघ्र चित्रकूट आऊँगी।

'हां', 'मोबाइल है तेरे पास??'। दीर्घ स्वाँस खींचकर अंकिता बोली। 'नम्बर बताओ।'

एक दूसरे का नम्बर मोबाइल में सेव कर दोनों करवट बदल ली थी। लेकिन आंखों में नींद कहाँ?? अचानक जागृति पलटी और अंकिता से लिपट गयी।

अंकिता उसकी लटों में उँगलियों से छल्ले बनाने लगी थी। जो शायद यह बताना चाह रही थी के मैंने तुम्हारी शर्तें मान ली है। जैसा तुम चाहती हो वैसा ही होगा।

22

इसी तरह से वक्त गुजरता गया, दिन, हफ्ते में, हफ़्ते माह में तब्दील होते गये। जागृति का पता नहीं चल पाया। अंकिता अपनी तरफ से जागृति को खोजने में कोई कोर-कसर नहीं रखी होगी लेकिन उसे कामयाबी नहीं मिली। अब चिट्टी के लिखे पर भरोसा करें, तो वह कलेक्टर बनने के बाद मिलने आएगी, 'डूबते को तिनके का सहारा' जैसा कल्पित संबल के अलावा कुछ शेष नहीं था। आशा के साथ निराशा, मिलन के साथ अलगाव होते है। इस तथ्य को स्वीकारने या न स्वीकारने की पूरी आज़ादी है, लेकिन यह बेहतर होगा कि हम आशा का हाथ पकड़ कर जीवन के कर्म पथ पर आगे बढ़ते चले, हो न हो किसी न किसी मोड़ पर या विश्राम के पड़ाव पर चाही गयी चीज से मुलाकात हो जाये। न भी मिले तब भी निराशा से कुछ हासिल नहीं होने वाला। निराशा वह घुन है, जो शरीर के साथ आत्मा को भी खोखला कर देती है। आशाएं उम्मीदों को जिंदा रखती है। आँख खुलने के बाद भले ही यथार्थ के तपते हुये रेगिस्तान हों, लेकिन आँख मुंदने के बाद चंद पलों के लिए ही सही महकते हुये गुलिस्ताँ, यदि ख्वाबों में उतर आये तो भी बहुत है। आखिरकार उतने पल तो सुकूं के मयस्सर हुये।

बाबा बालकदास की पहचान चित्रकूट के अंचल से विस्तारित होकर बाँदा, फतेपुर, कानपुर, लखनऊ, प्रयागराज, काशी, मथुरा, बुंदेलखंड और बघेलखण्ड के जिलों तक पहुँच गयी थी। लेकिन बाबा के स्वभाव में रत्ती

भर फर्क नहीं आया। आज भी वह पयस्वनी के पवन तट पर रात गुजारता है। सेठ रामजतन की दूकान के बाहर लगा टीन का शेड आज भी बाबा की शयनस्थली है। उसने अपनी सारी जरूरतें पयस्वनी के जल में बहा दी है। दो रोटी और लँगोटी में जीवन गुजारने वाला बाबा बालकदास मेरा मित्र है, यह मेरे लिए परम सौभाग्य की बात है। सरिता को वह माँ जैसे भाव से भाभी का सम्बोधन देता है। उसकी इस अहेतुकी कृपा के लिए मेरे पास भाषायी शब्द नहीं है, महज़ भावनाएं है, जिसे हम दोनों महसूसते है। हर काल खण्ड में मित्र के साथ अनिष्ट की कामना करने वाले अमित्र भी हुये है। दोनों की मौजूदगी निहायत जरूरी है। दुश्मन न होते तो दोस्ती बेमज़ा होती। दुश्मनी बहुत कुछ सिखाती है, कानों की श्रवण-शक्ति, नजरों में चौकन्नापन, कदमों की तेज चाल और अनेक गुण दुश्मनी की देन है। बाबा बालकदास की शोहरत उसकी जमात के लोगों का हाज़मा खराब किये हुये है, कइयों की तो रात्रि की नींद उड़ा दी है, लेकिन अलमस्त बाबा बालकदास इन चीजों से बेपरवाह अपने पथ पर बेखौफ बढ़ा चला जा रहा है। उसकी बातें अब अखबारों की सुर्खियाँ बनती है। साधन सम्पन्न बहुत से भक्तों ने उसे अपने घरों मे आकर रहने को आमंत्रित किये। कुछ ने तो यहाँ तक कहा बाबा जिस जगह कहे, हम उनका आश्रम बनवा देंगे। साधुओं की तरफ से भी बाबा के लिए प्रस्ताव आया कि वे हमारे अखाड़े की सदस्यता लेकर साथ में रहै, परन्तु जो श्री राम में अखाड़े में लोट रहा हो वह भला अन्य के अखाड़े में कैसे जाकर लोटे? कल प्रेम विषय पर बाबा का दिया गया व्याख्यान सबसे अलग तरह का था। प्रेम को समझने और महसूसने का नजरिया बाबा का सबसे जुदा है। बाबा कहता है...... 'अपने ईष्ट तक पहुँचने का मार्ग केवल प्रेम-मार्ग है। यह हर मजहब की पवित्र पुस्तकों में दर्ज है, चाहे वह वेद-पुराण हो, बाइबिल हो, गीता हो, गुरु ग्रँथ साहिब हो, या कुरान शरीफ हो। रामकृष्ण परमहंस, विवेकानन्द, गौतम, बुद्ध और नानक की वाणी भी प्रेम की वकालत करती है।

शाम के पांच बजे जब मुझे बैंक के काम से फुर्सत मिली तब बाबा

की बातें सुनने चला गया था। बाबा के सभा की व्यवस्था कुछ अच्छे लोगों द्वारा सतना मध्यप्रदेश के बस स्टेशन के पास करवा दी थी। सुनने वालों के पंडाल और बाबा के बैठने के लिए तख्त का इंतज़ाम भी इन लोगों ने किया हुआ था। मैं विलम्ब से पहुँचा था, इसलिए पहले कही हुयी बातें सुनने का सौभाग्य नहीं मिला। बाबा की ओज मय वाणी ध्वनि विस्तारक यंत्र की मदद से सुदूर प्रचारित हो रही थी। बैठने की कहीं तिल भर जगह नहीं थी। दूर से ही सड़क किनारे खड़ा होकर मैं बाबा को सुनने लगा। वो बतला रहा था..

'दुनिया में जो भी इंसानी आबादी है, मुस्लिमों के पवित्र धर्मग्रन्थ 'कुरान शरीफ' के मुताबिक एक माँ-बाप की औलाद है। सारे मनुष्य आपस में सगे रिलेशन के है, इसलिए सब के दरमियान प्रेम-मुहब्बत और भाई-चारे का सम्बंध होना चाहिए। कुरान को समझ से पढ़ने वाला किसी को बेगाना नहीं कहता है, न किसी से नफरत कर सकता है। भगवान ने दुनिया की रचना प्रेम के लिए की है और प्रेम ही वह कनेक्शन है जो भगवान से डायरेक्ट जोड़ता है। कुरान के अनुसार अल्लाह धरती पर किसी बंदे को भेजने से पहले यह नसीहत देता है कि..'तुम्हे एक निश्चित समय के लिए धरती में भेजा जा रहा है, वहाँ पहुँच कर सत्कर्म करना, मन, वचन, कर्म और वाणी से किसी को तकलीफ मत पहुँचाना, धरती में जो कुछ भी है, सबमें मेरा अंश है। इसलिए ईर्ष्या को त्याग कर सभी से मुहब्बत रखना। कयामत के दिन तुम्है सब कर्मों का हिसाब देना होगा। अल्लाह के सभी नेक बन्दों की भी यही गुजारिस है खुदा की बताई राह पर कायम रहो, ईमान का दामन पकड़कर रखना, और अल्लाह पर यकीन करो।

राम, रहीम, कृष्ण, रहमान के पैगाम में कोई भिन्नता नहीं है। 'सबका मालिक एक' है की मान्यता सबके कथन में है। वहां तक पहुँचने के रास्ते जुदा हो सकते है, प्रार्थना की भाषाएं जुदा हो सकती है, लेकिन मंतव्य सभी का एक ही है। जिस कुरान में खुदा से रहमत की बात कही

गयी हो, वह हिंसक नहीं हो सकता है। हर मजहब में कुर्बानी का शब्द अमल में आया है, परन्तु कुर्बानी का मकसद जीव-जंतु की हत्या से बिल्कुल नहीं है। कुर्बानी का मतलब यह हुआ कि जरूरत से अधिक की धन-सम्पति और विद्या हर जरुरतमंदों के बीच वितरित कर दें। जरूरत और इस्तेमाल के बाद धन-धान्य जो भी। बचता है, उसे जरूरतमंदों के बीच बाँट देना ही असली कुर्बानी है।

बाइबिल भी कहता है परमेश्वर प्रेम है, प्रभु यीशु प्रेम है, हर जीवधारी, वनस्पति परमेश्वर की सन्तान है। सबसे प्रेम करो, यही सच्चा प्रेम है, यही परमेश्वर के प्रति विश्वास है।'

बाबा बालकदास लगातार बोले जा रहे थे। सब ध्यान से उन्हे सुन रहे थे। 'धर्म शास्त्रों ने मनुष्य के सात बड़े दुश्मनो के बारे में बताया है, यथा..नशा, मोह, लालच, गुस्सा, काम, ममता, और अहंकार। इनमें से यदि कोई एक भी शत्रु आपके पास है तो समझ लीजिए ये सत-पथ पर पाँव बढ़ाने नहीं देगा। यह शत्रु यदि शक्तिशाली हुआ तो कभी नहीं चाहेगा कि आप भले मार्ग पर चलें। जब इसे लगता है की हम प्रेम, करुणा, दया, त्याग, परोपकार के पथ पर है। तभी ये टाँग खींचकर अपने प्रभाव में ले लेता है। मैं यह नहीं कहता की नशा छोड़ दीजिये, मोह, लालच, क्रोध, काम और अहंकार छोड़ दीजिये। बिल्कुल नहीं छोड़ना है। सिर्फ इनकी दासता कुबूल मत करिये। इन्हे अपने ऊपर हावी न होने दे, इन दुर्गुणों को अपने नियंत्रण में लेकर अच्छे काम कराइये, मिसाल बतौर दुष्टों को पराजित करने के लिए क्रोध की उचित मात्रा का इस्तेमाल करिये। कोई आपको दीन-हीन समझकर उपेक्षित न करे, यहाँ पर अहंकार की अल्प मात्रा से काम चलाइये। अहंकार का नया नाम स्वाभिमान भी दे सकते है। इस तरीके से चतुर और विवेकशील मनुष्य दुर्गुणों से भी नेक काम करा सकता है।'

शाम के सात बजने को थे। शाम गहरी हो गयी थी। निर्धारित समय अनुसार बाबा ने अपनी वाणी को विराम दिया। आज मेरी इच्छा बाबा से

मिलते हुये घर पहुँचने की थी। सरिता को मैंने फोन से बता दिया था। बाबा मुझसे मिलकर बहुत खुश हुआ। वह मुझे रामघाट ले आया। सेठ रामजतन ने अपनी दुकान के बाहर पर्दा लगाकर कोठरी की शक्ल दे दी थी। यही बाबा बालकदास का अब स्थायी घर हो गया था।

'बैठो मैनेजर-- बाबा को भुलाने में कामयाब नहीं हो पाओगे। चिमटा को कोने में सरकाता हुआ बोला था।

'बाबा मैं तुम्है भूलने की कभी कोशिश नहीं की है। मैं तुम्है भुलाना नहीं चाहूँगा, क्योंकि तुम मेरे इकलौते दोस्त हो।'

'फिर इधर आये क्यों नही?'

'बैंक में ज्यादा काम रहा बाबा!! वहीं देर हो जाया करती थी।'

'हाँ भाई!! मुझे भी तुम्हारी याद आती थी। मैं भी तो तुम तक जा नहीं सका, इस लिहाज से गलती माइनस गलती बराबर जीरो हो गयी। बाबा जोर से हँसा और मुझसे पूछा..'भाभी जी कैसी है??'

'वे ठीक है बाबा, बस महीने से ज्यादा हो रहे है, खाँसी है उन्हे, ठीक होने का नाम नहीं ले रही है।'

'सूखी या बलगम के साथ?'

'जोर से उठती है, बलगम निकलते ही राहत मिल जाती है।' मैंने बताया।

बाबा मेरी बात सुनकर ध्यानस्त हो गया, आँखे बंद कर ली, फिर गम्भीर स्वर में बोला...'मैनेजर खाँसी को हल्के से मत लेना..कलह की जड़ हांसी.. रोग की जड़ खाँसी।

हाँ बाबा! समझता हूँ।

'तुम्हारा नाम बहुत तेजी से फैल रहा है बाबा।' कुछ पल की चुप्पी के बाद मैंने कहा।

'हाँ... लेकिन यह ठीक नहीं लग रहा है, मेरा उद्देश्य लोगों की आँखे खोलना है, यथार्थ का बोध कराना है। शोहरत नहीं चाहता हूँ। जानते हो शोहरत बहुत बड़ी शत्रु है, यह आदमी की आदमीयत खा जाती है।

'मैनेजर!!'

'हाँ बाबा।'

'मुझे डर लगता है, यह सोचकर कि यह शोहरत कहीं मेरी जान न ले ले।'

'ऐसा क्यों सोचते हो?? ये भ्रम है तुम्हारा, तुम्है चाहने वाले बहुत है।' उसके कंधे पर हाथ रखकर मैंने कहा।

'एक बात बोलूं बाबा!'

'हज़ार बोल न, कौन मना करता है।' तेज स्वर में बाबा बोला।

'तुम गृहस्थ जीवन में लौटने की क्यों नहीं सोचते हो?? तुम भी शादी-ब्याह कर लो। यह बात मैं एक बार और कह चुका हूँ।'

'दोस्त तुम शायद यह नहीं जानते साधु-सन्यासी बनते नहीं है, पैदा होते है, इसलिए तुम ऐसा बोल रहे हो। शादी-ब्याह करके सन्तान पैदा करने का कार्य मेरा नहीं है।'

बाबा की बातें सुनकर मैं कुछ देर चुप रहा, बाबा भी कुछ नहीं बोला, फिर थैले से भाँग की डिबिया निकाला और दो गोली मेरी हथेली में रखकर कहा..

'छोड़ो ये सब बातें, लो महाकाल का प्रसाद ग्रहण करो और घर जाओ। घर में तुम्हारा इंतज़ार हो रहा है।'

मैं चलने के लिए पीछे मुड़ा ही था कि बाबा ने पुनः आवाज दी..'दो गोली भाभी के लिए भी लेते जाओ, भगवान महाकाल की कृपा से खाँसी में पक्का लाभ होगा।'

मैं घर पहुँच गया था, आहिस्ता-आहिस्ता भंग-तरंग देने लग गयी थी। डोर-बेल की आवाज सुनकर सरिता ने द्वार खोल दिया। अंकिता भी आयी हुई थी, वह भी सरिता के पीछे खड़ी थी, मुझे देखते ही वह चहककर बोली...'हाय जीजू।'

'अरे!! तुम कब आयी?'

'यहीं तो हूँ, आपको मुझे निहारने की फुर्सत ही नहीं मिलती।'

मैं एकटक अंकिता को देखने लगा, मेरी हरकत सरिता भाँप गयी, उसने पूछा..'उसे क्यों घूर रहे है?'

'ये कहती है, मुझे देखते ही नहीं, इसलिए इसे देख लेने दो।'

मेरी बात पर ठहाके लगाते हुये अंकिता बोली..'दीदी!! बाबा के पास से ये भाँग खा कर आये है, देखिए न इनकी आँखे कैसे चढ़ी-चढ़ी है।'

'भाँग मत बोलो, महाकाल का प्रसाद है। बाबा ने दो गोली सरिता के लिए भी दिया है। बाबा ने कहा है..'इसे खाते ही भाभी की खाँसी जड़ से चली जायेगी।'

'दीजिये।'

अंकिता मेरे हाथ से गोली तो ले ली किन्तु बाहर फेंक आयी। सरिता के पूछने पर कि 'गोलियाँ क्यों फेंक आयी??' उसने कहा...'दीदी!! भाँग से नशा आता है, खाँसी ठीक होने की बज़ाय और बढ़ती है, क्योंकिइसकी तासीर ठंड की होती है।'

'चेहरे में खुशी तो झलकती है? देखो न तुम्हारे जीजू की आँखे तक हँस रही है, नाहक तुम फेंक आयी। एक-एक गोली हम लोग भी खा लेते, कितना मजा आता, एक साथ सबकी आँखे हँस लेती।' सरिता की बात सुनकर मेरी हँसी जोर पकड़ ली। फिर सोचा कि ज्यादा हँसना ठीक नहीं होता, इसलिए चुपचाप कपड़े चेंज करने के बहाने से कमरे में दाखिल हो गया। सचमुच आज बहुत हँसी उठी थी, हम लोगो की हँसी में दरवाजे

खिड़की भी साथ दिए थे। अंकिता आज अपनी सारी हँसी जैसे खत्म करने को आमादा थी...'कभी कहती जीजू!! आप उल्टी टी-शर्ट पहने है, कभी कहती जीजू!! लोवर का सामने का हिस्सा पीछे किये पहने है। हो सकता है उल्टा ही पहन लिए हों। मैं सही हूँ... यह दावा कर सकने की स्थिति में आज मैं नहीं था। आज भाँग कुछ ज्यादा ही चढ़ गयी थी। घर बैठे बिना एक पैसा खर्च किये आसमान की सैर भी कर आये थे। कुछ भी हो भगवान महाकाल का प्रसाद बहुत चमत्कारी है। सरिता की खाँसी इससे जरूर ठीक हो जाती। अंकिता क्या समझे भोले की महिमा को। कोई बात नहीं, कल छै गोली बाबा से लेकर आऊँगा। दो-दो गोली हम तीनों खायेंगे।

अंकिता और सरिता मेरे बेड रूम में सो गयीं, मैं बगल के रूम में सोने चला गया था। लेटते ही मुझे नींद आ गयी। रात्रि का मध्य काल रहा होगा कि सरिता के खाँसने से मेरी नींद खुल गयी। फौरन कमरे में जाकर देखा कि सरिता लगातार खाँस रही है, गालों तक आँसू ढरक आये है, आँखे लाल और बड़ी-बड़ी हो गयी है। अंकिता ने उसे दवाइयाँ दी थी, कफ सिरप और गोलियाँ जो आरोग्य धाम के डॉक्टर ने लिखी थी, लेकिन सब व्यर्थ, खाँसी से निज़ात नहीं मिली, अंततः उसे उल्टी आ गयी, रात का खाया हुआ सब बाहर आ गया तब कहीं जाकर खाँसी से उसे छुटकारा मिला। वह बेदम होकर बिस्तर में लेट गई और आँखे मूंद ली।

मेरी फिक्र बढ़ गयी थी, भाँग का नशा उतर चुका था। मुझे बाबा की कही बात याद आ रही थी...मैनेजर!! खाँसी को कम मत आंकना।' इसलिए सरिता को सुबह प्रयागराज ले जाकर दिखाने का निर्णय लिया। लेकिन वहाँ किस डॉक्टर को दिखाना ठीक रहेगा?? मुझे तो इस बारे में कोई अधिक जानकारी नहीं थी। इस बावत तो मुझसे ज्यादा सरिता जानती है पर वह बीमार है और बीमार आदमी से उसके इलाज को लेकर मश्वरा नहीं करना चाहिए।

मैंने अपना डिसीजन अंकिता को भी बता दिया। सुनते ही वह बोली...

'जीजू!! मैं भी यही सोच रही थी, मैं आपके साथ चलूँगी, आप जब तक छुट्टी की अर्जी देकर लौटेंगे मैं जाने की सारी तैयारी कर लूँगी। प्राइवेट कार भी हायर कर लूँगी। आप टेंशन मत लीजिएगा, प्रयागराज में अपना घर है। पापा की पहचान वहाँ के हर बड़े डॉक्टर से है। सबसे बड़ी बात जीवन ज्योति हॉस्पिटल में मेरी फ्रेंड अंजली है, जो नाक, कान, गला रोग स्पेशलिस्ट है। मैं सुबह ही पापा से और अंजली से बात कर लूँगी।'

'थैंक्स अंकिता, तुम रिलेटिव के साथ-साथ मेरी बेस्ट फ्रेंड भी हो।' मुझे अंकिता के रूप में बड़ी इमदाद मिल गयी थी। मैं आज तक कभी हॉस्पिटल का मुँह नहीं देखा है। ईश्वर की कृपा से हम लोग आज तक ऐसे बीमार नहीं हुये थे कि हॉस्पिटल जाते, डॉक्टरों के चक्कर मारते। सर्दी-जुकाम हो जाना आम बात है, इससे तो सभी को दो-चार होना पड़ता है। आदमी तुलसी के पत्ते और काली मिर्च चबाकर ठीक हो सकता है।

'थैंक्स की जरूरत नहीं है, रिश्तों के दरम्यान में मुझे औपचारिक सम्बोधन ठीक नहीं लगता है। रिश्तेदारी का मतलब ही यही है, जरूरत के समय आदमी मजबूती से एक-दूसरे के साथ खड़ा हो।'

'तुम्हारी सोच में मानवीय सम्वेदनाएँ हैं, वरना आजकल तो सिर्फ नाम के रिश्ते है।'

'जीजू!! इसकी वजह है, आदमी की स्वार्थपरता और ईर्ष्या, जो आदमी को आदमी से दूर कर रही है। जो हरारत रिश्तों के दरमियान जरूरी है वह आदमी के सर चढ़ गयी है, अब महज दिखाने की मुहब्बत है। वक्त आने पर समझ मे आता है, के कौन किसे कितना चाहता है??'

'तुम लोग व्यर्थ में परेशान हो रहे हो, खाँसी ही तो है, ठीक हो जायेगी।' क्षीण स्वर में सरिता बोली।

'अच्छी बात है दीदी, लेकिन चेकअप करा लेने में कोई हर्ज नहीं है।'

सरिता को आलस्य में आता देख मैं पुनः कमरे में चला गया था। अभी सुबह होने में चार घण्टे बचे थे। लाख कोशिश के बावजूद भी मुझे

नींद नहीं आ रही थी। किसी अज्ञात भय से मेरा जी घबरा रहा था। करवट बदलते हुये सबेरा हुआ। सुबह देखा तो सरिता को बुखार हो आया था, गले में सूजन और बोलने में तकलीफ भी महसूस हो रही थी। आवाज़ भी बदली-बदली थी। आठ बजे के तकरीबन क्षेत्रीय प्रबंधक को छुट्टी का आवेदन देकर मैं घर लौट आया था। जाने की सारे इंतज़ाम अंकिता कर चुकी थी। साढ़े आठ के लगभग इनोवा-कार आ गयी थी। सरिता को साथ लेकर हम प्रयागराज के लिए घर से निकल पड़े थे।

23

साढ़े दस के लगभग हम लोग जीवन-ज्योति हॉस्पिटल पहुँच गये थे। फरवरी का महीना अभी शुरू हुआ था। दिन के ठण्ड में कुछ कमी आयी थी। दिन की धूप में हरारत बढ़ चली थी, मगर रात काटने के लिए कम्बल या रजाई की जरूरत अभी बरकरार थी। वैसे भी प्रयागराज जितना गर्मी में ताप उगलता है, उतना सर्दियों में ठिठुरन भेजता है। अलबत्ता गंगा मैया अपने जल को उष्ण बनाये रखतीं है, ताकि स्नान करने वालों को नहाने से डर न लगे। सरिता का बुखार बढ़ गया था। गले मे दर्द भी तेज महसूस कर रही थी। खाँसी में जरूर कुछ राहत थी। हॉस्पिटल पहुँचते ही डॉक्टर अंजली मिल गयी थी, उसे अंकिता ने सुबह ही फोन से सब कुछ बता दिया था। अंकिता के पापा और मां भी हॉस्पिटल आ गए थे। उन्हे आया हुआ देखकर सरिता ने अंकिता से कहा...'तुमने मामा और मामी जी को क्यों तंग किया। तुम खाँसी को इतनी सीरियसली क्यों ले रही हो?? गले मे इंफेक्शन होगा? बस इतनी सी बात को...।'

'दीदी!! मम्मी-पापा आपसे मिलने को आये है। रही बात खाँसी की..आप तीन महीने से खांस रही है, इसलिए सोचा कि चेकअप करा दें, डॉक्टर अंजली मेरी दोस्त है। अच्छे से जांच हो जाएगी।'

सरिता को एडमिट कर लिया गया था। अनेक तरह से दिन भर जांच चलती रही। शाम को कुछ रिपोर्टस आ गयी थी, कुछ कल सुबह तक आनी थी। ऊपरी तौर पर सरिता कमजोर लग रही थी लेकिन इतनी नहीं

कि बिस्तर में पड़ी रहै शाम को वह लॉन में टहलने भी आई थी। सरिता और मेरे लिए रात्रि का खाना अंकिता घर से ले आयी थी। मामा जी के कहने के बावजूद भी मैं उनके घर नहीं गया था। रात्रि में सरिता के बेड के पास अंकिता थी, मैं बरामदे में दरी-कम्बल लेकर बरामदे में आ गया था। डॉक्टर ज्यादा कुछ बताई नहीं थी, सिर्फ सुबह मिलने को कहकर चली गयी थी।

रात्रि में सरिता को बहुत खाँसी आयी थी। खाँसी के रुक-रुक कर दौरे आ रहे थे। अंकिता ने फोन लगाकर डॉक्टर अंजली को बताया तब उसने कोई इंजेक्शन ड्यूटी नर्स को बोलकर लगवा दिया था, तब कहीं जाकर खाँसी से उसे राहत मिली। अब वह सो रही थी। मैं भी दरी फैलाकर लेट गया था। बेटा रोहन भी खड़कपुर से रात्रि की ट्रेन से निकल चुका था। अगले दिन दस बजे तक उसका प्रयागराज पहुँचना सम्भावित था। मुझे नींद नहीं आ रही थी, बार-बार करवट बदल रहा था। कोई अज्ञात भय मुझे हर पल डरा रहा था। मेरे भीतर जो चल रहा था, उसे व्यक्त कर पाना मेरे लिए असम्भव था। शब्दहीन फीलिंग थी, जिसे किस तरह से कहूँ, समझ नहीं आ रहा था। रात में सरिता ने बामुश्किल एक रोटी खायी थी, उसे कौर निगलने में पीड़ा हो रही थी। बाहर बुलाकर तब मैंने अंकिता को बताया था...मुझे अजीब सी घबराहट लग रही है। अंकिता ने मुझे समझाया था...जीजू! चिंता की कोई बात नहीं है, कल सुबह पूरी रिपोर्ट देखकर डॉक्टर दवा चालू कर देगी। सब ठीक हो जाएगा। मामा जी मुझे जबरदस्ती खाना खिलाकर घर चले गये थे।

जो रात बात करने के लिए अक्सर कम पड़ जाती थी, लगता था कि घड़ी की सुइयां ठहर जाएं, समय बताना बंद कर दे, वह रात आज हिमालय पर्वत से भी बड़ी महसूस हो रही थी। मोबाइल से समय देखा, सुबह के पाँच बजे थे। मैं उठकर कैम्पस की ओर देखने लगा। रोशनी उगलती बिजली की ट्यूब लाइट्स और मर्करी बल्व की रोशनी से पूरा हॉस्पिटल कैम्पस जगमगाया हुआ था। कैम्पस में कुछ लोग खुले आसमान

के तले कम्बल से लिपटे हुये पड़े थे। इक्का-दुक्का लोग सुलभ शौचालय की तरफ आना-जाना शुरू कर दिए थे। मैं पुनः बिस्तर पर आकर वार्ड की टोह लेने लगा। वार्ड में पसरे सन्नाटे से दिल को क्षणिक सुकून मिला। मैं पुनः पड़ गया था। लेटते ही आँख लग गयी।

अंकिता की आवाज से मेरी नींद खुल गयी, मैं घबराकर उठ गया और उसे सवालिया निगाहों से देखने लगा। वह कह रही थी...'जीजू उठ जाइये सात का वक्त हो गया।'

'सरिता सो रही है??'

'हाँ जब से नर्स इंजेक्शन लगाकर गयी है।' अंकिता ने बताया।

'आप होटल चले जाइये, फ्रेश होकर आ जाइये, मैं इधर हूँ।' अंकिता पुनः मुझसे बोली।

हॉस्पिटल के नजदीक ही होटल में मैंने कमरा लिया था। रात में यह खाली रहा। मैं होटल आ गया नहा-धोकर कपड़े चेंज कर हॉस्पिटल के लिए निकलने ही वाला था कि मोबाइल की घण्टी बज उठी। अज्ञात नम्बर से कॉल था, कॉल रिसीव नहीं किया। दोबारा से फिर घण्टी बजी..चित्रकूट से बाबा बालकदास का फोन था। वह किसी अन्य के फोन से बात कर रहा था, मैंने उसे पूरी बात बता दी। बाबा प्रयागराज के लिए चल पड़ा था।

आठ बजे थे जब मैं हॉस्पिटल लौटा। डाँक्टर अंजली आ चुकी थी। सरिता को गहन चिकित्सा इकाई में शिफ्ट किया जा रहा है। मैं तुरन्त वार्ड में पहुँचा। सरिता बहुत कमजोर लग रही थी, जैसे सालों से बीमार रही हो। मुझे देखते ही अंकिता ने बताया...'दीदी! को साँस लेने में कठिनाई जा रही है, इसलिये आय.सी.यू. में शिफ्ट कर रहे है।'

'क्या? अभी रात में तो सब ठीक रहा, सोयी भी तो थी।'

'डॉक्टर चेम्बर में है। अभी हम डिस्कशन करेंगे।' अंकिता ने मुझे आश्वस्त किया। दस मिनट में हमें डॉक्टर के चैम्बर में बुलाया। गया। रिवॉल्विंग चेयर पर डॉ. अंजली बैठी थी। उसके सामने टेबल पर सरिता की जाँच

पड़ी थी। डॉ. के संकेत पाकर हम सामने की कुर्सी पर बैठ गये।

'सरिता जी की तकलीफ़ बढ़ गयी है। यहाँ लाने में देरी हुयी है। डॉ. रिपोर्ट फ़ाइल पलटती हुई बोली।

'दीदी को हुआ क्या है?? अंकिता ने डॉक्टर से पूछा।

'डॉ. फ़ाइल पर आँखे गड़ाए रिपोर्ट को देखती रही। अंकिता की बात का उसने कोई, जबाब नहीं दिया। मेरी चिंता बढ़ गयी थी, साँसे तेज चलने लगी थी। मैंने व्यग्रता से पूछा..'बताइए न डॉ. वो ठीक तो हो जाएगी??'

डॉक्टर अपनी जगह से उठी और अंकिता के कंधे का स्पर्श करते हुए बोली.. 'रंजन जी! अंकिता मेरी प्रिय दोस्त है, हम साथ-साथ पले-बढ़े है, इसलिए आपको मैं झूठी तसल्ली नहीं दे सकती हूँ। सरिता जी सीरियस है। उनकी श्वास नली में कैंसर है। सेल्स का फैलाव ऊपर तक हो गया है।'

कुछ पल ऐसा सन्नाटा, जिसमें खुद की साँस और नब्ज रुकी होने का अंदेशा होता है। मैं बोल नहीं सकता था, गला शुष्क हो गया था। डॉक्टर अंजली मेरी हालत तुरन्त समझ गयी। पानी की बोतल अंकिता के हाथ में देकर मुझे पिलाने को बोली। दो-चार घूँट पानी हलक के नीचे उतरते ही मेरी आवाज़ निकलने लगी, मैंने पुनः डॉ. से पूछा...'ये कैसे हो सकता है?? खाँसी के अलावा कोई तकलीफ तो थी नहीं?'

'रंजन जी! इसके लक्षण कभी-कभी अंतिम स्टेज में उभरते हैं। सरिता जी के साथ ऐसा ही हुआ है।'

'क्या कोई ट्रीटमेंट नहीं है?' क्या टाटा हॉस्पिटल बॉम्बे में कुछ हो सकता है?

'ट्रीटमेंट है, लेकिन अप्लाई नहीं कर सकते। ऑपरेट हो नहीं सकता। इवन चीमोथेरेपी भी नहीं की जा सकती। श्वॉस नली डैमेज होने के चांस है।' डॉक्टर अंजली ने बताया।

'पशेंट से मिल सकते है??' अंकिता ने पूछा।

'हाँ।'

'सरिता बेड में आँखे बंद किये हुये शांत पड़ी थी..अंकिता ने पास आकर आवाज दी...' दीदी। 'आवाज सुनते ही उसने आँखे खोल दी। और बहुत महीन आवाज में अंकिता से बैठाने के लिए कही। अंकिता ने सहारा देकर उसे बेड में बैठा दिया था..उसने मेरी ओर निगाह डाली, आँखे चार होते ही आंसुओ के दो बड़े बूंद उसकी आँखों से ढरक कर नीचे गिर गये। 'रोहन आ गया??' पूरी शक्ति लगाकर उसने सिर्फ इतना पूछा।

'दो घण्टे के भीतर पहुँच रहा है।' मैंने उसे बताया।

मेरे पैरों से सारी शक्ति जाती हुई प्रतीत होने लगी थी मुझे लगा कि कुछ क्षण और खड़ा रहा तो गिर जाऊँगा। मैं वार्ड से निकल बरामदे में दीवाल से टिककर बैठ गया था। कुछ देर में अंकिता बाहर निकली, मुझे इस तरह बैठे देखकर उसने समझाया...'जीजू सम्हालिये खुद को।'

'कैसे सम्हालूँ अंकिता! मुझे तो वही सम्हालती आयी है।'

'प्लीज जीजू! आपके इस तरह दुख करने से दीदी को बहुत तकलीफ जाएगी। मन को शांत रखिये।'

दस बजे के लगभग खड़गपुर से चलकर रोहन भी आ गया था। माँ की हालत देखकर उसे अपार दुःख हुआ होगा, लेकिन वह मुझसे छिपाता रहा। मैं उसकी स्थिति समझ रहा था।

हॉस्पिटल में चौथे दिन की सुबह थी। मुझे प्राची में उगे सूरज का लाल मुँह आज बहुत डरावना लगा। आँख तिलमिलाती हुई रवि किरणें जैसे सरिता की जान लेने के लिए ही आज आसमान से उतरी हों। मैं भागकर वार्ड के बरामदे में चला आया था। बाहर रोहन मिल गया..उससे मैंने पूछा.. अंकिता मौसी कहाँ है??' उसने उँगली से वार्ड की तरफ इशारा कर दिया था। हम सरिता के बेड के नज़दीक जाकर खड़े हो गये। सबको बातों से खुश रहने वाली सरिता आज अबोली, आंखों के पट गिराए निश्चल पड़ी

थी। सरिता की हालत बहुत नाजुक हो गयी थी। शरीर पर लगी तरह-तरह की मशीनें, और नाक में चढ़ी ऑक्सीजन देखकर, न जाने क्यों मुझे कुछ अनहोनी की आहटें मिलने लगी थी। मुझसे उसकी हालत देखी नहीं गयी। आंखों में रुमाल रखकर मैं तुरन्त बाहर निकल आया। रोहन बड़ा हिम्मती लड़का है, मेरे रुआंसे चेहरे की भाषा पढ़कर वह विचलित होने की जगह मेरी हिम्मत बंधाने लगा..'पापा मम्मी को कुछ नहीं होगा।'

थोड़ी देर में अंकिता बाहर निकली उसने मुझसे कहा कि आप और रोहन इधर ही रुकियेगा, मैं दस मिनट में लौटती हूँ। बाहर निकल कर वह कैम्पस के एक शांत-निर्जन कोने में खड़ी होकर जागृति को फोन मिलाने लगी। सम्पर्क जुड़ने पर एक साँस में सारी बात उससे कह गयी। जागृति डॉक्युमेंट वेरीफिकेशन और मेडिकल के लिए दिल्ली गयी हुई थी। उसने सभी तरह के इम्तहां पास कर लिया था। अगले महीने उसे ज्वाइनिंग देनी थी। वह अपने काम से फुर्सत होकर चित्रकूट जाने की तैयारी कर ही रही थी। उसे सरिता भाभी और रंजन जी से ज्वाइनिंग के पहले आशीर्वाद लेना था। निश्चित ही यह खबर उसके लिए किसी सदमे से कम नहीं रही होगी। उधर से कोई आवाज न सुनकर अंकिता ने उसे तुरन्त प्रयागराज पहुँचने के लिए कहकर फोन काट दिया।

कल शाम से सरिता कुछ खायी नहीं थी, न किसी से बात की थी। चुपचाप बेड में पड़ी रही। रक्तचाप और हृदयगति अनियंत्रित चल रहे थे। ग्लूकोज की बोतलों से दवाइयां लेने से नसें इंकार कर चुकी थीं। पूर्व में उगा आज का सूरज पश्चिम दिशा में आ गया था। मैं वार्ड के बाहर हॉस्पिटल कैम्पस में खड़ा शून्य में ताक रहा था कि एक टैक्सी मेरे नजदीक आकर रुकी। उसमें जागृति आयी थी। उसने मुझे देख लिया था। वह नीचे उतरी, मेरे पास आकर खड़ी हो गयी और किसी अपरिचित की तरह मुझे कुछ पलों तक यूँ ही देखती रही, फिर बिना कुछ बोले वह वार्ड की तरफ दौड़ गयी। मैं उसे जाता हुआ देखता रहा। दस मिनट तक मैं उसी जगह पर निर्विकार खड़ा रहा। तभी रोहन दौड़ता हुआ मेरे पास आकर

बोला...'पापा!! जल्दी चलिए, मम्मी को होश आ गया है, वे कुछ कहना चाह रही है। 'मैं फौरन वार्ड में दाखिल हुआ और बेड के पास आकर खड़ा हो गया। आश्चर्य!! सरिता सचमुच बोलने लगी थी उसने मुझे बेड के सिरहाने बैठने को कहा। मैं सिरहाने बैठकर उसका सर अपनी गोद में रख लिया। डॉक्टर अंजली बहुत हैरान थी वह बार-बार हर मशीन की मॉनिटरिंग करने लगीं थी। उन्हे कुछ समझ नहीं आ रहा था। सरिता ने जागृति को उँगलियों के संकेत से नजदीक बुला लिया था। अकस्मात उसने माथ में लगे सिंदूर का कुछ हिस्सा उँगली से पोंछकर जागृति के माथ पर तिलक की तरह पोत दिया और पूरी ताकत जुटाकर अत्यंत क्षीण आवाज में बोली...

'जागृति!! तुम्हारा ही इंतज़ार था। मुझे पूरा यकीन था, तुम जरूर आओगी। इतिहास गवाह है आज तक किसी भारतीय नारी ने अपना सुहाग, अपना प्यार नहीं बांटा है। मैं भी नहीं बाँट रही हूँ, बस उधारी में दे रही हूँ। पुनर्जन्म की परिकल्पना मिथ्या नहीं है। दुबारा आऊँगी रंजन और रोहन को वापस लेने। तब तक तुम इन दोनों को सम्हाल कर रखना। सम्पूर्ण हक से उस घर की परवरिश करना, बिखरने न पाये। जागृति किसी अबोध बच्चे की तरह लगातार रोये जा रही थी। उसे चुप रहने का संकेत देती हुई सरिता इस बार जरा तेज आवाज में बोली...'वायदा करो, मैंने अपना वायदा पूरा किया, अब तुम्हारी वारी है। 'हाँ भाभी! हाँ।' हिचकियाँ लेती हुई जागृति ने अपनी स्वीकृति ज्यों ही दी, सरिता ने भी एक हिचकी ली और मेरे गोद मे शांत हो गयी थी। उसके दिल की धड़कने बन्द हो गईं थी। उसकी आँखें मेरे चेहरे पर स्थिर हो गयी थीं। शरीर से हरारत नदारद हो गयी थी। डॉक्टर ने धड़कने चालू करने की बहुत कोशिश की लेकिन वह कामयाब नहीं हुई। बॉडी में संयोजित सभी उपकरण, मशीनें हटा ली गईं थी।

24

वैदिक रीति रिवाज से सारे कर्मकांड अंकिता के पिता अर्थात मेरे मामा श्वसुर ने प्रयागराज के गंगा तट में करा दिये थे। छत्तीसगढ़ से भैया-भाभी भी पहुँच गये थे। सरिता के मायके से सभी पहुँच गये थे। तीन दिन हो गये है चित्रकूट आये हुये, लोगो का आना-जाना दिन भर बना रहता है आदमी की ख़ासियत और अहमियत उसके जाने के बाद पता चलती है जब तक वह सामने रहता है, तब तक उसका मूल्य समझ में नहीं आता है साथ में जागृति भी आयी हुई है, वह कहीं खोयी-खोयी सी रहती है, देखने मे बहुत उदास रहती है, अंकिता भी अपनी नौकरी के बाद का समय यहीं व्यतीत करती है सबका अपना-अपना दुःख है, अपनी-अपनी अनुभूतियां है व्यक्त करने के अलग-अलग तरीके है

उस दिन अस्थि विसर्जन के लिए जाना था, सभी तो साथ थे, अंकिता के माँ-बाप सरिता के मायके के लोग, बस्ती, टोला-मुहल्ले के लोग और भी बहुत जाने-अनजाने लोग, सभी की नजरें बचाकर जागृति ने थैले से एक मुट्ठी राख लेकर दुपट्टे में बांध ली थी। मैंने यह देख लिया, उसकी यह हरकत मुझे बर्दाश्त नहीं हुई थी। उसकी गर्दन पकड़ कर मैने पूछा था...'तुम मुट्ठी भर राख लेकर कौन सा अनुष्ठान करना चाहती हो? राख बचाकर क्या साबित करने का इरादा है? अभी तक तुम कहाँ गायब थी?

आज सरिता की मौत के तुम सबसे बड़ी वजह हो। मुझ पर अब रहम करो और यहाँ से चली जाओ।'

मेरी बात पर अंकिता बहुत गुस्सा हुई थी, आज वह पहली बार मुझे डांटते हुये बोली थी...'चुप करिये जीजू!! आप जागृति के बारे में कुछ नहीं जानते है। आपका बर्ताव उसके प्रति बिल्कुल ठीक नहीं है। मैं जानती हूँ, इंसान जिससे जितना अधिक प्यार करता है, उस पर उतना ही अधिक गुस्सा भी निकालता है। लेकिन यह उचित अवसर नहीं है। जागृति अब आपकी पत्नी है। इस सत्य को स्वीकार कीजिये।'

बाबा बालकदास सुबह कह रहा था...'मैनेजर!! सुख की तासीर अलग है और दुख की तासीर अलग है। लेकिन दोनों स्थितियां मजेदार है, दोनों में आनन्द की तलाश होनी चाहिए।' ये पीड़ा के क्षण है, जिन्है भोगने के अतिरिक्त दूसरा विकल्प नहीं है। मैं असहाय कुछ करने की स्थिति में नहीं था। मेरी दुआएं बेअसर गयीं। मैंने भगवान महाकाल से यह भी निवेदन किया कि मेरी बची हुई पूरी उम्र सरिता भाभी को दे दी जाए। लेकिन महाकाल बहरे हो गए थे, मेरी एक भी नहीं सुनी।

अब तूफान की तीव्रता कुछ कम हो गयी है। कुछ सोचने समझने की काबिलियत मुझमें आ गयी है। दूर तक देखने की कोशिश में अनेक तरह के चित्र दृष्टि पटल में उतर आते है। रोहन कल शाम की ट्रेन से खड़कपुर लौट गया है, इस साल उसका छठा सेमिस्टर है। अंकिता ने सुबह हिसाब लगाकर बताया था कि दीदी की मौत के आज से पन्द्रह दिन हो गये है। मुझे यह बात झूठी लगती है, उनकी नासमझी पर गुस्सा भी आता है, जो सरिता के मरने की बात कहते है। मैं चीखकर सबको बताना चाहता हूँ...'सरिता कभी नहीं मरेगी। यात्रा के क्षणों में वह अपनी चौड़ी छाती पर समय की रेत का जंगल उगाकर अपने स्वरूप को छिपा लेती है। जिसे मेरी बात पर यकीन न हो वह अपने नुकीले नाखूनों से रेत की परत हटाकर देखे, सरिता दिख जाएगी।'

अंकिता दिन भर ड्यूटी देखती शाम को यहीं ठहरती थी यह उसका

रोज का नियम था। वह और जागृति ऊपर के कमरे में, मैं और रोहन नीचे के कमरे में रात सोया करते थे। आज अंकिता भी नहीं आएगी, सुबह बताकर गयी है। रोहन भी चला गया है। रोज की तरह आज भी मैं नीचे सोया हुआ था, जागृति ऊपर के हॉलनुमा कमरे में। रात्रि का मध्य प्रहर रहा होगा कि मुझे ऐसा लगा जैसे कमरे में सरिता मौजूद है और मुझसे कह रही है...'जाइये..उसे मना कर लाइये, बिना कुछ बिछाये हुये वह ठण्डी फर्श में पड़ी है।'

मैं बिस्तर छोड़कर तुरन्त ऊपर गया। जागृति फर्श पर लेटी हुई जाग रही थी। मेरे कदमों की आहट पाकर वह उठ खड़ी हुई। कुछ पल हम एक दूसरे को अपलक देखते रहे फिर वह मुझसे लिपटकर सिसकने लगी। कुछ क्षण बाद हम दोनों एक दूसरे को सहारा देते हुए सीढ़ियां उतर रहे थे।

इति

www.ingramcontent.com/pod-product-compliance
Ingram Content Group UK Ltd.
Pitfield, Milton Keynes, MK11 3LW, UK
UKHW021312160826
14477UKWH00023B/397